NINGUÉM PARA ME ACOMPANHAR

NADINE GORDIMER

NINGUÉM PARA ME ACOMPANHAR

Tradução:
BETH VIEIRA

COMPANHIA DAS LETRAS

Título original:
None to accompany me

Capa:
Silvia Ribeiro

Foto da capa:
Beatriz da Costa

Preparação:
Maria Amélia Dalsenter

Revisão
Carmen S. da Costa
Ana Maria Barbosa

Dados Internacionais de Catalogação na Publicação (CIP)
(Câmara Brasileira do Livro, SP, Brasil)

Gordimer, Nadine, 1923-
Ninguém para me acompanhar / Nadine Gordimer ; tradução Beth Vieira. — São Paulo : Companhia das Letras, 1996.

Título original: None to accompany me.
ISBN 85-7164-583-3

1. Romance inglês — Escritores sul-africanos
I. Título

96-3352 CDD-823

Índice para catálogo sistemático:

1. Romances : Literatura sul-africana em inglês 823

1996

EDITORA SCHWARCZ LTDA.
Rua Bandeira Paulista, 702, cj. 72
04532-002 — São Paulo — SP
Telefone: (011) 866-0801
Fax: (011) 866-0814

Para Roland Cassirer

Não devemos nunca ter medo de ir muito longe, porque a verdade fica mais adiante.

Marcel Proust

Ninguém para me acompanhar no caminho:
Crepúsculo no outono.

Bashô
poeta japonês do século XVII

BAGAGEM

E essa, quem era?

Há sempre uma pessoa de quem ninguém se lembra. Na fotografia do grupo, só quem se destacou ou se tornou infame, ou cujo rosto pode ser reconstituído pelas experiências vividas em comum é que ocupa aquele espaço e tempo, achatado em papel brilhante.

Quem pode ter sido? As mãos soltas, os pés cuidadosamente alinhados para a câmera, o meio sorriso em perfil voltado para a personagem que haveria de se tornar o centro do momento preservado, a única imagem revelada com maior intensidade; na beirada desse foco há um apêndice, melhor eliminá-lo porque, no reconhecimento e na memória específica despertada pela fotografia, a figura periférica nunca esteve presente.

Mas e se aparecesse alguém — espere um pouco! — e reconhecesse a pessoa de quem ninguém se lembra, imediatamente se revelaria uma outra leitura da fotografia. Haveria ali alguma outra coisa, algum outro significado, a presença do que, então, ficou pelo caminho. Algo secreto, talvez. Pego de modo tão insignificante.

Vera Stark, advogada formada e com aquele pendor para a ordem que, com a idade, torna as pessoas metódicas, encontrou uma foto que pensava ter sido jogada fora havia muito tempo, junto com tudo o que descartara em novos começos, no decorrer dos anos. Só que não era uma foto qualquer que tivesse passado despercebida. Era a foto que enviara ao primeiro marido, para o alojamento dos oficiais, no Egito, durante a guerra — a guerra deles, a definitiva, não as que vieram depois, as que proliferaram sem a resolução de marchas da vitória. Ele deve ter guardado a foto. Deve ter trazido de volta na mochila de soldado. Era um cartão-postal — o cartão-postal — enviado quando fez uma viagem às montanhas; uma foto do pequeno grupo de amigos que participaram da excursão. O que escrevera no verso (virá-la, agora, o erguer de uma pedra) eram as frases telegráficas de hábito, rabiscadas enquanto comprava os selos — tempo excelente, subindo muita montanha, andando quilômetros por dia, nadando em lagos transparentes, o hotel continua o mesmo de antes, só que meio decadente. Lembranças de fulano, sicrano — porque todos, ali de braços dados, eram amigos comuns, havia apenas uma cara nova: um homem à sua esquerda, um círculo em volta da cabeça. Estava identificado pelo nome numa linha espremida na vertical, ao lado do relato sobre o tempo.

O que estava escrito no verso da fotografia não era a mensagem que enviara. A mensagem era o círculo de tinta em volta do rosto do estranho: esta é a imagem do homem que é meu amante. Estou apaixonada por ele, estou dormindo com este homem de pé a meu lado; pronto, fui sincera com você.

O marido lera apenas a mensagem do verso. Quando voltou para casa, não entendeu que não havia de ser para ela. Defendeu-se, surpresa, várias vezes: — Mas eu mostrei a você, eu fiz um círculo na foto dele, ali do meu lado. Pensei que pelo menos nos conhecêssemos bem o suficiente... Como é que você não entendeu! Você não quis entender.

Mas sim, ele deve ter trazido a foto de volta na maior inocência, junto com as outras lembranças, as provas de sua guerra, trouxe-a de volta e lá estava ela, por algum motivo não fora rasgada nem jogada fora quando dividiram as posses, durante os procedimentos práticos de separação e divórcio. Quarenta e cinco anos depois, estava olhando outra vez para a foto e vendo, ali em sua existência, o lembrete largado numa prateleira, debaixo de umas velhas capas de disco, de que era verdade: a existência da inocência dele, para sempre.

Vera e Bennet Stark deram uma festa, num dos aniversários de casamento, no ano em que as prisões abriram as portas. Era uma época para celebrações; delegações esportivas, clubes de mães e bandos de escolares postavam-se em fila diante da velha casa de Nelson Mandela, em Soweto, para abraçá-lo, enquanto diplomatas estrangeiros se apresentavam para serem filmados apertando-lhe a mão. Os Stark estão casados há tanto tempo que não cultivam o hábito de marcar o dia recorrente, mas às vezes a data é uma oportunidade de retribuir convites, de se desincumbir das obrigações todas de uma vez só, como diz Vera, e nesse ano, especialmente, parecia haver um bom motivo para ir mais longe que isso: dar a si e aos amigos a chance de aproveitar a euforia que eles sabiam efêmera, mas a que tinham direito agora que as mudanças, depois de décadas de trabalhos infrutíferos em prol delas, de repente ressurgiam vivas do sepulcro. Havia, claro, os colegas da Fundação Legal; os brancos, homens e mulheres, que participaram ativamente de campanhas contra detenções sem julgamento, contra remoções forçadas de comunidades inteiras, contra privilégios que excluíam os negros; os líderes estudantis que haviam apoiado grevistas, agrupados debaixo de uma árvore no jardim bebendo cerveja direto da lata; alguns sacerdotes negros militantes e um pastor africânder, da Igreja Reformada Holandesa, excomungado como herege por ter condenado a segregação; um médico negro, que se escondeu para cuidar dos jovens militantes feridos em batalhas de rua com a polícia e com o exército; líderes da comunidade negra que presidiram os boicotes; e um ou dois daqueles eternos brancos que sobreviveram sob muitos disfarces, remanescentes das reuniões de rua do velho Partido Comunista, das campanhas de resistência pacífica dos anos cinqüenta, dos comícios da Aliança do Congresso, dos comitês de tudo quanto é organização de frente durante o período das expatriações. E havia alguns faltando. Quem estava na clandestinidade não se convencera de que seria seguro sair, por enquanto. As negociações com o governo para anistiar os ativistas políticos ainda não eram conclusivas. Um deles fez uma aparição de surpresa — um número de cabaré irrompendo tarde da noite em meio à festa, de camisa florida, roxa e amarela, risonho sob a pala do boné de couro preto. Houve abraços engalfinhados e socos amistosos no ombro por parte dos companheiros de armas que haviam permanecido às claras, e a anfitriã reagiu como costumava reagir quando não sabia de que forma mostrar ao filho a emoção e o prazer de tê-lo em casa, de volta do internato — levou ao recém-chegado suas melhores oferendas de comida e bebida.

A ocasião já estava sendo marcada pela presença desse filho — Ivan, vindo de Londres, onde conseguira tornar-se banqueiro bem-sucedido. Com sua aura — vestia o que Jermyn Street classificava como roupas de lazer, paletó de camurça sedosa, echarpe da Liberty e mocassins de franja — parecia um constrangimento não admitido mas defensável para a mãe (o pai, de todo modo, nunca dava mostras de seus sentimentos), na ilusão de que era um dos companheiros, um dos camaradas; de que voltar era uma simples questão de tomar um avião. Se a festa era para ele e para comemorar um casamento duradouro (e quem se lembraria, em se tratando daquela era extraordinária, o que acarretara o quê), tornou-se também uma espécie de boas-vindas clandestinas a um dos misteriosos amigos da mãe. A música sacudiu as paredes e esparramou-se pelo jardim; discussões políticas, bebidas e dança foram até as três da madrugada. Ivan dançou com a mãe na maior animação, risonho; era como se a semelhança entre um e outro fosse uma mesma fonte compartilhada pelos dois. Quando perceberam que o homem que vivia na clandestinidade se fora do modo como chegara, de onde e para onde ninguém perguntaria, foi como se a música tivesse parado de supetão. Deixou atrás de si um silêncio estranho, oco; a câmera de eco de todos aqueles anos, agora se fechando, o silêncio das prisões, dos desaparecimentos, dos exílios e, para alguns, da morte. Acabado? Os convidados indo para casa dormir, os anfitriões recolhendo os copos sujos, nem eles próprios saberiam responder.

Vera abriu a porta ao soar da campainha, às dez da noite — não havia medo de assalto naquele tempo, nos idos de quarenta. Lá estava ele, ainda de farda, tinha ido ver se achava umas chaves que não se encontravam entre os pertences que levara para o hotel onde estava morando. — Não posso trancar as malas, uma amolação isso, está tudo espalhado aqui e ali. — Não precisava pedir desculpas, claro, por ter aparecido sem avisar, àquela hora, porque conhecia seus hábitos, ela ficava acordada até tarde, às vezes já tinha ido deitar e acordava do primeiro sono sentindo a sola dos pés dela escorregando por sua perna nua.

Ela o manteve alguns momentos de pé na soleira da porta, como se ele fosse um vendedor ambulante, depois seguiu-o até a sala que já fora deles e agora era dela. Ele vasculhou a escrivaninha; de pé, ela continuou olhando. Podia ser um encanador, consertando um cano. Ela improvisou algumas sugestões, em voz baixa, de onde as chaves poderiam estar. Chegara preparado para encontrar, na forma civilizada já estabelecida entre os três, o amante de farta cabeleira negra, macia como a pelagem de um animal, uma pantera, talvez, de lábios perfeitamente delineados, o contorno voltado para baixo — como é que ele não reparou nessas feições marcantes numa fotografia? Um pobre-diabo imbecil e confiante, era isso que ele era! Mas o amante não estava, ou ainda não tinha voltado para "casa".

— Quem sabe estão na (ele não disse "minha") cômoda, no quarto. Deixei lá algumas coisas de que você talvez ainda precise. Importa-se que eu entre? — Virou-se para ela educadamente.

De repente ela espetou os dedos em V sobre a boca e não conseguiu reprimir a risada.

Ele sorriu e o sorriso foi crescendo, espalhando alívio entre os dois, como círculos que vão se abrindo na superfície de águas perturbadas.

Entraram juntos. Ela agiu como se a cama não estivesse ali, passando por ela como se fosse algo que não reconhecesse, abrindo gavetas para ele. — Ainda não tive tempo de arrumar isso...

Ele ergueu uns papéis. — Seus antigos boletins de escola, acredite se quiser. Achei que gostaria de guardá-los.

— Minha nossa, para quê? Com certeza eu teria jogado tudo no lixo, deve ter sido você que guardou. — Ela fez um gesto de recusa, desinteresse.

— Provavelmente fui eu mesmo que guardei. Ainda quer ser advogada?

O queixo de Vera baixou subitamente até o esterno, com a veemência de uma criança cuja determinação está além das palavras. Na mesma hora, casualmente, contornou essa invasão de confidências passadas. — Por que ainda está nesses trajes?

— Ainda não fui desmobilizado.

Talvez o comentário não fosse assim tão casual; uma rejeição inconsciente de um desconforto que jamais admitira para si mesma — "esses trajes", mencionados como se fossem uma espécie de fantasia, nunca foram envergados pelo amante civil.

Cresceu entre eles o silêncio de quando não sobra mais nada a dizer. Nada do amor de menino e menina, da presunção desastrada de amadurecerem juntos, de quando ela tinha dezessete anos, num casamento interrompido pela guerra. Distraído, ele tirou e jogou sobre uma cadeira o paletó com suas dragonas e insígnias, sua faixa de fitas de campanha e, de cócoras, continuou dando busca nas gavetas inferiores do móvel. Ela abriu uma janela para estabelecer que a proximidade no quarto era falta de ar.

De braços cruzados, ela ficou ali, observando enquanto ele separava a papelada em diferentes pilhas, os músculos das costas mexendo-se sob o pano estirado da camisa, o alheamento a sua presença expresso na nuca gretada de sol e no cabelo claro, tosado, ali diante dela, o calor da carne liberando o cheiro de uma camisa limpa e passada a ferro — não acreditou na sensação que isso estava provocando. Fugiu dela para a cozinha e colocou suco de frutas em dois copos, mas, ao erguer a bandeja, foi até a sala, pegou uma garrafa de uísque, voltou até a cozinha e despejou o líquido vagarosamente sobre gelo em dois outros copos. Regressou ao quarto com palavras inofensivas já prontas: Acho que precisa de um gole. Porém aproximou-se daquelas costas quentes, cheirosas, esquecidas, familiares, redescobertas e tocou o ombro com a mão que segurava um copo. Ele virou-se com o toque, sobrancelhas erguidas em agradecimento ao drinque em boa hora, e se pôs de pé apoiando o peso numa das palmas da mão.

Beberam.

Nada a dizer.

Tentou deixar que o aturdimento do álcool no sangue superasse a insistência que, sem formalidades, indesejada, irracional, o corpo lhe impunha. Não podia evitar que chegasse até ele, como chegava até ela o cheiro dele e do sabão da camisa. Ele foi pego de surpresa; a expressão mudou, resistência ou dor passaram-lhe pelo rosto, mas foi rápido. Tirou o copo da mão dela e o colocou atrás de si. Ficaram parados, os braços estendidos, inúteis, olhando um para o outro numa contradição inquieta. Puxou-a para o peito, o rosto prensado no aroma da camisa. Fizeram amor pela primeira vez em dois anos, no chão, entre a papelada, não na cama, que agora lhe cabia com o amante.

E se o amante tivesse entrado naquele momento — ele certamente tinha a chave da porta da frente —, que mudanças de rumo teriam acontecido?

No acordo da separação, Vera ficou com a casa, e o amante Bennet Stark tornou-se marido um dia depois de sair a sentença definitiva do divórcio. Largou o emprego onde trabalhara durante a guerra, como secretária de alguém do círculo de amigos da vida pregressa, arranjou um estágio numa firma de advocacia e matriculou-se como estudante de direito em regime de meio período na universidade. Não havia filhos do casamento anterior e, tendo vivido com o amante na confiança antecipada de que poderiam se casar em breve, já entrou grávida no segundo casamento. A criança — era Ivan — cresceu dentro dela, o amante estava assegurado como um bem de direito seu, e ela trabalhava e estudava para realizar a ambição da qual fora dissuadida pelas róseas submissões femininas de um primeiro casamento, mas que alimentava desde os tempos de menina. Cantava enquanto se movia pesadamente pela casa. À noite, nos braços do homem escolhido, vislumbrando na escuridão todas as possibilidades futuras da vida, os refrões das fórmulas jurídicas precisas que aprendia desfiavam-lhe gostosamente pela cabeça, a caminho do sono. Via sua felicidade como algo consciente e definitivo. Um dia, nos primeiros meses em que apareceu em público com o amante já na condição de marido, uma mulher que não conhecia virou-se para ela, toda pueril: “Quem é aquele rapaz lindíssimo, conversando com a mulher de vestido vermelho?”.

Ele — dela. Às vezes, quando acordava antes, erguia-se com o maior cuidado num dos cotovelos para ficar olhando seu perfil, o arabesco chanfrado e vermelho dos lábios cerrados, a cova delicada escavada ao lado da ponte do belo nariz aquilino, o contorno negro e nítido do cabelo delineando a testa clara e as têmporas e, como se num reflexo, sombra azulada, a barba escura que crescia sob a pele, na plataforma do maxilar cuidadosamente esculpido. Se ele se mexia e os olhos se abriam, negros diamantes garimpados das profundezas do subconsciente, sem foco, era capaz de vê-lo, subitamente, como a mulher estranha o vira, existindo aos olhos dos outros, aumentando com isso sua adoração — sua sorte. E havia ocasiões em que, na alforria do sexo, depois das maravilhas que ele lhe havia ensinado nas montanhas, carícias que o distinguiram de todos num círculo de tinta, Vera soluçava e encolhia-se, como se o êxtase fosse remorso ou medo. Apesar da sensualidade extrema do semblante e do fascínio que exercia sobre as mulheres, Bennet tivera poucos relacionamentos, inibido pelo enfado, até que conheceu essa mulher que, apesar de jovem, já tivera a experiência de um casamento, abandonara uma vida, o outro homem e escolhera a ele. Entendia que a paixão que ela despertou e eles partilharam podia encontrar escapes inexplicáveis de emoção por intermédio dela; ele a acalmava docemente, sem perguntas. Ela porém pegava sua mão e a enfiava aqui e ali, nos seios dilatados, na barriga intumescida, entre as pernas, até que ele perdia a cabeça e copulavam de novo, maravilhosamente, ele temeroso pela criança tão violentamente sacudida dentro dela.

O bebê nasceu forte e sadio. O olhar da mãe, durante a gestação, concentrara-se de tal forma no pai que seria de se esperar que nascesse com a beleza celta ou semita do pai impressa nele; mas puxou à mãe, direitinho, desde os primeiros dias; à imagem de Vera, unicamente.

A dra. Stark é parte integrante da Fundação Legal. Embora não tenha aceitado o cargo que lhe foi oferecido na diretoria executiva, preferindo — egoistamente, diz ela — não desperdiçar tempo com administração, ninguém poderia imaginar a fundação funcionando sem ela. Nas reuniões, a austeridade serena com que discorda de certas diretrizes (e o fato de estar tantas vezes com a razão), sua capacidade, confortavelmente recostada, a cabeça de cabelos cortados rentes, o louro-escuro salpicado de branco, imóvel, atenta, o canto esquerdo da boca às vezes puxado para dentro (a fenda pode significar impaciência ou compreensão), sua capacidade em reconhecer e distinguir a verdade ou, como ela especificaria, os fatos das fantasias nascidas da pobreza e da impotência dos que recorrem à intervenção da fundação — tudo isso se combina para torná-la uma colega a quem todos, do diretor à telefonista, recorrem para dar a última palavra.

Ninguém consegue passar a perna em Vera, os colegas concordam, com satisfação. A fundação não é uma organização de assistência jurídica no sentido usual do termo, não fornece representação legal a indivíduos sem recursos para contratar advogados. Ela nasceu em resposta à triste situação das comunidades negras que se tornaram em grande medida apenas uma bagagem, a ser transportada e largada, segundo a lógica que dita o distanciamento dos negros da proximidade com os brancos. Uma lógica surge de qualquer coisa; ela reside não na veracidade ou falsidade de uma idéia e sim nos meios de sua aplicação prática. Como parte do organograma de trabalho dessa ou daquela semana, funcionários do governo comandavam o pessoal adequado do departamento adequado e saíam para reduzir a pó os lares de uma comunidade, empacotar os habitantes e seus pertences em caminhões retirados, como todos os demais equipamentos do governo, dos armazéns do Estado, e transportá-los para uma área designada pelo departamento adequado. Ali recebiam latrinas de lata, torneiras comunitárias e, às vezes, caso desse para retirá-las dos armazéns do governo, barracas de lona. Talvez houvesse distribuição de folhas de zinco, para começarem a construir os barracos. Talvez houvesse permissão para levar um treco ou outro que ficasse intacto depois da demolição das casas — uma esquadria de janela ou algumas tábuas —, mas vacas e cabras tinham de ficar para trás; do que se alimentariam os animais, num estirão da savana, desmatada e aplanada para a mais miserável ocupação humana?

O processo todo era perfeitamente lógico, a dra. Stark costumava lembrar aos colegas; temos de aceitar o fato de que na fundação não estamos lidando com a única maneira que existe de defender essa gente, que é derrotar o poder que cria e põe em prática a idéia — não estamos enfrentando isso de jeito nenhum, de jeito nenhum, que ninguém se iluda —, estamos apenas lutando contra as conseqüências lógicas disso, procurando furos na lei que adiem, frustrem ou — ocasionalmente — vençam essa lógica. Os colegas sorriam, em apreço a seu senso realista de proporção, dificílimo de manter quando em confronto com a desgraça plena de confiança que viam nos requerentes, todos os dias.

Agora que a Lei que pôs a Idéia em prática foi abolida com o início da derrota política daquele poder, a fundação não se tornou, como seria de se esperar, supérflua. O raciocínio da dra. Stark não estava totalmente correto — ou, melhor dizendo, ela e os colegas, absortos que estavam em estratégias pragmáticas enquanto a Lei vigorava, não tiveram tempo de pensar em que medida, depois de sua promulgação e lógica vigência, e depois de sua abolição, suas conseqüências ainda viriam a criar novas conseqüências. Agora as comunidades cuja transferência a fundação não fora capaz de evitar vêm pedir a restituição das aldeias, da terra, *do seu lugar*, do que lhes foi tirado para dar aos brancos. Os mesmos velhos, vestidos com os mesmos ternos surrados e manchados, segurando o chapéu em mãos que parecem ter sido arrancadas da terra, sentam-se do outro lado da escrivaninha do entrevistador. É preciso a mesma atenção paciente para ouvir os relatos e, enquanto estão sendo feitos, é necessário avaliar onde, por desespero e esperteza, a narrativa omite algo que o emissário acha que poderá prejudicar o pedido, onde o exagero busca simpatia e onde os fatos e sua interpretação verídica constituem a força do caso, algo em torno do qual trabalhar.

Embora a dra. Stark seja responsável pela preparação do relatório anual para publicação — e tem de ser um relatório abrangente e convincente, uma vez que se destina tanto aos que já contribuem quanto aos doadores em potencial —, embora viaje de vez em quando ao exterior, para angariar fundos, ela faz seu quinhão de entrevistas e investigações. Ninguém passa a perna na dra. Stark, não passa não. Para alguns parece ameaçadora — e qual o branco, quem entre todos aqueles brancos que ainda precisam ser abordados e convencidos antes que você, um negro, possa entrar de posse daquilo que agora lhe dizem ser seu, não é ameaçador, ainda ali, do outro lado da escrivaninha, do mesmo jeitinho que antes? Contudo, embora ela não seja, em sua frieza desencorajante, condescendente com esses requerentes que se esforçam para falar inglês — a língua usada do outro lado das escrivaninhas — e embora não tente se fazer simpática, comunicativa, como tantos brancos se sentem obrigados a fazer com os colegas negros, ela tem — como classificar isso? — conexões com alguns desses colegas que, na verdade, apareceram por lá em vez de serem procurados, e até mesmo, com o passar dos anos, com indivíduos que, a terceiros, mal se distinguiriam da enfiada interminável de destituídos que entram e saem da fundação. Oupa, um funcionário jovem, costuma aparecer em sua sala na hora do almoço, comendo um saco de batatas fritas ou frango ao curry para viagem, e fica ali sentado, às vezes num silêncio confortável, enquanto ela lê as anotações feitas durante uma entrevista recém-concluída, silêncio ocasionalmente rompido por um papo, entre mordidas de maçã e goles de iogurte da parte dela. Ele está estudando à noite para tirar diploma de advogado por correspondência e começou a aparecer para lhe pedir uma explicação ou outra de algo que não ficou entendido; foi justamente a reserva dela que, em sua inocência, o fez pensar que seria a pessoa mais bem qualificada para lhe dar as respostas certas, entre todos os outros advogados da fundação. Ela era a figura da diretora de escola que faltou ao autodidata solitário, era a imagem da autoridade abstrata, esconjurada ou não a vida toda, a quem você recorre na impotência. Em seguida começou a conversar com ela sobre seus quatro anos na ilha Robben, dos dezessete aos vinte e um. Era a história de prisão que todos, de seu tipo e geração, viviam, mas ele se pegou contando a sua de modo diferente para essa mulher branca, sem as censuras e os retoques usados quando a contava a outros brancos ansiosos por experiências vicárias. Interrompia-se e voltava a ela um outro dia, lembrando-se de coisas que havia esquecido ou das quais não queria lembrar; não só da brutalidade e dos insultos desatentos de muros e guardas mas também das distorções de seu próprio comportamento, das quais se arrependia agora. Nas conversas com ela, às vezes parecia incrédulo, às vezes perplexo, até mesmo envergonhado. Havia camaradagem, o verdadeiro sentido para a palavra irmão (como ele dizia). — Mas de repente você fica com ódio de alguém, tem vontade de pular no pescoço — e por nada, um pedaço de barbante para amarrar o sapato, um dia por causa da vez no chuveiro! E nós dois, as mesmas duas pessoas, quando entramos em greve de fome, faríamos qualquer coisa um pelo outro... Não dá para acreditar que fosse *eu*.

O que disse ela? Oupa era uma pessoa delicada que fora obrigada, cedo demais na vida, a ver uma outra versão de si própria, uma versão que só precisou da violência de outros, da degradação de sofrer a falta de humanidade de outros, para vir à tona. Ela não o consolou, não lhe garantiu que aquele indivíduo, aquele eu, não existia mais. — Era você.

Debruçou-se para pegar um lenço de papel da caixa que havia sobre a mesa dela com uma inclinação sombria de cabeça e recebeu de volta uma inclinação que lhe dizia ser desnecessária a pergunta. Estava limpando os dedos lambuzados de asa de frango. Ela lhe passou o cesto de lixo e aproveitou para jogar o miolo da maçã.

Além de escriturário, Oupa fazia as vezes de motorista da caminhonete da fundação, escangalhada pelas viagens dos advogados, que costumavam ir ao interior conversar com as comunidades ameaçadas de remoção. Um dia o carro da dra. Stark foi roubado, ele a levou para casa e o roubo lhe avivou alguma outra coisa na memória. Antes de ir para o presídio na ilha, tinha ficado à espera do julgamento numa cadeia, junto com criminosos. — Assassinos, cara! Bandidos. Uma coisa eu digo, eles eram brilhantes. Espertos à beça. As coisas que aprontavam — roubo, assalto a banco. E repetiam tudo para a gente. Exatamente do jeito que tinham feito. A prisão não significa nada para eles, os guardas recebem suborno, têm medo deles. Até os brancos. Estavam com tudo esperando aqui fora, para quando terminassem de cumprir a pena. Uma coisa eu digo, esses caras dariam uns advogados de primeira, ou então grandes empresários. — Ele sorria, o queixo erguido enquanto dirigia.

Uma vez mais, a dra. Stark estava confortavelmente em silêncio. Se notou, não fez nenhum comentário sobre o que ele acabara de confirmar, com toda a inocência: algo do eu não reconhecido que viera à tona na prisão ainda existia dentro dele, um orgulho e uma comunhão rebelde com qualquer um, com todo mundo, que tivesse a ousadia de desafiar o poder do homem branco, de tirar dele o que não era seu, fosse através de rebelião política, fosse pela arma do bandido; em silêncio porque esse era um eu que, pela própria natureza, não poderia existir entre os dela.

— Alguma vez encontrou com eles de novo, aqui fora?

Oupa apertou os cotovelos contra as costelas, ergueu os ombros até as orelhas. — Aquele pessoal! Cara! Je-suss! Eu ficaria apavorado.

Vera largou a promissora posição que ocupava num próspero escritório de advocacia quando, depois de doze anos sem conseguir engravidar, teve o segundo filho, uma menina chamada Annick.

Ela não sabe se a primeira criança, Ivan, é filho do primeiro marido ou de Bennet Stark, a quem seu amor marcou com um círculo indelével numa fotografia. Ninguém mais saberá aquilo que ela própria desconhece. O homem da pele clara, da nuca gretada de sol, mora agora na Austrália, aposentado de algum negócio relacionado com marinha mercante, e não possui nada em volta que traga à tona aquela última visita que fez à casa que um dia dividiram; e se, numa tarde qualquer, em volta de um drinque, naquela atmosfera de camaradagem masculina, houver uma troca de confidências sobre o imprevisível comportamento sexual das mulheres e ele contribuir com o exemplo de uma ex-mulher que numa única hora lhe deu muito mais do que jamais lhe dera durante o curto casamento, é improvável que pense na possibilidade de ter havido qualquer conseqüência — ela é quem costumava cuidar disso. Talvez sinta uma pontada momentânea de remorsos pela traição, apesar da traição total da parte dela, ao mencioná-la mais ou menos num contexto de transa passageira, mas foi tudo há tanto tempo... Quanto ao atual marido, é inimaginável que pudesse haver entre os dois uma daquelas fases terríveis e encarniçadas do casamento e que um belo dia ela pudesse puxar lá do fundo da vida deles uma arma para feri-lo mortalmente.

A indiferença de Ben pelo fato de a filha ter herdado sua beleza era quase constrangedora; parte da qualidade daquela beleza estava justamente em não ser consciente, ele era levado a vê-la apenas através dos comentários sobre a beleza da filha que havia saído igual ao pai. Ivan — porque reproduzia o rosto da mãe? — continuou sendo o favorito de Ben.

Quando a menina nasceu, trazendo as marcas magníficas do cabelo negro e dos cílios espessos do pai, até mesmo os lábios chanfrados, Vera podia estar olhando para um espelho onde o amante das montanhas tivesse permanecido como fora em criança. Sentiu uma gratidão imensa jorrando de si, junto com a expulsão da placenta. Durante um ano ficou em casa, tomando conta do bebê com o terno fervor emotivo de alguém que presta contas — por quê, a quem, ficou diluído na energia maternal; da qual erguia os olhos, só muito de vez em quando, para as manchetes dos jornais anunciando prisões, julgamentos, proibições e, finalmente, a ilegalidade dos movimentos políticos. A satisfação física é uma saída temporária do mundo, um isolamento das ameaças e exigências, sejam elas contra si ou dirigidas aos outros. Na ocasião, parece que o outro mundo, totalmente alheio, é tagarelice e distração, uma estação apinhada que se cruza no caminho, com as cortinas do trem baixadas e a porta do compartimento trancada. A auto-absorção só foi aguilhoada com o bebê que morreu baleado nas costas da mãe em Sharpeville — um bebê como o dela, como o de Bennet. Sua vida era só toque: durante o dia, a maciez rechonchuda da filha pequena, úmida e morna de encontro ao quadril, as mãos do filho pernalta, ásperas e arranhadas nas pelejas e estripulias; as carícias do sexo. Talvez houvesse uma explicação biológica para o ressurgimento do erotismo entre Bennet e ela. Alguma teoria explicando que depois do parto as mulheres experimentam novos ímpetos e reações sexuais. Estavam casados havia doze anos; qualquer que fosse o motivo, o festim de sexo iniciado num piquenique nas montanhas absorveu a ela e ao marido-amante, como antes. Pessoas inteligentes que eram, enquanto conversavam a respeito do que estava acontecendo, ele era capaz de se perturbar com o recôncavo nu de uma axila, à mostra no vestido sem manga, e ela capaz de notar a curva provocante dos órgãos genitais sob o jeans dele.

Bennet Stark entalhava madeira e modelava argila, mas, enquanto parecia tardar o reconhecimento por seu trabalho nessa profissão, foi obrigado a fazer uso de um diploma convencional tirado quando era jovem demais para saber o que queria fazer. No Departamento de Inglês da universidade onde trabalhava, Bennet Stark era chamado, pelas costas, de Nosso Galã; como se fosse responsável por sua beleza e pelo misto de ressentimento e admiração que ela provocava. Em termos de progressos numa comunidade acadêmica, não convém ser dotado de qualquer vantagem que seja apenas um dom da natureza, que não tenha sido obtida e que não possa ser conseguida por terceiros mediante pouco ou muito trabalho, lobby ou bajulação. Ele continuou num cargo inferior, e as ambições que os dois amantes tinham para ele como artista, quando trocaram as primeiras confidências à beira de um riacho nas montanhas, ficaram em suspenso enquanto se concentravam um no outro e na extensão de si próprios, os filhos. Ainda trabalhava com argila num fim de semana ou outro — a cabeça dos filhos, que estavam crescendo, mudando, antes mesmo que a argila solidificasse a imagem dessa ou daquela fase, e o torso nu de Vera, um corpo anônimo de mulher para qualquer um exceto para ele, que acrescentava a amada cabeça em seu pensamento. Porém, casado com a mulher que cativara e capturara, pai de uma família, abandonou a idéia de se tornar escultor. Vera, pelo menos, conseguira concretizar a ambição mais fácil de se formar em direito. Amoroso, não sentia ciúmes; o objetivo dela era prático, independente dos mistérios imponderáveis do talento, que ele, protegido pela felicidade sexual, acabou aceitando não ter em dose suficiente.

Quando Annick começou a querer escapulir de seu colo e Ivan a não precisar mais de seu toque nos machucados infantis, Vera começou a se sentir irrequietamente deslocada. Disse a Bennet que ia voltar a trabalhar.

Com certeza o dinheiro viria a calhar.

— Não vou voltar para o escritório.

Ele não sabia como interpretar uma declaração que punha abaixo todos os pressupostos.

— Não estou com vontade de ficar brigando pela indenização deles quando perdem as jóias ou a Mercedes. Ou de ficar desenterrando sujeira nos divórcios.

Ele olhou para ela com ternura, paciência. — Vai montar seu próprio escritório?

— Não sei.

Vera lia jornais, relatórios, súmulas parlamentares, atraída pelas pessoas que se estiravam em cruz entre seus vínculos pessoais e aqueles outros tentáculos, o puxão da dor de terceiros, o emaranhado de frustração e infelicidade; mulheres, como ela era mulher, arrancadas das ruínas humildes de suas vidas e largadas, sem nada, no meio da savana; homens, como o dela, expulsos das cidades onde talvez encontrassem emprego, removidos das fazendas onde os pais trabalharam a vida inteira; crianças, não como as dela, porque para elas não havia infância, na rua, esmolando e cheirando cola em busca de um pouco de conforto. Acabou entendendo. Foi trabalhar na fundação, não porque sentisse a tal culpa dos brancos de que se falava, e sim por uma necessidade de assumir, de equilibrar sobre os próprios pés o tempo e o lugar aos quais, por nascimento, sabia não ter outra escolha senão pertencer. Essa necessidade devia estar crescendo sem que ninguém notasse — semente que uma ave cagou, germinou e brotou ao lado da árvore cultivada —, trepando pelos galhos da domesticidade ardente.

As remoções forçadas estavam sendo combatidas em todas as frentes, dentro dos limites dos recursos da fundação; ela trabalhava até meia-noite em casa e o dia todo no escritório; Bennet largara a faculdade e, com um sócio, abrira uma consultoria de mercado na cidade. À noite, sozinhos em casa, conversavam na cama durante horas sobre as decepções, as preocupações, os ressentimentos e as compensações que cada um recolhera durante o dia, dando conselhos mútuos, montando juntos o contexto, a partir das experiências de um e outro em diferentes níveis da sociedade, de suas vidas.

Tertius Odendaal possuía três fazendas, uma herdada do avô paterno, uma que viera no dote da esposa e uma que comprara durante o boom agrícola do início dos anos oitenta. Com os americanos e os britânicos — e até mesmo os alemães, que um dia apoiaram a guerra na qual o avô fora um general bôer — interferindo nos assuntos do país, embargando os fornecimentos de petróleo, boicotando as turnês esportivas, incentivando os negros a criarem problema, a tal ponto que não se podia mais confiar nem mesmo no pessoal ignorante da roça, ele começou a pensar em cuidar do presente, se não do futuro. E este, sabe-se lá qual seria, com o velho e austero presidente passado para trás por um dos integrantes de seu ministério, um sujeito que sorria feito um astro de cinema e, segundo constava, andava mantendo contato com os negros. A menos de vinte quilômetros de sua sede havia um bantustão negro na savana. Fora obrigado a pôr uma cerca eletrificada em torno do curral para proteger as Holsteins dos ladrões, depois que um dos vigias foi retalhado pelo gume de um facão. Até o velho presidente despejara os negros perto demais das fazendas dos brancos. Numa outra fazenda — a que ele comprou quando as chuvas andavam boas para o milho e o preço da carne lá em cima —, que usava só para pastagem na época de capim alto, ele encontrou invasores. O empregado que tomava conta do rebanho e que morava ali mesmo com suas mulheres e uma montoeira de filhos, em choças de barro e sapé, mentiu para ele, dizendo que era gente da família, visitando. Tertius Odendaal mandou o empregado sumir da fazenda e levar consigo os parasitas. Mas quando passou de novo, para inspecionar o lugar com um outro empregado, viu plásticos esvoaçando, abrigos de papelão, telhados de zinco seguros por pedras e pneus velhos, espalhados em sua savana como dejetos expelidos por vermes e minhocas. À vista, só mulheres e crianças; os homens deviam estar trabalhando ou vadiando em algum lugar, quem sabe até na cidade. Mandou o empregado advertir aquela gente com um sermão na língua deles: o que estavam fazendo ali, tinham de pegar toda a tralha e sair das terras dele imediatamente; se não tivessem ido embora até o dia seguinte, traria a polícia. Uma criança minúscula, com medo, agarrou o pênis e contraiu as bochechas para choramingar. Algumas mulheres continuaram olhando, impassíveis; outras viraram as costas. Assim que a caminhonete do fazendeiro arrancou, afastando-se aos trancos, uma delas gritou qualquer coisa que o empregado não traduziu. O grito seguiu na esteira do veículo.

Tertius Odendaal resolveu acompanhar os tempos, fossem lá quais fossem. O que o governo fizera, estava fazendo, não podia ser desfeito por um africânder sozinho. Combater a traição cometida contra o fazendeiro branco era algo que poderia se resolver com uma ação política. Nesse meio tempo, os fazendeiros teriam — no linguajar do empresariado — de "diversificar os recursos", sim, isso mesmo, entrar nas mesmas mutretas que deixaram essa gente rica. Requereu ao governo da província permissão para estabelecer uma *township** em suas terras. Transformaria a fazenda em dinheiro vivo na qualidade de locatário; iria dividi-la em lotes para alugar aos negros. Transformaria a invasão em lucro.

Durante o ano em que a decisão por parte do governo da província ficou pendente — o pedido foi publicado no diário oficial e houve graves objeções de fazendeiros das redondezas —, mil e quinhentas famílias invasoras, representando aproximadamente vinte e seis mil pessoas, tomaram posse da Porção 19. Os dados referentes ao campo de invasores de Odensville (deve ter corrido o boato entre os invasores que Odendaal queria homenagear o nome da família em sua *township*) foram verificados por um dos pesquisadores da Fundação Legal, a quem um homem que se apresentou como porta-voz do grupo apelara, pedindo uma investigação. Uma caminhonete, com marcas de poeira na carroceria e o pára-brisas salpicado de insetos, parou diante da sede de Odendaal. Odendaal pressentiu na hora que o veículo passara pelo campo de invasores onde era para ter sido sua *township*. Uma mulher de cabelos grisalhos, curtos como os de um homem, falando africâner com o péssimo sotaque dos citadinos de fala inglesa, apresentou-se ali na varanda como sendo uma tal de dra. Stack ou Stock, da Fundação Legal.

À simples menção desse nome, mudou num ato reflexo a posição do corpo para barrar a porta da frente; aquele corpo não permitiria que ela entrasse em sua casa. Ela estava inclusive acompanhada pelo homem com quem ele recusara encontrar-se, cuja existência era uma questão para a polícia resolver — o negro desgraçado que enfiara aquele monte de criminosos, bêbados e vagabundos em suas terras para falar de "direitos" que eles nunca teriam tido peito de imaginar que existiam. Ela apresentou o sujeito e até o motorista, um outro negro, como se esperasse que os dois fossem recebidos como parte da delegação e cumprimentados como visitas.

(*) Povoado constituído por negros e mestiços na África do Sul. (N. T.)

Ela ignorou a falta de resposta do fazendeiro. *Senhor Odendaal isso, senhor Odendaal aquilo.* Educada, faladeira demais, nem dava para interromper. — Viemos para conversar sobre a situação em Odensville, que deve ser desagradável para o senhor, não pense que o povo de lá não sabe disso. Sou uma das advogadas da fundação e — nós sabemos por experiência própria — o pior aspecto desse tipo de situação é quando o fazendeiro acha que, se concordar em falar com a outra parte, estará aceitando a situação. O povo de Odensville tem um porta-voz, o senhor Rapulana, e posso garantir ao senhor que nenhum de nós está aqui para negar sua posição (voltou para o inglês, sem saber como colocar o fraseado maroto dos advogados em africâner). Viemos porque será melhor para todos... acredite-me, já passei por isso, às vezes é possível encontrar uma solução onde não parece haver nenhuma outra saída, quando a única comunicação é a ameaça de ação policial... Senhor Odendaal, espero que concorde em conversar conosco — esta manhã ou quando melhor lhe convier —, vamos escutar o que cada parte tem a dizer, sem preconceitos de ambos os lados.

Esse era o tipo de mulher que lhe dava engulhos. Para ele, na verdade, não era mulher coisa nenhuma, não o que ele entendia por mulher. Mesmo que ela fosse jovem, jamais acreditaria que um homem quisesse tocar numa mulher dessas, nunca lhe passaria pela cabeça que havia seios para afagar no escuro do quarto conjugal, que a boca fazendo perguntas e se dirigindo a ele sem o respeito e a deferência natural que é devida a um homem, ainda que injuriosamente moderada, lhe daria a sensação da língua de uma mulher em sua boca.

Ele a fez esperar. Estava olhando por cima de sua cabeça, como se ela não estivesse ali. Falou em africâner, já que ela achou que se tornaria aceitável tentando falar a língua dele.

— *Daar's geen Odensville se mense nie!* Odensville é a minha *township* que ainda não foi oficializada, não tem ninguém morando em Odensville, ninguém! Toda essa gente está violando a propriedade alheia e a única coisa que eu vou lhe dizer, *lady* (a forma de tratamento enfatizada e em inglês), é que eu vou botar todo mundo para correr das minhas terras, vou botar fogo na tralha toda deles e pode voltar lá e dizer a senhora mesma que não estou falando só por falar. Eu não vou conversar com nenhum de vocês, eu tenho gente para ir comigo, nós sabemos como fazer as coisas, direitinho, e se eles quiserem entrar no meio, vai ser o funeral de todo mundo. Correr para a senhora não vai ajudar ninguém. Não tem "povo" nenhum de Odensville, portanto pode esquecer essa história. Eles não são nada, *vuilgoed*.

Essa mulher intrometida — elas se dizem advogadas! — continuou parada calmamente, até mesmo com um quê de sorriso no canto da boca, como se à espera de que passasse o acesso de raiva. Ele começou a arfar diante do insulto.

O negro com quem jamais falaria — jamais! — olhava para ele inescapavelmente, como o olho escuro de uma câmera apontada. Este era um negro da roça, criado onde os pais, os avós, os meeiros e os trabalhadores falavam a língua do fazendeiro para quem trabalhavam, onde a escola em que aprendeu a ler e a escrever ensinava em africâner, não na sua língua de negro. O africâner do homem era o africâner de Odendaal, não a língua franca da dra. Stark.

— Meneer Odendaal, não tenha medo. Não vamos lhe fazer nada. Nem ao senhor, nem a sua mulher e seus filhos.

A advogada tocou na manga da camisa do homem (vestido feito um cavalheiro, paletó pendurado no braço). Antes de voltar para a caminhonete parou, insistente. — Senhor Odendaal, peço desculpas por ter aparecido sem telefonar antes. Vou lhe mandar uma carta explicando a avaliação que nossa fundação fez da situação, provavelmente de forma mais aceitável do que consegui fazer agora.

O fazendeiro virou as costas. Abriu a porta da frente e bateu-a na cara de todos. Cercado pelas pequenas manchas explosivas que a ilusão de ótica cria quando se sai da luz forte do sol para um vestíbulo na penumbra, também ele parou uns momentos. Ficou esperando para ouvir o veículo sair de sua propriedade. Como se tivesse acabado de correr, seu coração, aos saltos, explodindo, desacelerou até atingir o batimento normal.

Por muito tempo — quantos anos? — Vera continuou contando tudo ao marido. Ou achando que contava.

Meneer Odendaal, não tenha medo. Não vamos lhe fazer nada.

Essa reação, ou sensibilidade, se preferir, existia entre o marido e ela como uma dádiva. De quê, para quem, via-se no rosto deles que nenhum dos dois era capaz de dizer. Lá nos recôncavos azulados, onde aqueles olhos negros sempre despertavam nela a mesma atração esquisita que haviam provocado junto ao estrondo de uma cachoeira que ele e ela escalaram no início, Vera procurou pela resposta dele. Um dia ele fora a resposta para tudo; isso era estar apaixonada: o fim das perguntas. Mas estava encontrando uma resposta dentro de si mesma. A dádiva da tolerância, do perdão — não importa qual — que o líder dos invasores demonstrara era algo que o fazendeiro não merecia.

Não que tivesse sido reivindicada! Fora rejeitada. — Você não percebe? Ele é incapaz de se dar conta dessa dádiva. — Mais uma explicação, vinda de alguém cuja simetria de feições justapunha a harmonia da vida à discórdia da qual fora não só testemunha como também parte, nessa experiência e em tantas outras, rotineiramente. Como é que essas contradições podiam existir numa única espécie, a humana? Como é que podia haver tanta beleza na composição do rosto de um homem, o seu escolhido, e tamanha feiúra distorcendo a capacidade de reagir com humanidade no espírito do outro homem, o fazendeiro?

— Quem é o sujeito, mesmo — o de Odensville? Sabe alguma coisa dele?

Ela abriu e fechou a mão, numa expressão de seus limites. — Tanto quanto eu sei sobre os outros todos que nos procuram. A única diferença é que aparentemente é a pessoa que todos os invasores procuram para representá-los. Na maioria desses lugares há tanta rivalidade, facções diferentes, cada uma dizendo que tem um líder. Quantas vezes acabamos descobrindo que a pessoa com quem estamos trabalhando não é aceita por esse ou aquele grupo. Pequenas lutas pelo poder entre gente que você imagina desesperada demais lutando pela sobrevivência para ter energia... Parece instruído, diferente da maioria dos professores de roça. Mas não sei se vamos conseguir alguma coisa com esse caso. Se o governo der permissão para o fazendeiro fazer sua *township* ali, ele vai poder dizer ao pessoal: ou paga ou sai. Vai zonear tudo num certo número de lotes que não serão suficientes nem para aqueles que porventura tenham com o que pagar. Você sabe muito bem que não existe um espaço mínimo de ocupação num campo de invasores!

— Ele pode cobrar quanto quiser pelos lotes?

— Já vi fazendeiros alugarem um pedaço de chão da metade deste quarto por cem rands por mês. Extorsão do inquilinato rural, e não temos nenhum recurso legal para combater isso. Exploração é o outro nome da lei da oferta e da procura, meu querido.

— Talvez. Talvez. Quando as pessoas não têm nada. Quando se trata de terra. Mas calculadoras de bolso, desodorantes, marcas de vodca... as coisas sobre as quais me fazem consultas — quanto maior a demanda que você cria, maior a competição e menor a chance de exploração.

Falou com ironia, mas sem ressentimento. Como acontecia com outros casais do mesmo tipo, naquele lugar e época, a contradição entre os propósitos da profissão de Bennet Stark e daquela de Vera era algo que, na intimidade, passava sem comentários, fazia parte de uma ambigüidade aceita. Durante tanto tempo aquele lugar e época só permitiram manter a integridade em certas questões mediante desonestidade, por tanto tempo a verdade teve de sobreviver com mentiras. Se a Segurança (ela própria um eufemismo para ameaça) vinha perguntar onde fulano morava, você dizia que não sabia e, porque era preciso proteger-se também, às vezes você até dava uma pista plausivelmente falsa. Se fosse servir de intermediário para determinadas cartas que corriam risco de interceptação por agentes infiltrados nos correios, você alugava uma caixa postal com nome falso num bairro bem distante do seu. Se havia boatos de que esse ou aquele entre os conhecidos era suspeito de estar trabalhando para a polícia, você dissimulava sorridente na frente do indivíduo mas nunca mais conversava com a pessoa sobre coisas nas quais acreditava. Você mentia pela omissão e avisava os outros para não se associarem com alguém que talvez fosse inocente, um nome manchado por ainda um outro grupo para provocar dissidência em suas fileiras. Essas eram as únicas maneiras para defender pelo menos parte da verdade contra a mentira suprema, a única forma de defender o princípio da vida em luta contra a morte, que é a etimologia fundamental, esquecida, não encontrável nos dicionários nem nos discursos políticos, daquela embaraçosa palavra, liberdade. De modo que, enquanto a fundação de Vera defendia o direito à terra e a um teto, o objetivo da consultoria mercadológica de Bennet era descobrir, para seus clientes, os atrativos que desviam a atenção das pessoas daquilo que realmente lhes falta.

Mas — uma vez mais, espere um pouco! — então não existe essa outra e cotidiana liberdade pop, alardeada em tudo quanto é canto, nas lojas, nos elevadores, nas Kombis que transportam todo mundo pelas ruas da cidade e pelas estradas, uma liberdade fácil-de-usar, na compra da cerveja que os campeões tomam ou do alisante que as misses recomendam? Será que as pessoas têm de abdicar também do prazer do desnecessário, assim como de tudo mais que não possuem? Se Bennet tivesse continuado sendo o Nosso Galã na universidade, estaria seguindo um currículo elaborado para o nível de ensino e para a bagagem cultural ocidentalizada de estudantes brancos, duas coisas difíceis de atingir pelos estudantes negros que teoricamente preenchiam os requisitos de entrada, mas que, formados nas escolas das *townships*, levavam os boicotes como sua tese de história, os quebra-quebras com a polícia como sua poesia épica, e como teoria econômica aquela de um lar onde não havia dinheiro nem para a passagem do ônibus, que dirá para os livros. Portanto, que diferença faz de que modo um escultor fracassado ganha a vida?

Em algum país abençoado e pacífico, lá longe, uma óbvia contradição moral entre as atividades de um homem e uma mulher talvez destrua o respeito que acompanha o amor. Mas aqui, para esses dois, enquanto prevaleceu a grande mentira, a contradição fazia parte das algemas da vivência comum do que era errado porém aleatório, do que era inescapável. Mal se davam conta das esfoladuras.

Depois que Oupa se afastou uns dois ou três quilômetros da fazenda de Odendaal, a pequena comitiva da fundação parou no acostamento, para fazer um lanche debaixo de uma árvore. Em viagens como essa a dra. Stark sempre levava uma garrafa térmica com chá, um pacote de biscoitos, açúcar num vidrinho e uma pilha de copos de plástico. Muito bem-vindo, o homem de Odensville disse várias vezes, sentado sobre a relva, com os joelhos cuidadosamente encostados. O jovem Oupa mastigava um biscoito atrás do outro e, de quando em quando, irresistivelmente, sacudia a cabeça e ria de boca cheia do encontro que tinham acabado de ter. — Eu conheço o homem. Se conheço! Feito os lá da ilha, guardas que nem ele. Tinha um comandante — ficava ali parado feito um touro, na frente da gente, quando você chegava para o interrogatório. Nunca disse uma palavra, deixava os outros fazerem as perguntas e o serviço em você, mas só de ficar ali já estava no comando. Se não estivesse lá, eles não podiam fazer as coisas que faziam com a gente. E toda vez eu pensava, agora ele vem, agora ele vai me pegar também. Cara. Mas nem precisava, só precisava estar ali.

A dra. Stark correu os dedos pelo cabelo, um pardal comum alisando as penas, e bocejou, o bocejo virando sorriso pelo prazer que lhe traziam sempre o entusiasmo e o jeito pavoroso que tinha o rapaz de narrar experiências terríveis no mesmo estilo indiscriminado com que fofocava de coisas boas ou engraçadas. Não havia ninguém na estrada de terra vermelha, exceto uma silhueta fininha ziguezagueando numa bicicleta, pouco abaixo do horizonte. O chá estava quente e doce. Por trás da cerca de arame farpado, onde tufos de lã de carneiro ficaram enroscados, o capim e os matos da savana, em listras ondulantes de verde, mesclavam-se ao bronze e à ferrugem de um declive, onde o terreno estivera alagado no verão. Maçaricos alvinegros investiam de dentro do capim como se estivessem sendo arremessados, protestando numa única nota contra a presença humana. Depois do bombardeio de reações e emoções durante a conversa com o fazendeiro, suprimida a irritação e o exaspero — e quem é que sabe, a dra. Stark e Oupa desconhecem, o que mais o homem de Odensville estaria sentindo? —, a calma e a quietude baixaram como um elo comum sobre os três. Depois dessa manifestação corriqueira daquele conflito que retinia e matraqueava em torno deles, dentro deles, um mutilar constante de suas diferentes vidas — súbito os goles de chá quente e açucarado eram a única coisa de que tinham consciência. O esvoaçar leve como papel das garças brancas suspendendo o céu, as manchas esgazeadas da água irrigando uma vasta plantação de algo que ainda mal se via, ainda mal verdejara: os três descansavam sobre a terra — era isso que contava, não uma disputa num fogo cruzado de saliva numa varanda, não as pastas de documentos citando escritura, petição e edital nos arquivos de uma fundação legal. Oupa afastou-se para fazer xixi, atrás de uma árvore. A dra. Stark, indiferente à dignidade de sua idade madura, atravessou o arame farpado com a perícia de alguém acostumado a improvisar e encontrou uma moita para si. Ao agachar-se ali tão reservadamente, como se fossem alguma droga agradável a surtir efeito de aura, os insetos adejando sob o sol, em cima de sua cabeça, a fizeram sentir-se sonolenta. No instante compreendido pelo bater de asas transparentes, ali/não mais, sentiu-se prestes a deitar na relva áspera e úmida e sonhar com algo do qual havia esquecido. Voltou a si e atravessou de novo a cerca. O homem de Odensville continuava sentado, como se numa reunião da igreja. — E você?

Mas, se compreendeu a rápida menção ao humilde chamado da natureza talvez tenha considerado uma familiaridade constrangedora da parte dessa mulher, de quem esperava formulações jurídicas. Limpou os cotovelos do paletó ao levantar-se, perguntando-lhe se por acaso se importaria em deixá-lo num armazém das redondezas, precisava ver alguém. Saltou da caminhonete no local, tirando o chapéu.

— Entrarei em contato assim que tiver alguma notícia, boa ou má. Tem meu telefone? Isso, mantenha-me informada sobre qualquer desdobramento. Um de nós virá de novo, na semana que vem, para colher alguns depoimentos — se puder reunir algumas pessoas.

Era o mesmo tipo de fórmula profissional que usara com o fazendeiro, um advogado não deve se identificar com a ansiedade do cliente, assim como um médico não consegue trabalhar direito se começar a sentir a dor de seu paciente.

Um dia, ou uma noite, quando Vera ouviu, feito uma frase que retorna de uma peça musical ouvida e esquecida: *Meneer*

Odendaal, não tenha medo. Não vamos lhe fazer nada. Nem ao senhor, nem a sua mulher e seus filhos.

Separou as três afirmações.

Meneer Odendaal, não tenha medo.

(Meneer Odendaal) Não vamos lhe fazer nada.

(Meneer Odendaal) Nem ao senhor, nem a sua mulher e seus filhos.

Achou que não as escutara direito na varanda, aquele dia. O fazendeiro ouviu-as e Rapulana, o homem de Odensville, ouviu-as de um jeito diferente do seu, eles compreenderam o que estava sendo dito. As palavras de tolerância e perdão vindas tão estranhamente do morador do campo de invasores de Odensville, envergonhando-a diante da agressividade grosseira do fazendeiro, não eram tolerância e perdão e sim uma ameaça. Lembre-se, meneer Odendaal, somos milhares na Porção 19, na nossa Odensville. Estamos aí mesmo, na savana ao lado, todas as noites. O senhor tem cães, tem uma arma, mas nós somos milhares e podemos vir da savana até esta casa, esta casa onde o senhor, sua mulher e seus filhos dormem e, como o senhor mesmo disse a nosso respeito se não sairmos da Porção 19, isso será seu funeral.

TRÂNSITO

Você não sabe quem é?

No centro, saindo da garagem subterrânea onde o carro dela tinha uma vaga permanente, uma criatura em sua circunscrição de tocas, percorrendo o quarteirão que separava a fundação do banco, de um bar onde talvez tivesse encontrado algum amigo, ou do restaurante italiano no qual às vezes, em homenagem a um esquecido refúgio para amantes clandestinos, ela e Ben almoçavam juntos, Vera se via, de quando em quando, sendo parada por alguém em busca de reconhecimento.

Você não sabe quem é?

A tez castanho-acetinada de uma moça negra, agora escurecida e pregueada sob os olhos, a protuberância atrevida de nádegas dançantes agora consolidada num monumento de carne sólida e madura; a silhueta de um homem com um dos ombros cansados, mais caído que o outro, um cocuruto rosado e lustroso onde Vera teria reconhecido apenas os louros caracóis perdidos; um outro cuja pança, a abrir brechas entre os botões da camisa, engolira o esbelto Jonas (era esse, de fato, seu nome), que ela e Ben esconderam da polícia, no escritório de Ben, antes que fugisse do país — quem haveria de suspeitar que uma firma de pesquisa de mercado estivesse abrigando um dos líderes do levante de 1976? Alguns apareciam dos anos passados na prisão, outros eram os primeiros a voltar do exílio. Enquanto falavam, com as mãos entrelaçadas e às vezes abraçando-se, o duplo abraço que cinge um lado depois outro do pescoço e que todos do movimento de libertação esqueceram vir do abraço de ditadores, Vera e esses velhos conhecidos e amigos sentiam-se zonzos com a descoberta, o passado plantado nas ruas do presente.

Você não se lembra de mim?

Sabe-se que o passado é irrecuperável. Mas aqui o enunciado cai por terra.

Na euforia da volta, daqueles que voltaram, de se apresentarem vivos, ressurrectos do anonimato do exílio, e na ânsia dos que ficaram de compensar, nas boas-vindas, as privações do exílio que não sofreram, pessoas que tinham todos os motivos do mundo para desconfianças mútuas ou que, simplesmente, não gostavam umas das outras, e pessoas que outrora foram tão próximas quanto irmãos e irmãs são todas cumprimentadas da mesma maneira, como heróis queridos de regresso. É mais ou menos o mesmo fenômeno que se dá com os animados relatos do jovem Oupa, que não discriminam entre os terrores vividos e a fofoca cotidiana sobre os funcionários da fundação. Instantaneamente surgiu uma convenção, como sói acontecer às convenções, para servir onde aparentemente os padrões estabelecidos de comportamento não conseguem. Contudo, por baixo do disfarce da carne, por trás dos olhos fundos, dentro de roupas de corte estrangeiro, dos bonés de couro preto da Alemanha Oriental, das *dashiki** coloridas da Tanzânia, dos *keffieh*** árabes usados como echarpe, os velhos acontecimentos e circunstâncias existem; ali paradas na rua, as velhas dependências, as velhas amizades, as velhas rivalidades sectárias, as velhas traições e lealdades, os escândalos políticos e a ciumeira sexual não sumiram de vez, ao contrário, perduraram no

(*) Camisa larga, solta. (N. T.)

(**) Espécie de turbante usado por árabes beduínos. (N. T.)

testemunho de traços reconhecíveis, indeléveis, estruturas celulares visíveis, vivas ainda. O passado estava ali.

Talvez fosse assim devido à ruptura na continuidade. Se a pele acetinada tivesse sido vista se manchando aos poucos com a idade e muita bebida, se os caracóis louros tivessem rareado na presença e no decurso de encontros ordinários, se Jonas fosse ficando mais pesado e maduro a cada vez que aparecesse para bater um papo e tomar uma cerveja com Ben, as mudanças teriam se enrolado naturalmente no carretel dos anos. Porém não havia nenhuma fita rodando entre o ser que eram quando partiram para o exílio ou para a prisão e seu reaparecimento súbito de volta ao lugar de onde saíram: o peso que tinha a vida deles era o peso do passado, retirado do depósito de armazenagem e entregue aos que ficaram para trás.

O homem a quem as experiências de vida penderam para um lado e privaram de cabelo apareceu no escritório de Vera para ver se poderia haver alguma coisa para ele — um emprego de pesquisador, qualquer coisa; voltara havia três meses e não estava conseguindo trabalho. Fora jornalista de um jornal muitas vezes proibido na época em que se conheciam, muito tempo atrás. Enquanto ela tentava dar algumas sugestões de onde talvez pudesse achar colocação e — ela tinha de oferecer-se — onde poderia dar uma palavrinha a seu favor, havia entre os dois o conhecimento tácito de que ele era — fora — suspeito de ser agente da polícia em determinado período e que, quando fugiu do país, embora aparentemente livre de suspeitas, andava metido com algum grupo desertor dissidente. Para ela, isso é o que ele era; não sabia se fora reinstituído entre os exilados no exterior nem se regressava na condição de membro plenamente aceito do movimento — conhecendo-o apenas sob a persona do passado, via que aquela persona poderia ter se apossado, por meio de algum subterfúgio, da condição de anistiado, supostamente com o aval do movimento.

Porém, se havia sentimentos ambíguos empanando o entusiasmo das boas-vindas e das obrigações ali implícitas, havia também uma sensação esmagadora de bons tempos impossivelmente restaurados. Entre o pessoal que vinha voltando, havia alguns que, só de se verem e ouvirem seus maneirismos e fraseados, eram a prova de que esses tempos nós levamos dentro do eu.

Quando uma estrada de ferro é abandonada, ninguém tira os trilhos. Eles permanecem debaixo do mato, marcando uma rota. Para os Stark, com Sibongile e Didymus Maqoma de repente ali sentados de novo na sala de estar, mais de vinte anos depois, havia um calor e uma compreensão inesperada, em meio às inibições condicionadas pela cor, de casais compartilhando juventude e obrigações impostas pelos filhos. Na presença de Sally e Didy, os Stark eram uma vez mais amantes num caso amoroso que continuava a ser vivido sob a proteção da domesticidade, generosos para com os outros na munificiência da felicidade sexual. Fazia muito tempo que Vera não via Ben como a mulher naquela festa um dia o vira, sua atração masculina; nem sequer se dera conta, com a familiaridade e as preocupações do dia-a-dia, de que não o estava vendo. Ele, Bennet Stark, continuava ali; a marcá-lo havia apenas as linhas fundas, do canto dos lábios até aquele belo queixo, como se, na condução de sua vida, tivesse esculpido a própria face.

Trocou de novo com ele o sorriso e a olhadela de esguelha da cumplicidade, exibiu a faceirice de censuras brincalhonas que diziam que ele era dela e o apreço a seus julgamentos ao citá-lo nessa ou naquela questão, que eram a atmosfera que os jovens casais costumavam gerar entre si. A diferença de classes criada pelos privilégios brancos era bem menor do que de hábito entre brancos e negros. Didymus, na época, estagiava num escritório de advocacia, como Vera havia feito alguns anos antes, e Sally administrava uma cooperativa para negros e, ambiciosa, freqüentava as aulas de extensão universitária que Bennet dava na universidade, como bico para ganhar dinheiro. Foi assim que se conheceram — por intermédio de Bennet — e descobriram que havia um elo no fato de ambos os parceiros terem escolhido direito. Claro, Vera ficara com a casa depois do divórcio e os Maqoma moravam em Chiawelo, em plena Soweto; Didymus precisava andar com salvo-conduto. Mas os Maqoma, ambos ativos politicamente, tinham toda confiança, mesmo na época, de que estariam entre os que destruiriam os privilégios brancos, mais cedo ou mais tarde, e, pragmáticos, usavam, como de direito — e isso era aceito, sem constrangimentos, pelos Stark —, das vantagens que o casal branco gozava. Era mais agradável, num domingo, deixar as crianças no matagal que virara o quintal dos Stark do que recebê-los nos dois cômodos de Chiawelo, embora os Stark, do conforto de sua posição, gostassem de violar a lei da segregação para ir à noite até Chiawelo ouvir discos de jazz — Didymus era um colecionador e ele próprio tocava trompete naqueles tempos! —, beber e, quem sabe, dançar, tropeçando na mobília bem polida de Sally.

Sally e Didy agora de volta, na mesma sala de estar da mesma casa onde os quatro haviam estado juntos tantas vezes, falando um por cima do outro, na mesma animação. Os meninos podiam estar ali na casa de Vera, como costumavam fazer, para passar o fim de semana, Ivan podia estar ali, dividindo seu quarto de garoto com eles e, no fim do corredor, a menininha desdenhosa, Annie, contra quem todos eles se uniam.

Não era nostalgia o que Vera experimentava em ocasiões como essa e sim algo diverso: uma sensação de confronto com a vida não interpretada que havia a sua volta, atrelada a sua pessoa juntamente com a bolsa a tiracolo bojuda, sempre no braço, sua pasta documentando investigações sobre a vida de terceiros.

Didymus Maqoma, cujos caracóis esbranquiçados assentavam com a pompa de uma peruca de cortesão do século XVII sobre a cabeça negra, e Vera Stark, com o corte de cabelo de uma mulher que pôs de lado a feminilidade, não deram sinais nesse reencontro alegre de amigos, nem mesmo um ao outro, de que não fazia vinte anos desde a última vez em que se viram. Um sábado de manhã, cinco anos atrás, Vera, sozinha em casa, atendera à campainha da porta. Havia um homem negro, com uma barba rala e grisalha em volta dos lábios e do queixo, usando óculos de lentes grossas e o colarinho de um padre, parado ali. Ele não disse palavra ou, antes que pudesse dizer qualquer coisa, ela lhe deu a resposta que dava de hábito a todos os que se metiam na mutreta de arrecadar dinheiro supostamente para a igreja. — Desculpe, não tenho nada hoje.

O homem sorriu. — Que pão-dura, Vera.

Isso fora bem antes dos encontros na rua, em que as pessoas esperavam ser reconfortadas com o reconhecimento, ter confirmada a reivindicação de que estavam de volta. Não havia indultos, não havia suspensão de proibições a movimentos políticos. A última coisa que o homem queria era ser reconhecido. Ser reconhecido era ser caçado. Didymus, ele disse.

Como se tivesse despencado até o pescoço num buraco, foi tomada de pânico, por ele. Puxou-o pelo braço para dentro de casa, fechando a porta com o pé. Não precisava que lhe dissessem que, de algum modo, ele fora infiltrado para dentro do país e que entrara com um propósito sobre o qual não devia fazer pergunta alguma. O espanto nervoso explodiu histericamente. — *Umfundisi!* Você está com uma cara tão engraçada! Não — não, você está certíssimo, esse terninho domingueiro, o colarinho puído, onde foi que arrumou esse equipamento perfeito?

Sorriam muito, ambos, de emoção. — Temos nossa rede, nas lojas da Diagonal Street. Numa semana sou pedreiro, com cimento nos sapatos, avental rasgado e boina de lã até os olhos, noutra estou de terno e colete, de boné branco, empresário de futebol de Jabulani.

Falavam andando pela casa, trançando em volta um do outro, ela sem fôlego.

— Você está bem? Acha que eles sabem?

— Não, por enquanto tudo bem. Mas não posso ficar no mesmo lugar muito tempo. Não posso ficar com ninguém que tenha conexões... Assim que os vizinhos começam a ficar gentis comigo, tenho de desaparecer. Mudar.

— Ouvi dizer que você estava doente, que estava com alguma coisa terrível — leucemia? —, que estava sendo tratado em Moscou.

— É, é isso mesmo, estou fora de ação, em Moscou. Estou aqui há seis meses.

Vera olhava para ele, de cabeça inclinada, impressionada com a audácia. — Seis meses!

Estavam na cozinha e ela, distraidamente, ia pegando as xícaras e pondo sobre a mesa, virando-se para procurar colherinhas numa gaveta, sem lembrar se tinha ou não ligado a chaleira.

Ela falava depressa, como se a casa estivesse cercada e a qualquer momento fossem esmurrar a porta — e o que diria? Onde o esconderia? Fechou as cortinas da janela da cozinha. — Precisa de dinheiro? Quer dizer, como é que está se virando? Não tenho muita coisa em casa, mas podia dar um pulo até o banco — ai, Deus, não, no sábado eles fecham cedo — mas que burra, posso usar o cartão nas máquinas...

— Dinheiro é a única coisa de que não preciso. Essa parte está garantida, obrigado, não se preocupe.

— Sally sabe?

— Que não estou às portas da morte em Moscou sabe. Mas não aonde eu vou. E outros companheiros em Londres acreditam que estou doente.

Ela sacudia a cafeteira para fazer a água passar mais rápido pelo filtro, não sabia se queria se ver livre dele ou se queria pegá-lo e escondê-lo. — Ben vai chegar daqui a pouco. Vai achar maravilhoso vê-lo. Nem acredito! Mas tenho tanto medo por você, do que eles vão fazer com você se o pegarem — você pode simplesmente desaparecer, você sabe, não sabe? Eles metem os infiltradores na solitária e deixam lá, sob interrogatório, meses a fio, até juntarem o suficiente para levar a julgamento. Quando levam.

Ele parecia, de fato, um velho padre, um *umfundisi*, a aspirar tranqüilamente o aroma do café, a pôr mais uma colher de açúcar na xícara, como um pobre aproveitando ao máximo esse luxo. Mas de sua própria identidade veio à tona a ironia insinuante: — Você me defende se eu for a julgamento, Vera, conto com você.

— Bela ajuda que eu seria. — O que faria ela se a polícia aparecesse mesmo, e se eles estivessem esperando em algum lugar, escondidos na rua, sentados num carro, prontos para levá-lo embora assim que ele cruzasse seu portão? — Tomara que Ben não demore.

— Preciso ir antes de Ben voltar. Vera, tem uma coisa que eu preciso. Tenho umas coisas aqui que eu preciso que você mande para o exterior, para mim. Mas não pelo correio. Se tiver alguém, se souber de alguém que esteja indo viajar e que não vá fazer perguntas — na Europa a pessoa pode pôr no correio, tanto faz de onde.

Ela pegou as cartas e um pacote, asseverando confiança, não era preciso fornecer maiores garantias. Ao acompanhá-lo até a porta, uma onda de rejeição dos medos invadiu-a e foi até a rua com ele. Juntos, em plena vista de vizinhos, polícia, qualquer um que os pudesse estar vendo das casas vigilantes, dos olhos das janelas, dobraram a esquina e atravessaram bem no meio da rua, de onde não podiam deixar de ser observados, caminhando de braços dados até o local em que, por discrição, para não marcar sua casa, ele deixara o carro. E ali se abraçaram, despedindo-se: o olhar descarado da rua fixo neles.

Se ninguém descobre, é como se nunca tivesse acontecido.

Não era a primeira vez que Vera experimentava algo jamais revelado. Desta vez, apenas cinco anos de silêncio haviam se passado; mas Ivan tinha mais de quarenta anos. De modo que o precedente de mentir por omissão torna-se um instrumento que serve igualmente bem aos propósitos políticos.

Sibongile e Didymus Maqoma recuperaram seus nomes quando regressaram. No exílio tinham codinomes; sempre haveria muita gente, no mundo externo, que os conheceria apenas assim. Atendendo ao chamado desses codinomes, reagiam — respondiam — da mesma forma como fariam ao som do nome que lhes fora atribuído, atrelado como um cordão umbilical, nos arredores de uma cidade mineira (Sibongile, filha de mãe zulu e pai soto) e no vilarejo escarpado esparramado por montanhas costeiras (Didymus, do Transkei) onde nasceram e onde primeiro na vida responderam a um nome.

Não voltaram à casinha da juventude — provavelmente uma favela a essas alturas, com a pressão de uma população dobrando e triplicando em busca de moradia —, impensável morar em Chiawelo, de qualquer forma. Passaram as primeiras semanas num hotel em Hillbrow que fora transformado em centro de recepção para ex-exilados. Antes era freqüentado por valentões brancos, da classe operária, que iam lá beber com suas mulheres; o carpete barato, cor de laranja, estava manchado de cerveja e queimado de cigarro. Fitas intermináveis no sistema de alto-falantes repetiam-se vinte e quatro horas por dia, noite e dia. Sibongile arrancou as roupas de cama em busca de insetos. Sentia-os na pele, embora não estivessem ali.

Os aviões lotados de exilados, que chegavam algumas vezes por semana, eram esperados no aeroporto por multidões que cantavam e dançavam; ao atravessar as portas automáticas que encerravam atrás de si a velha saudade de casa, ao emergir empurrando carrinhos que rangiam sob o peso do testemunho de lugares distantes, empunhando ursos de pelúcia gigantescos comprados na loja do aeroporto, cegos de emoção sob o fulgor do reconhecimento — não, de imediato, de quem fossem individualmente, mas do que representavam, a vitória do regresso —, eram fustigados por um vagalhão de vozes femininas ululantes em direção ao arrocho de braços festivos. Crianças sendo vistas pela primeira vez eram passadas de colo em colo, faixas de boas-vindas pisoteadas, flores acenando, cornetas soando, a procissão em trânsito para a reintegração de posse, entre abraços e saltos, a vida recuperada, ali do lado de fora do terminal aéreo, era um carnaval que não se acreditava poder um dia celebrar. Lar: palavra suave: um espetáculo, um teatro, uma exibição pirotécnica de emoção por aqueles que voltam de guerras, banimentos, exílio, que esqueceram o que é o lar ou que sofreram por não terem podido esquecer.

Os Maqoma, claro, não chegaram num desses vôos fretados apinhados de gente e tiveram uma recepção menos exuberante, se bem que não menos emotiva. Didymus era um veterano dentro da panelinha que fora para o exílio, alguém que, durante todos aqueles anos, estivera envolvido em missões internacionais e algumas outras atividades importantes. Foram recebidos por companheiros de posição semelhante dentro da organização interna. Havia um carro esperando por eles, dirigido por um freedom fighter, um dos jovens combatentes que regressaram da luta pela libertação, agora transferido para a Segurança. Lar. Dormiram, naquela primeira noite, no que costumava ser um bairro de brancos interditado aos negros, numa casa que fora comprada para um dos líderes mais importantes. Mas não poderiam ficar ali; era preciso ceder o quarto aos próximos recém-chegados, no vaivém agora já estabelecido entre os representantes das missões do movimento em outros países. Um quarto confortável, com o benefício de uma luminária de leitura ao lado da cama, uma caixa de lenços Kleenex, um aparelho de televisão, um quarto onde as malas não eram jamais desfeitas. Até que se pudesse encontrar uma casa ou um apartamento, teriam de morar num hotel — havia, na verdade, um hotel reservado justamente para esse ínterim inevitável.

Sibongile aproximou-se de Didymus com um cobertor que pendia das palmas erguidas. Ele não tinha a menor idéia do porquê, mas sempre teve paciência com a dramaticidade dela.

— Eu não consigo viver assim.

— O que é isso?

Uma crosta amarelo-esbranquiçada manchava a superfície felpuda.

— O que é isso! — A risada alta, um grito. Empurrou a prova mais para perto dele.

— Ah. Isso. Sei. — Esperma, o sêmen de alguém.

— Eu não consigo viver assim.

— Sibo, você já viveu muito pior. Não morremos.

— No começo, anos atrás, sim. Era necessário. Em Dar, em Botsuana. Mas agora! Deus meu! Não estou fugindo para salvar a pele. Não estou fugindo mais de *ninguém*. Não estou me sentindo *grata* por um pedaço de teto, por asilo político (o cobertor caído aos pés, as mãos erguidas, palmas unidas numa paródia do gesto de agradecimento da criança negra, que lhe haviam ensinado quando menina). Isto não é para você nem para mim.

— O que eles podem fazer a respeito? Não podem arranjar acomodação para todo mundo da noite para o dia. Dê-lhes mais uma semana, ou duas...

— *Acomodação*. Por quanto tempo mais vamos ter que ficar aqui nesta pocilga imunda, neste puteiro para os bêbados de Hillbrow, nesta concessão magnífica ao fim da segregação? Que grande honra dormir embaixo da porra do homem branco.

— E os outros que também moram aqui?... Não tem ninguém em condições melhores. — Ele a estava pondo diante de si mesma, como ela própria se confrontava toda vez que entrava no saguão do hotel ou passava pela sala cheirando a mata-baratas que vinha a ser o restaurante, acolhendo mulheres, crianças e homens desconhecidos, na intimidade do exílio e regresso partilhados.

Ela tinha um jeito de franzir os olhos e abrir a boca, os lábios repuxados, imitando a expressão de alguém que se esforça para ouvir direito. — Se você está satisfeito de voltar para cá depois das suas reuniões na Executiva Nacional, das suas grandes decisões, então tudo bem...

— Como é que eu posso me queixar quando há tanta gente sem um lugar para morar? Pelo menos nós temos cobertores sujos.

Ela ignorou o sorriso. — E em que isso os ajuda?

Foi com Vera Stark que ela de repente sentiu que poderia descarregar; a farsa de um auto-sacrifício que não era necessário talvez precisasse ser mantida na presença da mulher do líder em cuja casa ela e Didymus passaram a primeira noite, mas Vera, que certamente compreendia direitinho a necessidade de táticas como essa dentro daquele círculo, estava fora dele. Havia brancos que tinham estado no exílio, mas não Vera; havia brancos que compartilhavam das dificuldades da volta, mas Vera não era um deles. Descarregue com ela e, em conseqüência da concessão de intimidade, ponha a responsabilidade nela.

Quando Vera atendeu o telefone com o "como vai" alegre de sempre, houve uma pausa.

— Péssima. — Depois aquela risada que era grito.

Vera, a boa Vera de sempre, não produziu os ruídos afavelmente compassivos de hábito. — Vamos almoçar juntas. Você está com tempo?

— Eu só preciso sair deste lugar.

Ao pequeno restaurante onde a jovem Vera e seu amante dos anos de guerra sentaram-se loucos por um beijo, agora especializado principalmente em refeições para viagem, com um cardápio vegetariano adicional e mesas abertas a todas as raças, Sibongile foi a primeira a chegar. As pernas cruzadas eram elegantes, dentro das botas de camurça preta, de cano longo.

— Eu adoro essas botas. Botas londrinas.

Em relação às mulheres que ainda se importavam em parecer sedutoras, Vera tinha a generosidade da mulher confiante de ter sido ela própria muito sedutora um dia e consciente de que, agora, talvez parecesse, de vez em quando e de uma forma abstrata, meramente agradável.

As duas beijaram-se e deram, cada uma, um apertão no braço da outra, assim como os homens se cumprimentam com um falso soco.

— Gosta mesmo? É, Londres. Provavelmente elas me entregam.

Fizeram o pedido. Vera, qualquer coisa que estivesse entre os pratos do dia; sua convidada, lendo o cardápio de alto a baixo e pedindo o que não havia — peixe, não tem peixe? O garçom, de uma paciência sorridente, dirigindo-se a ela respeitosamente como mama, persuasivo na língua que de algum modo adivinhou, corretamente, ser a língua materna comum aos dois, que este ou aquele prato (de volta ao inglês) eram muito, muito gostosos, uma delícia.

Vera entendeu o recado do peixe. Péssima; tudo péssimo, não era possível sequer comer o que se queria comer.

Com o garçom fora do caminho, passou-se o tempo necessário para que a companheira pudesse falar. Ela descreveu o hotel — a "acomodação", como ela insistia em chamá-lo, alternando menosprezo, raiva, nojo, desespero e — sendo Sibongile, Sally — risadinhas agudas. — Mas Didy! Eu não sei, ele parece disposto a aceitar qualquer coisa, ele é *submisso*! Feito um coelho, quietinho, mastigando seja lá o que for que lhe derem.

Aquele veterano de prisões e interrogatórios. Aquela raposa na infiltração, atacando na cara da polícia e do exército. Riram da idéia.

— Estou dizendo! Parece que ele vive no passado, numa deturpação do tempo, ainda somos uns refugiados, temos de sofrer em nobre silêncio — *por algo que a causa não necessita mais*. E nesse meio tempo ele se reúne com membros do governo, tenha a santa paciência! Os bôeres fazendo salamaleques para nós, convidando para jantares oficiais, tirando fotografia conosco para os jornais! Mas ele se recusa a dizer para qualquer um da executiva, na cara, que precisamos de um lugar decente para morar e poder atuar direito nesse nível. Eles nunca vão arrumar nada, isso eu sei. Vamos ter de nos virar sozinhos... *Eu* vou ter de me virar... mas enquanto isso! Aquele pulgueiro, eu não poria um cachorro ali, e olha que você sabe que eu não gosto de cachorro. Nunca imaginei que fosse ter saudade do apartamento de subsolo onde a gente morou em Londres, ou de Estocolmo, aqueles dias cinzas — Deus meu, eu tenho.

E assim Sibongile e Didymus Maqoma recuperaram as personae de Sally e Didy, os codinomes advindos da antiga confluência com os brancos. Foram ficar com os Stark. — Ben, você precisava ver aquele buraco de Hillbrow! Não é só a questão da sujeira, que Sally vive comentando... o pessoal fica no bar, assistindo televisão o dia inteiro, todo mundo esparramado por ali tomando coca-cola, sem nada para fazer, sem ter onde ir. Ela está anos-luz desse ambiente de favela, mesmo que eles sejam sua própria gente... ela e Didy não se sentem mais à vontade nesse ajuntamento, como nos velhos tempos, em Chiawelo.

Ben definiu o elemento que, pelo menos, o exílio introduzira na vida dos Maqoma. — Privacidade; em Londres eles tiveram privacidade durante anos.

Os Stark não comentaram que a privacidade deles fora invadida nas cinco semanas em que Sally e Didy moraram com eles. O relacionamento do casal estava naquele estágio em que a presença temporária de outros era revigorante. Havia dois banheiros na casa: essa era a única condição da existência da classe média que tinha alguma importância para eles.

A filha temporã de Sally e Didy, Mpho, chegou da escola, na Inglaterra. Indiscriminadamente, passava um fim de semana aqui, uma semana acolá, entre a casa da avó na *township* de Alexandra e a casa dos Stark, dormindo na cama e entre os cartazes de astros populares e bugigangas variadas que sobreviveram à adolescência e à ausência da filha Annick. Mpho era uma beldade de dezesseis anos, do tipo criado pela polinização cruzada da história. Mudam-se as fronteiras, ideologias se fundem, seitas religiosas e filosóficas criam novos ídolos mediante a combinação de crenças, descobertas científicas estabelecem causa e efeito entre as disparidades, nomes de territórios etnicamente mesclados fazem de povos de línguas e religiões diferentes uma nacionalidade, surge um estilo de beleza do confronto entre a dominação e a resistência. Mpho era uma solução — numa época em que isto ainda não fora conseguido por governos, conferências, negociações, movimentos populares de massa, monitorização ou intervenção internacional — da luta pelo poder no país que era dela, mas onde, por causa dessa luta pelo poder, ela não havia nascido. Essa menina combinava o estilo da *Vogue* com a assertiva da África. Era uma mutação chegando a uma adjudicação feliz da estética de espécies opostas. Exibia aquelas pernas exageradamente longas que parecem ter sido criadas não graças a dotes naturais e sim em atendimento às especificações ocidentais para padrões de luxo, juntamente com o chassi alongado dos carros feitos sob encomenda. As palmas nacaradas das mãos delgadas completavam o surpreendente contraste de cores entre a pele negra e opaca e as unhas pintadas de vermelho quase roxo. O cabelo, puxado para trás, esticado e oleado até obter o brilho dos cabelos europeus, estava arrebanhado no alto da cabeça e trançado em *dreadlocks* rígidos, no estilo congolês, que lhe franjavam os ombros. Apesar de tudo isso, Mpho não tinha o sorriso inerte da aspirante à rainha de beleza e sim um sorriso de criança, de imensa doçura, reluzindo nos olhos. Da boca saía o inglês impertinente dos londrinos. Não sabia nenhuma língua africana, nem o zulu de sua mãe, nem o xhosa do pai. — Ah, mas eu *entendo*, mãezinha, eu *acompanho*. — E arregalava os olhos e rodava a cabeça, apelando aos céus, exatamente com os mesmos gestos da mãe com quem discutia.

— É, mas quem é que sabe que você *entende* se nunca responde, vão pensar que você é idiota, minha filha retardada. Você vai ter aulas.

— Mas isso é muita humilhação para a senhora, não é? Sua própria filha tendo que aprender a nossa língua como se fosse francês ou alemão.

Sally apelou para os anfitriões, Vera e Ben. — Ouçam só isso. Minha filha, foi exatamente isso que fizeram com nosso povo, com você, com seu pai, comigo. Nós fomos alienados daquilo que era nosso, e não foi só no exílio não. Seu pai é descendente de um grande chefe, que resistiu aos britânicos há mais de cem anos — você tem um nome a zelar! Você foi roubada de seu nascimento — que deveria ter sido bem aqui. Reassuma sua língua.

A menina trocou um sorriso cúmplice com as testemunhas da emotividade materna, usando de insolência inofensiva para lidar com ela. — Eu aprendo com a minha *gogo*. — Riu por ter usado pelo menos uma palavra da língua materna, mas era tímida demais, ou talvez rebelde, para admitir que a intenção era séria. Foi por vontade própria que deixou o quarto de hóspedes tão adequado a sua idade e conforto para ir muitas vezes ficar com a avó, em Alexandra. Depois da primeira visita de praxe para manifestar o respeito devido pelos filhos dos filhos, Sally não esperava que a menina voltasse tão cedo, que dirá que ela fizesse sua mochila fosforescente e fosse passar dias e noites lá naquela casa com sua varanda de pilares quebrados e vasos ressequidos de poeira, naquela relíquia esbodegada de tijolos e reboco de verdade, com duas janelas quase podres de vidraças em losango, remanescentes de uma época em que Alex era o reflexo da inatingível respeitabilidade branca, tão ansiada e imitada, uma casa agora solitária numa terra cor de cinza, rodeada de barracos, e o que outrora pretendera ser um jardinzinho de classe média com cerca em volta hoje transformado numa pilha de lixo onde a rua urina e despeja suas latas de cerveja, onde as costelas dos vira-latas se remexem feito foles. Como é que se podia esperar que uma criança criada com seu próprio quarto, leite fresco entregue na porta, toda manhã, em Notting Hill Gate, gente organizada que levava os jornais para reciclagem, agüentaria mais de uma noite num lugar desses, com *gogo* ou sem *gogo*? Tendo que atravessar um pátio até um banheiro que todo mundo em volta usava! Sabe Deus o que ela não podia pegar ali! Um regresso a um nível de vida ao qual Sibongile e Didymus foram condenados quando tinham a idade da filha — o que sabe uma garota de dezesseis anos nascida no exílio sobre como era antes, quando não havia escolha?

A aflição é algo que pode ser transmitido a uma outra pessoa — Vera —, mas uma espécie de orgulho ou autoproteção impedia Sibongile de admitir para a própria filha a humilhação atônita da mãe diante do nível inocente de aceitação pragmática da criança: a sensação de que ela sabe o que é o lar.

Mpho movimentava-se entre Alexandra e a casa que coube a Vera pelo acerto do divórcio com uma desenvoltura que encantava os Stark. Na casa deles, junto com os pais, travou conhecimento com os amigos dos Stark, com os colegas de Vera da fundação, com Oupa, o protegido, com advogados. A ala jovem se deu bem, Mpho foi levada a festas pela moçada que os pais sabiam, aliviados, ser gente decente, nada de drogas nem bebedeiras; graças a um contato de um dos advogados, os Maqoma encontraram exatamente aquilo de que precisavam, uma pequena casa num bairro de brancos perto da escola onde, uma vez mais com a ajuda de alguém que haviam conhecido no círculo de amizades dos Stark, a menina foi aceita para completar o curso colegial. No dia em que se mudaram, com nada além de camas emprestadas, Sally, usando o carro que o movimento fornecera a Didy, percorreu as lojas locais em busca de mobília de segunda mão e, ao dar ré para estacionar, teve de parar a manobra por causa de uma faxineira municipal, uma mulher que varria a sujeira da sarjeta para um bueiro. Não sabia que as mulheres faziam esse tipo de trabalho agora. Bom, qualquer trabalho é melhor que nada, nos tempos de hoje. Talvez algumas daquelas pessoas que conhecera no exílio, os combatentes nos campos de treinamento, acabassem varrendo rua; a probabilidade lhe deu um repelão interno, aquele retesamento dos músculos da barriga que era involuntário quando confrontava a responsabilidade na qual se engajara: acabara de ser nomeada vice-diretora do programa regional de reassentamento, no momento uma coletânea de pesquisas emergindo ao ritmo de faxes gaguejantes. Ao trancar o carro (avisada desde o dia da chegada a respeito daqueles para quem o roubo era melhor do que nada), viu que a faxineira não tinha se mexido e estava debruçada sobre a vassoura, olhando para ela, uma mulher vestida de modo ridículo, com um macacão protetor cor-de-abóbora, meias de futebol enroladas nas canelas, sapatos de homem e um chapéu de pescador na cabeça, completo com fendas para isca e tudo, enterrado na cabeça. Esmolando? Ela a cumprimentaria, de todo modo: *Sawubona, sisi.*

A mulher não se aproximou, mas falou nervosamente. — Sibongile, quando é que você chegou? Sou filha da Sela, prima da sua mãe, lembra-se? Da casa da Sela, você costumava nos visitar, em Witbank.

De repente desperta, o tranco lhe faz reviver numa outra luz, numa outra existência. Sally é atraída para seu outro eu, ali de pé, aquele com o qual começou, essa aparição com um saco plástico amarrado à mão que apanha habilidosamente a sujeira que a vassoura não pega. Lar.

Nas ruas de Johannesburgo, andando pelo centro da cidade, *Você não sabe quem é?*

Até Oupa conseguiu mudar para um bairro de brancos.

Por que seus colegas brancos da fundação usam, entre si, a palavra "até" como se fosse um prefixo? Porque depois que as restrições legais contra as quais lutaram foram suspensas, restou uma outra mais antiga e até (sim, de novo) maior a ser encarada: a restrição da pobreza. O funcionário tinha um salário decente pelos padrões decentes de uma fundação sem fins lucrativos não apenas no sentido financeiro como também humano, fornecendo os mesmos benefícios de assistência médica e aposentadoria a todos que trabalhavam ali, do diretor ao pessoal da faxina. Mas o aluguel dos apartamentos na zona em que ele queria morar estava além de seus recursos. De certa forma, ele era igual a qualquer outro jovem se preparando para seguir uma carreira; um estágio em que se presume que um rapaz ainda não tenha responsabilidades, recém-saído da escola e livre durante alguns anos para ir atrás das moças e se divertir com os amigos. *Começando a vida*, como dizem. Mas, claro, o começo desse jovem fora postergado por tanto tempo, esperara em vão na fila por uma vaga em escolas, descambara para a ação política, passara quatro anos na ilha Robben, que antes mesmo que pudesse ingressar na base da pirâmide de uma carreira já adquirira as responsabilidades da maturidade. Oupa era um homem, não um rapaz. Um homem com um fardo, ao mesmo tempo em que era o inteligente protegido da fundação. Para ele, crescer e amadurecer não foram, não podiam ser, seguidos numa cronologia reconhecível. Claro que Oupa tinha uma mulher em alguma parte, claro que tinha filhos. Seu salário decente era diminuído pelo aluguel, comida e roupas que, fora da vista dos outros, providenciava para o anacronismo de sua vida. A mulher e os filhos moravam numa outra região do país, com parentes despejados pelo governo em alguma área de reassentamento. O atento aprendiz era, na verdade, um adulto já preso nas malhas dos desejos, conflitos e responsabilidades adultas.

A fundação foi mais do que tolerante com as folgas que ele tirou no trabalho para encontrar um lugar, um lar de solteiro entre aquelas que tinham sido ruas onde apenas brancos podiam viver. Temiam por ele em seu trajeto diário de e para Soweto de trem; podia ser apunhalado por bandidos ou atirado pela janela por capangas políticos. A dra. Stark pecou por estar ocupada demais, na época, para telefonar a amigos que podiam saber de alguma vaga ou ter influência em imobiliárias temerosas de alugar para negros; foi uma outra pessoa no escritório quem descobriu uma pista que levou o jovem colega a encontrar o que queria. Estava exultante, embora o aluguel fosse caro demais para ele; tranqüilíssimo, embora tivesse assinado um contrato que restringia a ocupação do imóvel a duas pessoas. E ia rachar o aluguel dividindo o lugar com um casal e dois filhos.

Oupa planejou uma festinha de inauguração para todos da fundação. A dra. Stark, para compensar o fato de não tê-lo ajudado a encontrar um lugar para morar, ofereceu-se para levar salgadinhos caseiros e saiu com ele, um pouco mais cedo numa sexta-feira à tarde, para ajudar nos preparativos.

— Para onde vamos? — Oupa mencionara a todo mundo, entusiasticamente, uma área onde havia diversos prédios de apartamentos, mas não fornecera maiores detalhes. Deu o nome da rua e continuou papeando. — É um prédio velho, cara, mas por isso mesmo que é tão bom, quartos grandes, tudo. Cá estamos — é aqui. "Delville Wood". (Olha só essa entrada de mármore!) O nome tem alguma coisa a ver com uma guerra, não tem?

O carro parou corretamente ao longo do meio-fio. — Delville Wood. — Subindo as escadas, entre pacotes abarrotados no meio dos dois, a dra. Stark virou-se para Oupa, um sorriso curioso acompanhando os fiapos banais de informação que ia fornecendo. — É, é uma batalha. O local onde aconteceu.

Ele achou que houvesse alguma conexão infeliz com o nome, que sem querer dera uma rata. — Algum conhecido seu morreu ali?

Mas ela riu. — Essa guerra aconteceu antes de eu nascer.

Ele a conduziu por corredores vermelhos, polidos. Os olhos dela contavam as portas numeradas.

— É esse!

No momento de orgulho para ele, ela pronunciou diante da porta de Oupa: — Cento e Vinte e Um.

Oupa deu uma pancadinha rápida nos números, feliz da vida, e lhe fez eco. — Cento e Vinte e Um, Delville Wood.

Na sala, duas cadeiras de segunda mão, cobertas com veludo sintético esgarçado pelo uso, uma mesinha de um pé só com um cinzeiro de cobre todo trabalhado em cima, um velho baú coberto com um pano africano. Tudo de cara para o glauco olho gigante do aparelho de televisão.

— Claro, não tem nada arrumado ainda. Quadros, essas coisas. Preciso de uma escrivaninha e de alguma coisa para os livros. Vou estudar um bocado aqui, cara! Mas é gostoso, não é?

— Uma escrivaninha ali perto da janela... Ben talvez tenha uma mesa para você usar. É, é uma sala adorável.

Oupa ligara a televisão, era um programa infantil, com as vozes estridentes de animais antropomórficos, mas ele nem reparou, não tinha importância, o gesto era o da posse, estava em casa entre estas paredes onde antes apenas os brancos viviam.

— Venha ver o resto.

Todo expansivo, levou-a até um quarto com uma cama de casal arrumada sob uma colcha franjada, com três almofadas encostadas à parede formando um losango. — Talvez eu ponha a escrivaninha aqui, porque os outros também vão usar a sala. Melhor para estudar. — Estava lhe dando garantias de sua seriedade nos estudos; afinal de contas, embora fosse uma amiga maternal, também era uma das funcionárias mais antigas da fundação da qual era contratado. O segundo quarto: um caos de roupas, brinquedos, potes, panelas, um fogãozinho de chapa em cima de uma penteadeira de espelho triplo, berço cheio de sapatos misturados. — Eles estão se mudando.

Oupa foi até o carro buscar as cadeiras desmontáveis emprestadas da fundação e quando voltou a dra. Stark estava na cozinha, desempacotando o que ela chamava de as guloseimas. Oupa ficou por perto: — Ainda não consegui pegar o jeito do fogão. — Mas ela abriu a porta do forno, tirou as grades incrustadas de gordura, experimentou travessa por travessa, sabendo exatamente como funcionava tudo. Eu lhe mostro, ela disse, com a mesma calma e quietude com que lhe explicava alguma questão jurídica quando não entendia algo do curso por correspondência. Sentiu-se lisonjeado com o fato de ela se concentrar nos preparativos de sua festinha, como se fosse da maior importância ter as coisas arrumadas e não pensar em mais nada até que estivesse tudo pronto. Sentia que a dra. Stark sabia o que significava para ele essa ocasião, mesmo que para os outros fosse apenas mais uma festa de escritório.

A grande família da fundação chegou. Maridos e mulheres, amantes permanentes deste ou daquele sexo, a outra metade de ligações não explicadas. Havia ali aquela bonomia especial que se cria entre pessoas que trabalham juntas e se encontram num momento de lazer, as piadinhas e referências internas que outros talvez não entendessem, mas que aumentavam o nível geral da comemoração. O namorado de alguém levara um violão e cantava suas composições numa mistura de zulu, inglês e africâner para um grupo no quarto, uns de pé, outros sentados na cama, com os copos apoiados na colcha franjada, enquanto na sala ninguém escutava nada, as conversas e risadas num volume mais alto que a música. Os folhados de queijo da dra. Stark acabaram. Ela e várias outras pessoas da fundação voltaram à cozinha e abriam latas de salsicha viena, aparentemente o único estoque alimentar de Oupa, quando seu marido chegou, atrasado e trazendo consigo uma sacola com vinho e cerveja. Com a faca numa das mãos e a outra, engordurada, longe do contato com seu paletó, largou o que estava fazendo e foi lhe dar um beijo pelo gesto. Ele quase recuou de surpresa, depois segurou-a pelos ombros um instante; era tão inusitado da parte dela fazer uma demonstração pública de afeto. Sua contribuição à festa quase não era digna de manifestações especiais de gratidão; quem sabe tivesse bebido alguns drinques — bom, e por que não?

A prometida escrivaninha foi apanhada da casa dos Stark e entregue no Cento e Vinte e Um, Delville Wood, por um amigo de Oupa que emprestou uma caminhonete de um amigo. Oupa comprou um computador, a prazo, para completar seu equipamento; o único problema, comentou ele com a dra. Stark, algumas semanas depois, é que o amigo que fizera o transporte da escrivaninha tinha se mudado para o apartamento com ele, mais o casal e as duas crianças. — Ele não tem onde ficar. Ele é de Sebokeng e agora está trabalhando aqui na cidade. — Logo mais esse amigo, que concordara em contribuir com o aluguel, abriu as portas para um outro, sem trabalho e sem um tostão. Isso veio à tona quando Oupa, levando seu almoço como de hábito para a sala da dra. Stark, abriu-se com ela, preocupado por não ter cumprido os deveres do mês no curso por correspondência. — Ele também dormia na sala, com meu outro amigo. No chão, mas é melhor que nada, não é? Mas agora o outro pessoal se encheu, eles dizem que estão pagando para dividir a sala e ele está sempre ali, deitado. E não paga nada. De modo que agora fica comigo, no meu quarto, e quando eu quero estudar, à noite, ele fica falando o tempo todo. Cara! Até meia-noite, uma hora.

O que é que ela poderia dizer? "Diga a ele para encontrar um outro lugar." Que lugar? Não estavam, ela e o jovem funcionário, rodeados de papéis, ali mesmo, debaixo das migalhas do almoço, de pessoas que tinham sido enviadas a outro lugar, durante anos a fio, e continuavam sem lugar nenhum? Ela lhe ofereceu o que sabia ser inútil, indignada com a exploração que Oupa sofria na mão de seus pares; ele podia ser seu filho. — Oupa, você tem que ser firme. Você é muito mole. Se ele conseguiu ir morar com você, deve haver alguém mais a quem ele possa recorrer. Você não pode viver assim. Agora que finalmente conseguiu um lugar para morar...

O moço engoliu um bocado e afundou na cadeira, soltando um suspiro pela boca. Balançou a cabeça, várias e várias vezes, negando a pressão da atenção recebida. — Ele esteve comigo na ilha.

Deu outra mordida na perna de frango e mastigou.

Segurando a xícara com ambas as mãos, ela tomou um gole de chá.

— Deus meu. O que é que vamos fazer? No que é que ele trabalha? Será que não podemos achar alguma coisa para ele?

— Trabalhou numa lavanderia, numa fábrica de caixas, não sei... Ele não tem nenhuma qualificação.

Ela ergueu as mãos para o alto, depois bateu com um lápis na xícara. — Por que é que eu insisto em abrir esta minha boca! Por que é que eu insisto!

Passando.

Passando pela rua. Trajeto percorrido um sem-número de vezes, até que o destino que outrora ele significou ficasse obliterado, camada após camada, pelas pequenas tarefas a cumprir naquele percurso. De início, meses a fio, parada num semáforo, de olhar fixo nas janelas do apartamento, como se a encarar alguém que não dá sinal de vida. Depois apareceram roupas de mais alguém, secando no balcão. Um alvo de dardos pendurado na parede, abaixo de onde a bandeira do banheiro dava para fora. Foi quando as cartas cessaram; ou apenas agora é que a imagem parece assinalar o outro esbulho; na vida real, o fim dessas experiências é muito mais lento, o drama da separação, repetido nas variações — o fim do toque, o fim das conversas por telefone, o aumento da distância entre uma carta e outra —, é tão ensaiado que a apresentação final acaba despercebida.

Uma velha atriz em várias decididamente últimas apresentações.

Cá estamos.

Parar na entrada, ouvir o nome pronunciado por um estranho ao local é, simplesmente, o calmo ondular de um sorriso: Delville Wood. É aqui. Atravessar os corredores, o mesmo concreto escorregadio, encerado de vermelho ocre, mistura de fascínio com uma espécie de terror. Afinal de contas, os números nas caixas de correio no saguão de entrada cobrem seis andares de apartamentos, o novo tipo de inquilino podia estar se dirigindo a um outro corredor, a um outro número. Mesmo nesse andar com certeza há de ser um outro número. Mas não, cada vez mais impossível, uma coincidência em meio a seis andares de chances,

Cento e Vinte e Um. A porta se abrindo para sentimentos trancados; despertando, entre o fascínio e o terror, a antiga expectativa sexual de percorrer o corredor encerado de vermelho para entrar no Cento e Vinte e Um. Incrível: as sensações são agradáveis, como se aquele que esteve à escrivaninha em frente à janela fosse se levantar para apertá-la junto a si ou, na surpresa sonolenta de uma visita matinal, suspender as cobertas para ela deitar, arrepiadamente nua, a seu lado — como se ele fosse estar ali, estivesse ali, no retorno do desejo que criara nessa sala onde o grande olho da televisão nada vê, nesse quarto onde um novo inquilino, jovem e pobre, arruma sua cama. A amiga maternal supervisiona solícita as necessidades do novo tipo de inquilino. Rapidamente prepara o forno engordurado para esquentar os salgadinhos. A prova de que ela conhece a cozinha como se tivesse morado ali é atribuída à familiaridade das mulheres com o ambiente doméstico: ainda não consegui pegar o jeito do fogão, o novo tipo de inquilino desculpa-se, masculinamente.

O que você fez uma vez, fará de novo. Vera pensava nisso, às vezes, zombava de si, troçava, recriminando-se; porém isso não a impediu. Ressentia-se ao confrontar a prova daquilo que, quando era criança, a mãe chamava de "comportamento" — e que implicava apenas transgressão. Bennet era seu amante, foi com ele que dormiu quando o jovem marido estava lutando numa guerra, esperando voltar para ela. Bennet, portanto, estaria sempre na categoria de amante, aquele que fora escolhido acima dos laços sexuais e morais do casamento, mesmo depois de se tornar marido. Foi assim por quanto tempo? Uma vez mais, a realidade chega num ritmo despercebido, no breve espaço de uma vida humana, equivalente ao alisar do polegar de uma efígie sagrada nos séculos de homenagens prestadas no beija-mão. Bennet virou Ben. Sua perícia em sexo tornou-se uma satisfação garantida. Não acreditava que estivesse se sentindo fortemente atraída por outro homem; Ben, Bennet *era o outro homem*. Entretanto, de certa forma, foi ele quem tornou um outro homem possível, desejado, porque foi ele quem lhe mostrou, lá nas montanhas junto com os amigos de uma fotografia em grupo, o que o sexo podia ser, quantas revelações de emoção e sensações ardentes podia significar, para além do que achava ser o limite com o marido que estava fora do caminho, na guerra. Se Ben lhe havia ensinado que as possibilidades do erotismo estavam além das experiências com um único homem, isso significava que a experiência total do sexo não terminava com ele. A compreensão disso, em seu corpo, devia estar lá havia muito tempo — pela lógica, desde a primeira vez em que fez amor com ele, decerto? Porém, permaneceu rejeitada ou dormente até que, em algum momento, lá pela casa dos quarenta, ah, quando seu cabelo ainda era abundantemente sedoso, nenhum vaso estourado estampando uma teia vermelha nas pernas, apareceu um homem na fundação para filmar uma entrevista sobre o trabalho da instituição para um documentário que estava fazendo a respeito das várias formas de resistência no país. Deixou seu cartão junto aos de outras visitas à fundação que imaginavam haver possibilidade de serem procuradas outra vez, embora por quê a polidez proibia perguntar. Otto Abarbanel. Nunca tinha ouvido esse sobrenome antes; trabalhava para uma rede de televisão austríaca e falava com um ligeiro — para ela — sotaque alemão. Foi solene durante as filmagens e formal nas maneiras, como todos os alemães que conhecera. Telefonou para ela várias vezes e voltou ao escritório, pedindo desculpas por incomodá-la, querendo checar uma informação ou outra e, quando ela percebeu que eram pretextos, achou de início divertido que não o considerasse uma amolação. Aí, naquela tarde, sem qualquer transição da formalidade de hábito, ele pegou seu pulso, descansando tranqüilo sobre a escrivaninha, e apertou-o com força. Ela respondeu pondo a outra mão por cima. E, assim de repente, houve um pacto de desejo.

Por que não dá um pulo lá em casa, ele dissera, para dar a impressão de que estavam combinando um encontro profissional, ali no escritório onde qualquer um podia surpreender a atmosfera que o gesto criara. — Para um café, no sábado à tarde.

Vera e Ben eram pessoas ocupadas, que não precisavam prestar contas um ao outro de tudo que faziam. Ele convidara um antigo colega de escola que se tornara pintor de sucesso para o almoço. Ela estava tranqüila, servindo a mesa, sem acreditar no que ia fazer e, no mesmo estado de espírito, foi até o banheiro depois do almoço e colocou em seu corpo o dispositivo de borracha que a impedira de engravidar desde o nascimento de Annie. Deixou Ben e o visitante com uma desculpa — precisava fazer ato de presença nalgum encontro político. Tinha muitas obrigações dessa natureza e o marido, desviando a atenção daquilo que estava fazendo, lhe deu a saudação de até-logo-vá-com-cuidado que costumavam usar perante terceiros.

E quando voltou para casa, no final da tarde, foi como ela nunca imaginou que pudesse ser; o que houve no intervalo de três horas era algo que dizia respeito unicamente a ela, a sua sexualidade, à privacidade constante de seu ser, uma característica como a cor dos olhos, o formato do nariz, a índole natural que não poderia pertencer a ninguém mais senão ao próprio eu. Uma vez Bennet Stark parou na soleira de uma porta, admirado por uma mulher que não sabia que existiam laços entre ele e a mulher com quem comentava sua beleza masculina; aquela desconhecida estava demonstrando uma verdade que Vera agora acreditava, euforicamente, ter acabado de descobrir; a sexualidade, no caso dele abertamente manifesta pela natureza na fisionomia sensual, era um atributo que se possuía inteiramente, que não se podia reivindicar com um lance ingênuo: Ele é meu marido. Agora Vera se via naquela soleira. Deitou ao lado de Ben naquela noite com uma sensação de orgulho e liberdade, não de traição.

Durante aqueles dois anos não houve almoço de iogurte e maçã ingerido em meio à papelada do escritório. Fugia, sempre que houvesse uma brecha nas atividades profissionais ou de casa, sempre que sua ausência não fosse ser notada ou quando para ela pudesse haver razão plausível a colegas, marido, filha adolescente (Ivan já estava morando na Inglaterra); fugia para o apartamento Cento e Vinte e Um. A cópia da chave que lhe fora dada ficava pendurada junto com as do carro e da casa, no chaveiro que tinha um azulão numa medalha, presente de aniversário que a filha lhe comprara com dinheiro economizado da mesada. Entrava. Ele estava em casa ou seria aguardado. Às vezes ele chegava com o tipo de comida que apreciava — arenque, salsichão defumado, costeletas frias — e comiam juntos naquela cozinha, antes ou depois de fazer sexo. Banhavam-se juntos antes de voltar aos outros, ensaboavam um ao outro — por que será que ninguém, muito menos as mulheres, admite o terno prazer de lidar desse jeito com a bisnaga escorregadia e mole de um homem, apertando um pouco, de brincadeira, para fazê-la crescer, apalpando, contornando o formato dos dois ovos, em geral de tamanhos desiguais, dentro da bolsa que mantém aquecida e viva a semente do filhote, parecida aos atributos físicos pertencentes, na espécie animal, ao canguru fêmea que ali guarda os filhotes ainda não nascidos e, na espécie humana, são curiosamente invertidos para o outro sexo, o masculino; a bolsa ancestralmente encarquilhada, como se prestes a atrofiar, mesmo num homem jovem.

Otto era uns quinze anos mais jovem que Vera. Vago a respeito da idade, talvez porque quisesse esquecer da idade da amante. Mas quando, em conversa, ela fazia referências que ele não tinha idade para se lembrar, o esforço de estar a par, o vazio momentâneo na fisionomia eram óbvios. Tinha uma testa alta, tensa, ansiosa, de pele lustrosa, como uma maçã rosada, não era bonito; na verdade Vera não sabia como ele era exatamente, se o rosto é o que se é; conhecia o corpo, o corpo masculino cruciforme, a linha dos pêlos castanho-claros que se ramificavam a partir do umbigo numa viga transversal, na altura dos mamilos, seguindo a forma dominante desde os quadris estreitos e se ampliando num tórax esplêndido até os ombros. O rosto era a máscara que todo homem de barba usa; um desgrenhado loiro-escuro contornava-lhe a boca e imprimia o próprio formato ao que porventura fossem o queixo e o maxilar de Otto. Óculos de grossos aros protegiam a expressão dos olhos de um azul corriqueiro, como se fossem vistos pelo distanciamento de binóculos. A boca era aquela macia, lábios de cima e de baixo da mesma grossura, que ela associava à insatisfação pessoal consigo mesmo e que, em geral, não achava atraente nos outros. Nele, rodeado pelo emaranhado da barba, era para ela uma daquelas flores carnudas, humanas, em lagos de pedras, sensíveis à tentação do menor toque. Ela não só pensou que jamais poderia sentir-se atraída por outro homem; tinha certeza de que nunca se sentiria atraída por outro homem loiro. E foi esse estrangeiro quem exorcizou para ela algum ressentimento restante — e o ressentimento é sempre nocivo — que ainda devia existir contra o primeiro loiro, o marido do tempo da guerra. Queria contar a Otto esse fato curioso, uma confissão com certeza cativante e até elogiosa para ele, mas não contou porque pressentia que toda menção àquela guerra, ao final da qual ele era apenas um menino, o deixava incomodado — por ela, não tinha o menor constrangimento em ser tão mais velha que ele; examinando-se criticamente no espelho, sabia que não havia marcas de envelhecimento *nela*!

Entretanto dissera, logo depois das primeiras vezes que visitou o Cento e Vinte e Um: Isto não vai durar muito tempo, sabia?

Ele não entendeu o que estava lhe dizendo: que ele não podia contra Ben, embora ela fosse livre para escolher ficar com ambos. Pensou que estivesse se referindo ao término de seus compromissos profissionais no país. — Tenho uma surpresa para você — pedi para ficar baseado aqui, como correspondente da rede para a região.

Estavam se vestindo. Otto não soube de que maneira interpretar a forma como ela deixou cair as mãos ao lado do corpo. Aproximou-se, prendeu-lhe os braços nos seus, curvando a cabeça para enterrá-la no pescoço de Vera.

Juntamente com a bem-sucedida administração da clandestinidade, havia o desejo de levar seu estrangeiro para casa, de apresentá-lo a sua vida, de modo que pudesse conhecê-la num outro lugar que não atrás de uma escrivaninha ou na cama dele. Racionalizou as coisas: se de vez em quando fosse convidado à casa dela, afinal tanto ela quanto Ben naturalmente convidavam novos conhecidos de quem gostavam, diminuiria o risco de alguém tirar outras conclusões caso ela e Otto fossem vistos juntos, em algum lugar.

Otto estava relutante em ir à casa de Vera, de entrar numa vida da qual não fazia parte. Mas admitiu que ela devia ser melhor juíza da situação do que ele. Havia outros convidados, alguns deles negros que conhecera durante as filmagens que fizera de sindicalistas e figuras políticas menores, e havia o marido, um homem esplêndido, muito habilidoso em agradar os convidados em uníssono com sua mulher, os dois administrando a reunião. A mulher dele: era o que ela era nessa casa. Foi apresentado também à filha, que desapareceu rapidamente da festa que sem dúvida a entediava; linda, mas exatamente como o pai. De modo que não houve nada para perturbá-lo, para evidenciar numa versão mais jovem dela própria que a amante murchara no decorrer dos anos que vivera antes dele.

No papo que acompanha a arrumação após a saída de convidados, Ben mencionou que não tivera muita chance de conversar com o jovem alemão, como era mesmo o nome dele? Um nome estranho; ao lhe dizer, ela perguntou, num tom de interesse inocente, qual seria a origem do sobrenome. Ben lia tanto, tinha boa memória para tudo quanto é conhecimento esotérico que nunca cruzava o caminho de Vera.

— Abarbanel? Mas esse é um velho sobrenome sefardita, ele deve ser judeu, não alemão.

— Acho que ele é austríaco. — Estava investigando.

— Pode ter nascido lá, suponho. Os judeus estão espalhados pelo mundo há tanto tempo. Quem é que sabe?

Quem é que sabe.

Assim, foi o marido quem lhe despertou a curiosidade. Uma curiosidade erótica. Na intimidade sonhadora de depois do amor, falou ao amante. — Quer dizer que você é judeu. Alguém me disse que seu sobrenome é judeu. Sefardita. É espanhol, não é?

— Tem origem espanhola, mas os judeus foram expulsos da Espanha no século XV.

— Eu não imaginaria que você é judeu. — Risada murmurada. — Os judeus são circuncidados.

— Eu não tive o tipo de início costumeiro, fui mandado embora ainda muito novo, com outros órfãos, e adotado. Cresci em Viena com as pessoas que me pegaram. Gente de origem sefardita bem distante.

— E seus pais?

Ele virou-se de modo a que os perfis ficassem frente a frente no travesseiro. — Morreram.

Ela não faria mais perguntas: os cercos da Gestapo, os vagões fechados de gado, o campo de concentração, a câmara de gás; uma proveniência que só podia conhecer de livros e filmes, documentação.

Vera era uma gentia atéia encantada com a noção de que o amante fosse um judeu a quem o racismo deixara órfão, sem um sobrenome que fosse seu — isso o ligava ao propósito franco, diário, de sua vida, aos documentos sobre a escrivaninha de comunidades inteiras removidas e, a sua frente, do outro lado dessa escrivaninha, dia após dia, ao rosto daqueles que se haviam tornado vagabundos porque a lei dizia que eram da raça errada. Descobriu-se parada diante de vitrines de lojas caras vendendo roupas masculinas; comprou camisas francesas e gravatas italianas e, como ele adorasse uns pesos de ouro de Gana, que comprara durante uma reportagem na África ocidental, revirou as galerias de arte e artesanato para aumentar-lhe a coleção. Ela o estava compensando pelas privações da infância, privações como as de tantos que conhecia nos assentamentos que investigava na savana. Ela lhe estava dando brinquedos e doces. Nu na cama, a seu lado, também ele era uma criança deportada, nua no mundo.

Vera continuou fazendo sexo com o marido, ainda que achasse que tinha a delicadeza de não tomar a iniciativa. Pensava nisso como parte de uma estratégia, tanto para manter o amante quanto para não magoá-lo, ao marido; porque o credo que adotara para a situação era aquele já bem gasto de que tudo lhe era permitido, lhe era de direito, desde que ninguém saísse machucado. Otto não tinha mulher nenhuma, que ela soubesse; talvez houvesse uma para quem voltaria, na Europa. O fato é que sexo com Ben, curiosamente, foi um sucesso. Ben deve ter se sentido provocado por ela; não magoado. Era quase como tinha sido muito antes, nas férias nas montanhas e, de novo, depois do nascimento de Annick; ela não podia evitar de ser sacudida por onda após onda de orgasmos.

Cadela.

Cadela, respondia seu rosto no espelho.

E no dia seguinte estava de volta ao Cento e Vinte e Um. Ali sentia que era ao amante que estava magoando. Que amante aceitaria que uma mulher como ela gostasse de fazer sexo com outro homem? Com o marido?

Ela não era livre, no fim das contas. Havia uma cláusula no caso deles — ela própria a formulara em letrinhas miúdas, familiarizada que estava, em sua profissão, com a importância das cláusulas que permitem violação de contrato. *Isto não vai durar muito tempo, sabia?* Porém a cláusula foi esquecida, enterrada sob os lençóis e aquele outro tecido, feito com a intimidade de determinados padrões complementares na vida profissional de ambos. Ele testemunhou: estava horrorizado com o que registrava em filme, com a selvageria daqueles que chamavam suas vítimas de selvagens, com os tiros em crianças, espancamentos, tortura, e com a selvageria que isso estava começando a trazer à tona, em retaliação, com os punhais e os incêndios da vingança noturna. Ele estava contando o que conseguira filmar na noite anterior, antes que a polícia o ameaçasse de prisão a menos que saísse da escola onde haviam jogado gás lacrimogêneo dentro das classes, para tirar de lá as crianças que apedrejaram seus veículos. Cães cercavam as crianças aterrorizadas, policiais brancos apanhavam essa ou aquela, ao acaso, e iam batendo enquanto arrastavam os jovens para os camburões, houve tiros — as duas crianças que ele viu caíram, gritando: ele não sabia se estavam mortas ou não, nem ninguém sabia, porque naquela altura ele e todos os demais que estavam ali fazendo o registro receberam ordens de deixar o local. Crianças negras, ele disse. Como se esperasse alguma explicação. — Crianças negras. Uma menina tentou se esconder atrás de mim.

— Você não viveu aqui o bastante para saber. Os nazistas não acabaram na guerra em que seus pais morreram. Eles renasceram aqui.

Ele se mexeu, como se fosse fazer uma pergunta, mas não a fez. Olhou fixo para a comida na frente deles. Um prato de presunto defumado de primeira qualidade e uma salada de batatas que ela providenciara para satisfazer-lhe o paladar nativo. — Tem uma coisa que eu não lhe disse. Eu não gosto de dizer isso nem para mim mesmo. Mas é verdade. Você sabe o que é um Bebê de Hitler? — O sotaque alemão tornou-se inusitadamente pronunciado.

Ele sabia que ela sabia.

— Sou um deles. Minha mãe foi montada feito uma vaca para produzir uma boa criança alemã para Hitler. Não sei quem foi o reprodutor ariano. Ela não sabia. Nunca lhe disseram seu nome quando foi posto em cima dela. Inseminação artificial para uma vaca é melhor, é uma seringa, não é?

Se há alguma forma de amor entre as pessoas, com certeza tem de haver algo para se dizer, sempre, não importa o que aconteça. Não havia nada. Vera ouviu o que estava ali, porém não podia ser visto, a transformação prenunciada em lenda de um ser num outro, de uma mulher numa árvore, de um deus numa águia; uma criatura da nefanda mitologia da engenharia genética, a quimera da história moderna.

— Você quer saber por que ela fez isso. Eu não sei. Eu não sei nem você sabe como era o que a gente chama viver naquela época. Mas quer saber quem ela era? — era atendente num — como é que vocês dizem? — num mictório público, era da Baviera. Ela não tinha nada, a única coisa de que podia se vangloriar — dizia que meu pai devia ter sido um bom nazista, escolhido para me dar um cérebro melhor, um corpo melhor, uma chance melhor — sei lá — do que o homem comum.

Permanecer em silêncio por muito mais tempo seria interpretado como repulsa.

— Os genes. Eu não sou nenhuma vítima judia. Nenhum judeu. Sou alemão. É daí que vem o único nome que me pertence, o Otto bem alemão que minha mãe me deu. Os genes são iguais aos deles — dos homens que estavam espancando as crianças e atirando nelas.

Vera disse o que lhe veio à cabeça dizer. — Tire a barba.

Foi assim que, ali, na cozinha do Cento e Vinte e Um, o passado foi interpretado e largado, ele agarrou-lhe o pulso, como fizera na primeira vez, no escritório dela, e retornaram a um novo começo, outra vez, algo baseado num reconhecimento tão alheio que transformou, para ela, a sensação do corpo dele e, para ele, a sensação do corpo dela. Não havia lugar adequado para encenar aquela estranha paixão, de maneira que aconteceu na cozinha; ela o recebeu pela fresta de roupas meio arrancadas, de pé, no local onde se haviam levantado da mesa, grudados como um pilar sacudido num tremor de terra e, nunca antes, ou depois, em toda a vida, ela foi, por seu turno, transformada e fundida com um homem numa sensação tão ardente.

Esse foi o dia e o lugar da traição de Ben, Bennet, o homem escolhido.

* * *

Cadela.

Muitos anos depois, Otto Abarbanel já partiu faz tempo, acabaram-se os encontros ocasionais no exterior, os telefonemas de lugares distantes, as cartas, e toda a sensação de toque e o sentimento associados com ele parecem de volta a outras respostas, como nervos que se regeneram após algum dano — aquela cozinha, Cento e Vinte e Um, Delville Wood, continua sendo o dia e o lugar da traição, da mesma forma que os campos de batalha jamais perdem suas associações. E é por esse motivo que, quando Ben entra com o vinho, Vera, espalmando as mãos inocentemente sujas, uma faca numa delas, de repente larga suas tarefas domésticas, chega até ele e o beija.

Será que o passado retorna porque uma pessoa só pode se ver livre dele vagarosamente, ou será a liberdade, no fundo, o lento processo da perda?

O que ela lembrou, enquanto Ben abria uma garrafa de vinho e fazia uma piada com Oupa — que entrou na cozinha conduzindo carinhosamente uma jovem toda risonha que protestava em tsuana — foi de estar no carro com Otto Abarbanel, cruzando a cidade num dia de verão e passar por um restaurante onde, pelas portas abertas, viu Ben. Naquele momento, antes que o trânsito a empurrasse adiante, não poderia ter reconhecido ninguém mais exceto ele, aquele cujas feições singulares e contorno de corpo ela carregava dentro de si.

Estava curvado sobre o prato, a cabeça baixa e os ombros caídos. Estava só. Ao vê-lo, foi tomada por uma desolação, uma premonição, como a náusea sentida por alguém prestes a desmaiar. Como podia parecer tão solitário? Os anos todos que estiveram juntos não significavam nada? Foi consumida por um medo infantil do abandono. A cabeça baixa e os ombros curvados sabiam, sem saber, que ele não era mais seu amante. A solidão dele era sua; não nesse local, não naquele momento, mas em algum lugar, à espera.

Sob os dizeres dos cartazes nos escritórios do movimento, recém-inaugurados na cidade, e nas fotos de jornais e periódicos progressistas, Didymus aparecia entre os que haviam voltado do exílio ou sido libertados da prisão. Nossos líderes, nossos heróis. Quem ocuparia que posto em que capacidade não podia ser uma decisão rápida, depois de um período tão longo de lideranças dispersas entre vários representantes nos diferentes países de exílio, lideranças trancafiadas na prisão, e líderes de organizações de frente que cresceram e sobreviveram no país. Ele fazia o que era preciso, como era o dever de todos. Às vezes se via às voltas com o protocolo ou com coletivas à imprensa; no momento seguinte estava na estrada, para atender à solicitação de alguma filial do interior precisando de oradores; participou de uma das primeiras delegações que mantiveram conversações com empresários brancos, foi paraninfo na formatura de estudantes de uma faculdade cujo diretor nutrira esperanças de uma cara mais conhecida porém ocupada demais para comparecer. Ao mesmo tempo subentendia-se que fosse sua formação jurídica, e não as missões clandestinas levadas a cabo com tamanho sucesso nos tempos de exílio e atividades subterrâneas, o que decidiria qual a posição que Didymus viria a ocupar na Executiva Nacional numa época, essa de agora, em que se tornara legal e em que o etos político pedia negociações e fisionomias sorridentes nas recepções oficiais, em lugar de um rosto disfarçado circulando pela rua.

— Pau para toda obra! — Sally, usando seu sacudir de ombros exageradamente afetivo como atenuante da voz mais ardida, respondeu a Vera quando a amiga lhe perguntou que posição Didy ocupava agora. Um cantor de rap berrou no microfone com a velocidade de um leiloeiro de tabaco; os Stark tinham aparecido na abertura de uma exposição de pinturas e entalhes em madeira produzidos por artistas negros, cujos trabalhos viraram moda desde que corporações e colecionadores brancos passaram a ver tais aquisições como um meio indolor de provar a ausência de preconceito racial. — E que multidão... todos esses *operários culturais* com vergonha de se dizerem pintores e escritores. E mais todos os figurões das seguradoras, os RP dos bancos, todos demonstrando o quanto apreciam nossa alma negra. Agora, pelo amor de Deus, Ben, não vá me citar! — eu uso o jargão pelos corredores do escritório, eu mesma me ouço... mas que bênção encontrar um *empresário*, caro Ben, entre os meus amigos nesta multidão que se recusa a dizer o que é.

Claro. Os torsos são apenas parte do mobiliário que Sally conhece tão bem na casa do casal Stark. Ninguém destaca a identidade — *escultor* — de quem os moldou, somente ele se lembra da identidade da cabeça que falta, do centro nervoso complexo da mulher com quem vive e a quem desistiu (um dia, muito tempo atrás) de tentar capturar em sua forma material.

De modo que Ben ri com ela. Claro.

— Você não tem nenhum trabalho na sua firma, tem?

— Só do tipo que você vê nos pequenos classificados. Alguns dos meus clientes estão no ramo de reembolso postal. Um dinheiro extra nas horas vagas, vendendo de casa — você sabe.

— A maioria do pessoal com quem a gente trabalha não tem uma casa de onde vender. Mas agora falando sério... estava querendo falar com você, pedir alguns conselhos sobre como é que a gente poderia estabelecer algum tipo de ligação com o empresariado, operando fora do esquema de agência de emprego, alguma coisa mais pessoal, canalizar o remorso... por que não? Já faz um tempinho que ando querendo dar um pulo para falar com você.

Os Stark e os Maqoma não tinham se visto muito nos últimos tempos. Embora Sibongile falasse de seu trabalho como sendo algo bastante humilde — era o vocabulário democrático, resquício do exílio e de sua brava rejeição às hierarquias —, era ela, hoje em dia, a de difícil acesso, com quem só se podia falar passando primeiro por uma secretária. Tinha escritório próprio e o comando de uma bateria — computadores, faxes, e assistentes cuja instrução falha e falta de especialização estava tentando tolerar ao mesmo tempo em que os disciplinava e treinava. Quando surgiam queixas contra ela, dizia aos companheiros em altos cargos o que eles próprios achavam melhor não expressar. — Eu não quero ninguém me dizendo que me comporto como uma exploradora só para que fulana possa continuar sentada lixando as unhas ou para que sicrano que um dia foi preso ache que tem o eterno direito de sumir duas horas no almoço. Os companheiros que trabalham aqui devem ter vontade de trabalhar mais e não menos do que trabalhariam para um patrão branco. Isto aqui não é cabide de emprego.

A casa estava mobiliada, ainda que um tanto esparsamente para o gosto de Sally; gostava de objetos bonitos e alguns dos que colecionara com o pouco dinheiro economizado nas andanças de um canto a outro, no exílio, tiveram de ser deixados para trás. A filha estava equipada com tudo que a mãe precisava providenciar para a nova escola. Havia um forno de microondas na cozinha para que eles pudessem esquentar a refeição quando ela tivesse algum compromisso oficial, o que significava que só voltaria para casa a tempo de encontrar Didymus e a filha no escuro, iluminados por um filme na televisão, ou de tirar os sapatos e se aprontar para dormir sem perturbar o marido, que, adormecido, deixara espaço para ela a seu lado. A casa estava montada; mas ela não tinha tempo para as tarefas diárias de mantê-la; era Didymus quem ficava com a lista de compras que ela rabiscava na cama, à noite, quem ia levar Mpho às aulas de balé moderno, ao dentista, a todas as obrigações urgentes que têm as colegiais de estar aqui ou acolá, era ele quem chamava o encanador ou reclamava do defeito do telefone. Seu dia era menos congestionado que o dela. De manhã, enquanto ela apanhava pastas, papéis, chaves, ele mergulhava o pão no café, sintonizando o rádio de lá para cá, entre o noticiário local e a BBC. Trabalhavam no mesmo prédio; às vezes Didymus dava uma passada no escritório da mulher: Sibongile estava ao telefone, falando aceleradamente, estendia a mão para não ser interrompida, estava dando instruções aos pesquisadores de campo, com quem iniciara uma pesquisa para a reintegração dos ex-exilados.

Começou a freqüentar muitas das reuniões às quais o marido comparecia. Entrava deslisando, atrasada, graciosa, com os quadris cheios bem vestidos, sobrancelhas arqueadas quando alguém se alongava demais. Tinha queixas do diretor, que não queria ir às conferências e criara o hábito de lhe pedir que fosse em seu lugar. Vamos fazer uma autópsia, ela dizia, em casa. Ela e Didymus eram dois grandes companheiros, os melhores que podiam ter, entre todos os outros, em épocas assim. Os meses que passara trabalhando em Londres e tomando conta da filha, sem saber nem perguntar onde ele estava, as cartas — de repente às vezes uma de amor — que chegavam até ela sem assinatura, vindas de países onde ele não estava, a emoção curiosamente pura dos regressos — que outro relacionamento entre um homem e uma mulher poderia demonstrar tamanha confiança? Abster-se do adultério que significa "confiança" para a maioria dos casais é, se comparada, uma coisa ínfima; havia ali um grande pacto que ultrapassava a capacidade daqueles que vivem apenas para si mesmos. Discutiam, concordavam, cúmplices que eram, nessa ou naquela questão, juntos no curso que cada qual seguiria, ela em seu departamento, ele em escalões mais altos. Explicavam, um ao outro, uma certa predileção por um determinado líder ou a falta de confiança em outro. — Precisamos de alguém duro, que pense rápido nesse tipo de negociação. Sebedi é igualzinho — (ela fechava os olhos e esticava a cabeça para a frente, apertando a ponta do nariz) —, ele é um rinoceronte velho, um chifre só, uma tática só...

— Mas quando ele ataca! Ei! Tem força, ele derruba qualquer porta-voz do governo.

— Ah... mas quantas vezes isso acontece? Quando ele consegue se aprumar para atacar, já transformaram a questão numa outra, já tiraram aquela do caminho.

— Nem sempre. Nem sempre. Eu já o vi acertando em cheio. E você não pode esquecer que o homem impressiona, ele senta com as mãos cruzadas e a cabeçorra inclinada para trás, daquele jeito dele, e o pessoal do governo vê que ele está escutando de fato o que estão dizendo, ele não fica se coçando, nem tomando água ou apagando o cigarro, como certos companheiros nossos, os jovens, que só estão pensando no que vão dizer a seguir. Ele inspira *respeito.*

Ela recuou com um olhar de censura. — Quem é que quer o respeito dessa gente? Desses desgraçados que andaram metidos em esquadrões da morte, que mandaram seus homens para matar nossa gente no enterro daqueles que a própria polícia deles matou? É justamente o contrário — é preciso mostrar a eles que não lhe devemos *respeito* algum!

— Então você não entende nada de negociação. Tem que haver uma aparência de respeito, isso tem de estar ali, é como as garrafas de água e os microfones que você liga antes de falar. É uma convenção. Dá tranqüilidade àqueles ministros e assistentes. E eles caem na armadilha. Eles acham que se forem tratados direitinho como ministro disso, doutor daquilo, se forem ouvidos atentamente, significa que todo o processo de amaciamento está andando, que os negros foram finalmente convencidos a falar como cavalheiros brancos, que estão bem domesticados. Por que acha que aparecemos de terno e gravata e não com a camisa sem gola de Mao, ou com as *dashikis* que os líderes do Norte usam? Para os bôeres do outro lado da mesa pensarem que existe um código entre nós e eles, descartamos nosso africanismo, nossa negritude está escondida debaixo do terno e gravata, não vai saltar sobre eles e exigir! Ainda não.

Sibongile torcia as mãos, impaciente para interromper. — E lá vai o rinoceronte velho se arrastando! Cadê os leões jovens?

— Fazendo fila no seu escritório, é lá que eles estão — no único lugar onde podem estar. É para eles que você está tentando arranjar emprego!

Mpho espiava os pais como se estivesse assistindo a uma partida de tênis, às vezes ria, às vezes se intrometia para dar opinião própria. Sibongile e Didymus incentivavam isso, orgulhosos de uma filha esperta, cuja inteligência fora estimulada no exílio por uma educação melhor que talvez também a prejudicasse, distanciando-a dos outros jovens negros. Não tinham muita certeza quanto à escola que, para alívio mútuo, conseguiram arranjar para ela; embora "mista", quase todos os alunos eram brancos e conservava o etos e os rituais das escolas reservadas aos brancos. Sentiam-se gratos pelo fato de, nas primeiras semanas, quando ainda estavam hospedados na casa dos amigos, Vera ter apresentado a menina a alguns jovens negros decentes, com quem ela se divertia. O afeto surpreendente que desenvolvera pela avó infelizmente não significava que houvesse alguma amizade adequada para ela na sujeira e violência de um lugar como Alexandra.

Didymus mantinha em si uma ligeira tensão, uma corda repuxada no ventre pronta a se retesar em defesa de Sibongile — preocupava-se com a possibilidade de que sua franqueza fosse interpretada como agressividade; suas maneiras, céticas, iconoclastas, sempre questionantes, seriam vistas como um desrespeito ao estilo tradicional de contato político desenvolvido nos altos escalões do movimento durante os muitos anos de exílio, e iriam contar pontos contra seu progresso no nível ao qual, pela primeira vez, tivera acesso. A própria maneira como usava o corpo: entrando numa conferência, onde se achava por procuração e não por direito, de salto alto repicando no chão, sem o menor esforço para se mover discretamente. Ele ficava ansioso; não olhava para ela, como se isso fosse impedir que os outros se perturbassem com a distração irritante, mas sem conseguir evitar de tomar consciência, ele próprio, da movimentação de pernas e assentos à medida que o perfume marcava o progresso dos seios e quadris de Sibongile até seu lugar. Sentia que até mesmo sua feminilidade obviamente indócil contaria pontos contra ela; o distúrbio físico que ela não fazia o menor esforço para minimizar prefigurava o distúrbio à apropriação masculina do poder, que ela talvez tivesse atrevimento suficiente para ignorar. Era sensível às reações provocadas pelos comentários dela, às vezes lhe soavam como provas ofensivas daquilo que temia por ela, murmúrios que nela só provocavam risadas (cujo volume também não estava ajustado à atmosfera de uma conferência) ou forneciam a oportunidade de expor um novo ponto. Didymus estava familiarizado com a forma como as coisas eram feitas, sempre tinham sido feitas, tinham de ser feitas, fazia parte delas; era capaz de pressentir de que forma os outros se sentiriam em relação a uma personalidade como a de Sibongile; e uma mulher ainda por cima. O que ele sabia ser notável nela corria o risco de ser mal interpretado. Não tinha idéia de como lhe oferecer o benefício de sua própria experiência, como ensiná-la a se conduzir para concretizar as ambições que via despertas nela. O lar, para ela, agora era a política. Foi esse o curso das coisas. Só que ela não estava caminhando do jeito certo. Temia o efeito do fracasso numa pessoa com uma confiança em si mesma e uma expectativa de si própria tão grandes. Que Deus me ajude, e a Mpho e a todos os demais que ela conhece se isso acontecer.

Didymus era contra o nepotismo, mas o que é nepotismo? — nada mais do que dar uma palavrinha a favor, quando isso parece apropriado. Ele era da velha guarda, havia momentos privados em que podia comentar com um companheiro com quem partilhara tanta coisa em tantas situações e crises, que mal via Sibongile ultimamente, que ela estava trabalhando demais, que era tão dedicada a seus ex-exilados. E a observação permitida era sempre recebida com uma fórmula do tipo: Ah, sim, ela está fazendo um trabalho extraordinário. Mas se fosse uma garantia cautelosa de que o valor de Sibongile não estava passando despercebido, porém não mais que isso, ou se fosse uma maneira de lembrar ao velho companheiro que ele não deveria pensar que podia promover sua mulher, a resposta era negativa. Um fora.

Passando por uma zona onde o ofício a conduzira, a atenção da dra. Stark desviava-se a todo momento da voz ao lado e do que via em volta, como se por obra e graça de algum músculo emperrado que não fosse visível aos demais dentro do carro. Havia, entre todos os documentos naquela bolsa a tiracolo que levava sempre consigo, uma carta encontrada pela manhã em meio à correspondência do escritório. O envelope chegara manuscrito, com a letra de Ivan, não fora datilografado por uma das secretárias como de hábito e não fora enviado para seu endereço de infância. Abriu-o com a privacidade embaraçada de destinatários quando na presença de terceiros. Praticamente não assimilou nenhum detalhe, explicação nenhuma; apenas o fato central foi captado na leitura rápida: Ivan estava se divorciando. Dobrou a carta sem ler a última página e enfiou-a de volta na bolsa.

O murmúrio de uma moça tímida falava de brutalidade. — Então a senhora vê, eles melhoraram Phambili Park, esgoto e tudo mais, e nós todos construindo, mas agora os homens lá dos albergues estão começando a derrubar tudo, a mulherada lá do campo dos invasores fica sentada bem ali do lado da casa da gente — o que é que se pode dizer para elas? Estão com medo. Feito nós. A gente também está com medo. Na semana passada teve tiroteio duas noites, os homens do albergue estavam atrás de alguém.

Como é mesmo que dizia?... "Consegui que Alice concordasse com o divórcio." O simples fato de o envelope estar manuscrito já indicava algo inusitado a ser transmitido; um banqueiro tão bem-sucedido que vive indo de Londres para a Polônia, Hungria e Rússia para negociar novas alianças bancárias não tem tempo de lamber selos pessoalmente. Como se estivesse dizendo isso a Ben agora, ouviu-se falando, quando Ivan voltou à África do Sul e casou-se com a antiga namorada de escola: Ele vai ficar com ela enquanto não subir na vida.

— ... aí eu fiquei com medo, mas com tanto medo, minha mãe também, a gente ficou ali escondida, sem luz, no meio da correria toda, uma gritaria danada e aí aquele barulho, aquele barulho! alguma coisa desabando, assim sem mais nem menos, desabando na porta, então eu pensei, e se for o Colin, ele ainda não tinha chegado em casa...

Outdoors em terrenos vazios proclamavam o direito a um teto, promovido à condição de classe média. Empréstimos Facilitados, Protea Grove, Blue Horizon, Hill Park, você também pode dizer que mora num lugar com um lindo nome, como se fosse bairro de branco, você também pode sentir que está tendo direitos, se o seu endereço for Phambili Park — avante, vamos avante! No horizonte, um vasto depósito de ferro-velho sem qualquer perfil reconhecível de habitações humanas; na beira da estrada, as folhas de zinco e os plásticos esfarrapados da arquitetura do final do século XX, assim como foi o mármore o material da Renascença, vidro e aço os de Mies van der Rohe. Campos de invasores, o verdadeiro Pós-Modernismo: dos sem-teto.

— Ai, desculpe — vire aqui, não, esquerda, desculpe... Uma moça tão cheia de pedidos de desculpa, com seu rosto oval cor de azeitona, fruto da mistura de raças, em sua corola de abundantes cabelos negros. Estaria pedindo desculpas pela mera existência, que não era nem a dos brancos morando longe da ira que explode dos albergues negros para cima dos falsos bairros de bem, e nem a dos negros que fogem de um barraco em chamas para a savana? — ... e eu escutei alguém gemendo lá fora e que é que eu podia fazer, minha mãe tentou me impedir, mas eu pensei e se for o Colin, então mesmo que me matem eu tenho...

Ben estava chocado. Essa não é bem a atitude que se esperaria de alguém em relação a um casal jovem. Magoado. Ben, que fora Bennet, o moço que tomou a mulher do outro quando o outro estava fora, lutando uma guerra, tinha no rosto o medo disfarçado em censura, o recuo nos olhos para dentro de suas cavernas escuras.

Não queria que seu filho sofresse nenhum desgosto na busca da satisfação sexual e do companheirismo que acenam daquele outro outdoor: Felicidade.

De uma mixórdia de arames havia roupas pingando, uma mulher atirou uma bacia d'água no chão e ergueu os olhos, uma bandeira branca hasteada num galho morto anunciava algo aos iniciados — um curandeiro ou alguma outra forma de aconselhamento à venda ou, quem sabe, milho para ser comprado — do telhado de um barraco inclinado como uma casa de cartas. Comércio funcionando; letras irregulares inscritas em tábuas ou ondeando pelas rugas do zinco, Alfaiataria New York, Lavagem a Seco, Tranças e Relaxamento Afro — Última Palavra em Penteados, Funerária Mosala, Salão de Beleza, uma escora levantando uma pálpebra de lata onde um punhado de cigarros, algumas garrafas de bebidas coloridas, rolos de fumo de corda e cubinhos de chicletes foram enfileirados. Armazém. Carvão Lenha. Vire aqui. Vire ali. *Ah, dra. Stark.* As Kombis alargaram e canalizaram a estrada de chão batido para a passagem de um rio na cheia; a caminhonete da Fundação Legal é levada com elas, mantém-se no fluxo, outras Kombis chegando tão perto que o cotovelo do motorista, para fora da janela, praticamente encosta no espelho lateral da caminhonete; paralisados quando as Kombis a toda velocidade freiam, sem qualquer aviso, para pegar ou descarregar passageiros.

— Ah, dra. Stark, estou lhe dizendo que ninguém consegue agüentar isso. Quando eu vi que não era o Colin, quando eu abri a porta, só um tiquinho, e vi a cabeça, o negro, sangue, e os miolos...

Aos prantos, e tudo que ela possui para lidar com o choque e o horror que voltam com o relato é um lenço estampado com a cabeça de um pierrô, duas lágrimas cristalinas impressas com lantejoula: é o que a dra. Stark vê, ao se voltar com o gesto de quem escuta, que é tudo com que tem de lidar. Por enquanto; a fundação não pode se atrapalhar com os efeitos, ela ataca as causas.

— ... feito no açougue, nunca pensei que o miolo da gente fosse assim...

Não há mancha nenhuma no degrau. Nem sangue nem a geléia cinzenta estriada de vermelho que aparece no raso das panelas. Foi tudo muito bem esfregado no sôfrego desejo de manter os padrões da boa dona de casa. Uma mulher alta está à espera, com a magreza ossuda que tantas vezes advém à corpulência africana da mistura com sangue europeu, prematuramente envelhecida (um ou dois anos mais velha que a dra. Stark, talvez) por causa da determinação em derrotar a pobreza graças a um asseio e uma decência imperiosas que, supostamente, pertenciam sem qualquer esforço às pessoas endinheiradas, recompensas de quem era branco. A porta não é a porta de uma casa e sim a lateral de uma garagem; um fogão, geladeira, televisão, camas, a família mora ali. — Colin está construindo a casa nos fins de semana, faz mais de um ano já, é um negócio demorado! — A mulher mais velha insiste em fazer chá, tem um bolo de maracujá com glacê amarelo, ela interrompe para enfatizar: — O cunhado dele, o marido da minha outra filha, ele é do ramo, e tem mais gente da família que vem para fazer o estuque e por aí afora.

— Domingo é a maior festa! — Desviada das lágrimas pelo conforto do orgulho, a mais jovem mostra à dra. Stark o que será sua casa um dia, domingo por domingo, o cantinho do café da manhã, Colin é bom com as mãos, está fazendo a mesa ele mesmo, o quarto principal (diz ela), as crianças aqui, com uma saída para o quintal para elas, a sala de visita e jantar vai ter um balcão dando para a cozinha, o quarto da mãe com banheiro separado, e isso é o alicerce para um pátio e uma churrasqueira. A visita é levada lá para fora de novo para admirar a fachada. Ainda não há telhado mas, na parede sem estuque onde os caixilhos das janelas esperam as vidraças, a réplica de uma arandela de carruagem já está colocada, exatamente como se estivesse a postos para iluminar as colunas à entrada da casa do homem branco.

A afirmativa dessa casa semiconstruída é tão inegável que as duas mulheres sentem uma sensação de irrealismo ao voltar ao motivo da presença da dra. Stark, que é o de investigar o que houve em Phambili Park na noite em que um homem foi assassinado na soleira da porta da mulher mais jovem. Esse tipo de investigação em geral não era da alçada da fundação, mas nessa ocasião, como vinha sendo cada vez mais freqüente nos últimos tempos, a conexão entre as pessoas que haviam sido removidas à força e, acampadas perto de Phambili Park porque não tinham mais para onde ir, viam-se sujeitas à violência dos moradores dos albergues, e as perturbações que isso causava aos residentes de uma *township* legalmente estabelecida, agraciada com infra-estrutura etc. e tal, era relevante para os argumentos contrários às remoções que a fundação apresentava. A mulher jovem conduz a dra. Stark para baixo e para cima, pelas ruas desenhadas na savana pela unha grosseira de uma escavadeira. Pica-paus martelando — construções por toda parte — a savana, uma oferenda sem-fim à infinidade de luz que é um dia de céu claro no Transvaal, andaimes que se destacam na exagerada perspectiva da nudez, De Chirico e Dali pensaram ter imaginado, Munch enxergou, mulheres de boca escancarada fugindo pelo espaço de incrustações de casebres encardidos ardendo em fumaça, ali, bem ali. Mas onde fica a Europa, que lugar ocupa o divórcio de um banqueiro na mente de alguém que abre caminho entre detritos e mato até a alucinação comportada de casinhas pequenas, com suas grades ornamentais contra ladrão e seus lençóis floridos nos varais, de alguém que fala com famílias que moram em garagens enquanto a habitação existente em sonhos há anos vai se materializando aos poucos em paredes que sobem na medida em que o dinheiro é economizado e os domingos livres permitem? A normalidade nesses lares — acampar na garagem é o lar, porque é a primeira ocupação do que existiu em sonhos — também é alucinatória. Portanto o que vem a ser normalidade? Não seria simplesmente o jeito como as pessoas conseguem viver sob uma determinada circunstância? As crianças que empurram aos trambolhões um carrinho roubado de supermercado, carregado com dois latões de água, de volta para o campo de invasores (uma das queixas dos moradores de Phambili Park é que os invasores usam suas torneiras) — essas crianças estão executando uma tarefa normal em termos de onde e como vivem. Gritam e socam-se mutuamente, rolando no chão pelo caminho. Uma arandela de carruagem é o brasão da aspiração, preso na parede onde uma multidão esmigalha a cabeça de um homem.

A dra. Stark guarda as anotações na bolsa, garantindo que saberá encontrar o caminho de volta para a cidade. Sem o rosto de um morador das zonas negras para escoltá-la, tomou a precaução de trancar o carro e fechar os vidros. Movendo-se numa cápsula;

nem a utilidade que terão para o caso as anotações feitas, nem a carta debaixo do bloco de notas apagaram o irrealismo do lugar que deixara para trás. Estava acostumada aos campos de invasores, aos cortiços das *townships*, a níveis de existência de que os brancos não tinham conhecimento; a súbita ilusão de um bairro de classe média, salpicada aqui e acolá, encalacrada na savana em meio à vasta macega de latas, sacos de estopa, plásticos e papelão que constituíam o terreno natural, era algo ainda por compreender.

Teve ímpetos de encostar e ler a carta.

Mas seria um recurso para desviar a atenção; assim como ter de cumprir seu ofício num lugar chamado Phambili Park servira de motivo para enfiar a carta semilida dentro da bolsa. E hoje em dia não se pára em estrada para ninguém nem por motivo algum. Com uma das mãos no volante, enfiou a mão na bolsa para sentir o envelope. *Ivan uma criança carrancuda a carranca dela própria quando estava atenta sempre de olho nela o hábito de enfiar o dedo no nariz enquanto falava (não faça isso é feio) no açougue nunca pensei que o miolo da gente fosse assim uma arandela de carruagem para iluminar a meleca cinzenta...*

Percebeu que estava na entrada do hospital onde a testemunha de voz delicada dissera que o pessoal do campo de invasores se refugiara. Entrou, ao aceno dos seguranças, e desligou o motor. Mas não para ler uma carta.

Caminhou pela trilha de cascalho, entre canteiros perfilados de cravos-de-defunto, rumo ao prédio do hospital, driblando o assobio do sistema de rega. Pombos bamboleantes vinham beber os borrifos; uma cerca de segurança de dois metros de altura, sob os olhos velados de luzes de estádio, rodeava essa alucinação de ordem imperturbável de um governo de província. Ao longo de todas as paredes padrão, tijolinho aparente e tinta verde, havia gente agrupada, como se tivessem sido sopradas até ali, feito os jornais e sacos plásticos que o vento encostara na cerca. As mulheres sentavam-se no chão, de pernas recolhidas sob saias e aventais, com crianças pequenas agarradas, trepando por cima delas. Os homens agachavam-se com a cabeça sobre os joelhos, um toco de cigarro na mão pendente, ou continuavam de pé, encostados à parede; erguiam os olhos dos tênis escangalhados, anunciados pelo prazer do esporte. Ela cumprimentou alguns grupos; eles piscavam apáticos, passando por ela. Arrumou um pretexto para a abordagem. Tinha gente vivendo no hospital? Uma velha pegou uma pitada de rapé e apontou, enquanto enfiava o pó no nariz. A senhora está dormindo lá? Uma mulher repuxou o cobertor que cobria e marcava a forma dos seios rijos, necessitando acusar qualquer um que ouvisse. — Eles dizem que não tem lugar. Aqui! Vamos dormir aqui!

Saindo da paralisia, outros foram atraídos. Não pareciam entender as perguntas feitas em inglês ou africâner — a dra. Stark de todo modo já sabia, por experiência, que as pessoas em choque ou aturdidas perdem as reações, ficam confusas —, mas a mulher no cobertor falou por eles. — Tem cinco dias que estou aqui. Que é que eu vou fazer? Aquela noite os merdas levaram tudo, mataram — olha esse velho aí, sem cobertor, sem nada, o hospital deu um cobertor para ele, quando ele fugiu os homens pegaram o irmão dele, a televisão, a bicicleta, sumiu tudo dele — merda!

O homem tossia, os joelhos espremidos um junto ao outro, os ombros encolhidos no peito, protegendo-se do perigo da existência; os bebês sugavam os peitos, gulosos.

— E essa mulher aqui, ela tentou voltar para casa ontem, de noite apareceu de volta. Não dá, é terrível...

A mulher tinha a fisionomia franca e serena que, ao final do século XX, só se vê em camponesas jovens e em freiras, deve ter saído com seu homem de algum bantustão rumo a cidades que não tinham lugar para ela, mas nem o campo de invasores nem a fuga tiveram tempo de redesenhar o anacronismo daquele rosto conforme o lugar e tempo em que viviam agora. Ainda não tinha o ricto empedernido pregueado em torno dos olhos nem as narinas infladas e tesas da mulher, criatura de rapina, que a exibia.

A mulher preparou-se, obediente, para falar. Um volume debaixo de um pano, nas costas, era um bebê. Uma menina pequena encostada nas canelas grossas. — Sexta, perto lá de Phambili onde a gente mora eles vieram pegar meu marido. Nós fugimos mas tinha muito mais gente correndo, de noite, e eu perdi minhas crianças, meus dois meninos, estava fugindo com esses menorzinhos — (mãos erguidas na direção das costas, carregando o peso) —

e eu não estou encontrando meus dois meninos aqui no hospital. Ontem eu achei que precisava voltar lá em casa e ver cadê os meninos, meus filhos, mas aí quando eu fui vi aqueles homens lá de novo, na minha casa...

Olha para os outros, para alguém, em busca de palavras para descrever o que viu, de uma explicação, do que fazer.

Eram homens do albergue? estavam com porretes, com facas? como é que estavam vestidos?

A mulher ajeitou as pernas do bebê mais firmemente em volta da cintura e tomou fôlego de novo, o fundo fôlego do pânico de quando fugiu arrastando os filhos pela savana, como é que poderia ter certeza do que viu? como poderia estar consciente de qualquer outra coisa que não a urgência de sua carne e da carne dos filhos em fugir?

E você — você teve uma chance de ver quem eram, os homens que apareceram à noite?

A mulher embrulhada no cobertor parou de pé na frente da dra. Stark, pés descalços plantados no chão. — Eu? Você diz o que viu e te queimam a casa, ou te matam. Melhor não ver nada. — Uma mosca lhe subia pelo rosto, sob o olho. Aconteceram coisas demais para que notasse predador tão pequeno tratando-a como se já fosse um cadáver.

E a carta. Ali no fundo da bolsa a tiracolo, debaixo das anotações, sob o signo de miolos esparramados, de arandelas de carruagem, de uma gente estatelada à espera da salvação transformando-se, enquanto afastava-se deles, em amontoados e magotes escuros ao longo da parede.

Quando chegou em casa — já era tarde para voltar à fundação —, encontrou a carta. Estava sozinha na casa que era sua como prêmio do divórcio, numa categoria de vida que podia ter como líquido e certo direitos e garantias materiais — sua normalidade. A casa sempre fora dela; Ben se mudou para lá, primeiro como amante, depois como marido. Contém mesas, luminárias, pôsteres e fotografias emolduradas, trilha marcada no carpete, cama — testemunhas silenciosas daquela normalidade.

Debruçou-se à janela, onde ainda havia a luz da tarde. O endereço manuscrito, enviado à fundação era, em si, parte do texto a ser lido. Por que conta a mim e não ao pai?

Por que sabia — achava — que ela entenderia melhor? O envelope escrito na letra arredondada, ereta, que vira se formando no alfabeto do jardim-de-infância, enviado a um endereço clandestino, como uma carta de amor; reivindicação para partilhar de um segredo que não devia ter aparecido de novo no fundo de uma bolsa cheia de anotações. Não há como ele saber o que ela própria ignora: se é filho do sexo feito no chão (nesse mesmo quarto onde tem a carta na mão) uma última vez com o soldado recém-chegado, ou se é filho do amante da mãe, Bennet.

Ele sabe. De algum modo, ele sabe. Ela tem uma certeza irracional. Sempre esteve ali, impossível negar; não é que apenas se pareça com ela, nos genes que o formaram existe o conhecimento de sua concepção. Se ela nunca soube quem foi o pai, ele sabe. As primeiras células de sua existência codificaram a informação: é filho do primeiro casamento sem filhos, concebido depois que acabara, no chão desse quarto, numa hora que devia ser esquecida. A informação esteve sempre ali: quando ela e Ben o levavam para a cama de casal para um carinho, quando era pequenino, ao emergir da autoconcentração do sono, seu olhar sempre se fixava nos olhos dela; quando, homem feito, banqueiro, dançava com ela, cada um envolvia o outro em seu segredo.

Você deve ter notado, acho que você notou da última vez que esteve em Londres que as coisas não andavam muito bem. Alice me fez prometer que manteríamos as aparências e eu cedi — erroneamente, acredito, mas quando se é o que chamam de parte culpada (é assim que me chamam os advogados...), você tenta abrir pequenas concessões para não parecer um crápula total. Eu devia ter percebido, certo? Alice estava tentando arrumar, acho, coitada, tudo quanto é tipo de desculpa para adiar ao máximo. Às vezes penso como seria bom se você estivesse aqui agora, para dizer a ela o que gente como você e eu pensamos — mesmo que você não tenha nos dito isso, a Annie e a mim, de alguma forma nós aprendemos isso com você a respeito das emoções — não dá para fingir amor. Se acabou, acabou. Ela quer que eu fique com ela, diz que não está pedindo para eu amá-la. Acabou virando aquele tipo de mulher que se contenta em ser usada como uma prostituta, acha que eu devia continuar dormindo com ela sabe Deus por quê — por razões higiênicas, pelo que ela considera as necessidades sexuais dos homens, que não têm nada a ver com amor. Ela não consegue entender de forma alguma que a perspectiva me enoja. Eu não quero uma vasilha para meu sexo. Vera, eu cresci mais que ela, ela continua a mocinha que eu levava aos bailes da escola. Há muito tempo que não tenho nada para conversar com ela, nem trabalho, nem o que sai nos jornais, nem minhas idéias a respeito da vida. Se não for sobre Adam, a dor de ouvido dele, as notas dele na escola, se ele precisa ou não de uma raquete de tênis nova, não tem mais nada. Eu não posso viver desse jeito e não vou participar da escolha pobre que ela fez.

Estou com outra mulher. Estou, claro, já faz um bom tempo. Ela não me pressionou para pedir o divórcio, não. Não é do tipo de fazer chantagem emocional. É uma ruiva húngara, caso queira saber como ela é (!), tem sangue judeu de um lado da família, é muito inteligente, banqueira, trabalha com investimentos. Do lado dela não tem nenhuma embrulhada complicada, o marido morreu aos trinta e nove anos, cinco anos atrás, tumor no cérebro. Sem filhos. Não sei se vou pedir a custódia de Adam. Ele já é quase um adulto. Ela tem mais chances de ficar com ele, mas será que um rapaz adolescente não precisa mais do pai? Para mim é difícil julgar, porque tive os dois. Todos os velhos clichês do que é melhor para ele etc. Tem horas que tudo que eu quero é dar o fora, seria capaz de concordar com tudo. Em outras, me sinto mal pelo menino. Isto aqui está começando a parecer aquelas novelas que a Alice assiste na televisão e desliga logo que eu chego, para fingir que não assiste. Sem dúvida que todo divórcio é uma novela. E você fica viciado na sua novela, pouco importa tudo mais que esteja acontecendo lá fora no mundo. Acabei de chegar de Moscou, refinanciamento de parte da indústria armamentista para fabricar peças automotivas, operação espadas por arados. Mas é tão mais lucrativo vender armas, e eles precisam de tanto dinheiro, não há consórcio de ajuda financeira que possa lhes dar o que conseguiriam obter vendendo para o Oriente Médio. Estou mandando junto uma foto. É de um jantar qualquer em Budapeste, mês passado. Ela é a ruiva ao lado do gordo que está em pé, fazendo um discurso.

Mas não havia foto nenhuma. Ele deve ter pensado duas vezes; teve instinto suficiente para saber que uma foto, um rosto assinalado num círculo, não é maneira de anunciar uma traição.

Ao escutar Ben entrando, seu suspiro tranqüilo de quem chega em casa quando parou no corredor, ao lado da prateleira onde sempre ficava a correspondência do dia, sua confluência solitária com a carta de Ivan desmilingüiu; Ivan não escrevera a Ben porque Ben era pai dele, claro, era esse o motivo, tinha de ser; ele sabe o quanto Ben o ama e não quer magoá-lo com uma mostra repentina de qualquer infelicidade ou instabilidade na vida.

Vera jogou o envelope fora.

De quem são aqueles rostos dispostos em colagem à volta do grande homem em pessoa? Os pôsteres estão começando a revirar nas pontas e alguns têm listras desbotadas no lugar onde foram barrados pelo sol de uma janela, dia após dia, meses seguidos. As multidões que dançam seu manifesto nas ruas são jovens demais para reconhecer qualquer um anterior à era do exílio, exceto os dois ou três sobre quem falam as músicas, cujas imagens se mantiveram vivas na estampa das camisetas. Didymus circulava praticamente anônimo; disfarçado, agora, de si mesmo.

Nas fileiras da comitiva, durante os comícios de massa, aplausos e cantos caíam prazenteiramente, sobre ele e outros veteranos, como uma categoria a quem esse tipo de despedida fosse devida; não importava quem eram, individualmente. A imprensa misturava os nomes e isso também não tinha importância. Num movimento democrático, o culto à personalidade precisa ser mantido no nível mínimo, exceto em caso de heróis mortos, que são um exemplo àqueles sem a menor possibilidade de liderar uma tendência ou facção dissidente. O tempo dos cartazes de boas-vindas acabou; havia muitas caras novas, ou o inesperado aparecer de outras, conhecidas, em posições que não ocupavam previamente. Mas eram postos temporários — mais ou menos equivalentes a sua própria adaptação numa variedade de papéis transitórios.

Quando foi anunciada a data do congresso que realizaria as eleições para os cargos dentro do movimento, começou o lobby, claro. Entre o grupo forte a que pertencia, gente recém-saída da prisão e experiente como governo no exílio, a preocupação — não admitida fora das próprias fileiras — era como distribuir cargos àqueles que os mereciam por terem mantido o movimento vivo dentro do país e, ao mesmo tempo, como conservar os postos-chave nas mãos daqueles que com certeza os mereciam por terem conduzido o movimento do exílio ou da prisão. Grupos de mulheres, grupos de jovens, grupos de sindicalistas estavam atarefados angariando apoio para este ou aquele candidato; a velha-guarda saudou o influxo como confirmação de um novo tipo de base de massa, depois de tantos anos na clandestinidade. Não tinham por que temer não voltar ao comando — lealdade aos mais militantes é uma emoção soberana entre as massas; merecida; garantida. Enquanto isso Didymus fez saber, discreta mas firmemente, que na nova Executiva Nacional não esperava continuar fazendo o que aparecesse pela frente. Ficaria com o departamento jurídico ou, pelo menos, com algo do mesmo nível; ficou tacitamente garantido pelos companheiros da executiva em fim de mandato que nem era preciso tocar no assunto.

Entre os possíveis novatos, Sibongile foi indicada por uma combinação de ex-exilados e organizações de mulheres, nada muito proeminente, por enquanto. Didymus não acreditava que ela tivesse muitas chances, mas ficou orgulhoso pelo reconhecimento da indicação que, pelo menos, lhe fizeram.

— Eles me propuseram só porque sou mulher — sei muito bem disso e não acho que seja razão suficiente. As mulheres só querem ver uma de nós lá entre vocês homens.

— Claro que as mulheres sim. Mas o ex-exilados não. Eles sabem do que você é capaz, sabem o que pode fazer.

— Por eles? Bom, então sabem mais que eu. — Aquele olhar cômico, teatral. — Tudo que eu sei é que nós deixamos o governo se safar com umas anistias e uns passaportes e nada mais. Tudo que eu sei é que não exigimos centros de treinamento, habitação — a sua executiva não insistiu, isso cabia a vocês. No meu escritório, com três jovens completamente crus e uns trocados, estou tentando lidar com os resultados — e acredite, não estou fazendo milagres.

Didymus sempre apreciou sua veemência. Reconheceu a censura, sorrindo. — Prometo a você que vou tomar isso a peito, na nova executiva.

* * *

O que por tanto tempo estivera proibido — uma reunião, qualquer reunião — torna-se uma espécie de feira de emoções liberadas, com seus músicos ambulantes, o compartilhar simbólico de comida e bebida, os decibéis loquazes que vão subindo, subindo, após um longo silêncio e seus próprios fiscais credenciados misturando-se ao povo, como se a inatingível evolução da espécie humana, quando homens e mulheres puderem se disciplinar a si próprios, já tivesse chegado. Não há mais polícia, não há mais cães, não há mais gás lacrimogêneo, não há mais surra a caminho do camburão. Mesmo que nunca chegue, está sendo encenada, ali, naquele momento. E, como sempre acontece em assuntos humanos, a tensão pelo fato de que o futuro do país está sendo decidido combina-se à insatisfação com o bufê e ao desconforto provocado pela lamentável instalação de pouquíssimos banheiros.

Didymus transitava entre antigos conhecidos, antigos companheiros que, para serem reconhecidos, tinham de se apresentar de novo com memórias de campanhas travadas junto com ele. Usava a lisonjeira tática política da mão no ombro, do sorriso de reconhecimento, mesmo sem saber a quem estava cumprimentando. De vez em quando pedia licença no caminho, chamado a confabular com outros membros da executiva em exercício — eram questões de protocolo, queixas da imprensa, pedidos de grupos que deveriam ter sido acertados antes; num país onde fora crime pessoas como aquelas se reunirem num salão para qualquer tipo de propósito político, os procedimentos que seriam de rotina em qualquer outro lugar ali viravam segredos misteriosíssimos do poder e do privilégio. Enquanto o conclave seguia a um canto com olhares de relance para o povo, protegido pelas costas semivoltadas ao salão, em meio ao ar denso de vozes, da fricção dos gestos, dos sussurros das roupas, dos ecos das tosses e das risadas, um movimento de pés batendo no chão e o tremular de gritos ululantes irrompia em música atrás de música. As pessoas cantam em passeatas, cantam em enterros, cantam a caminho da cadeia; foi o segredo delas, durante todo o tempo do proibido.

Ninguém pode vacilar no caminho da liberdade, Sibongile costumava dizer, azedamente, no exílio. Ele a viu, presa no vaivém e balanço de mulheres e rapazes. Os ombros sacudidos ritmicamente, a cabeça atirada para trás; Sibongile estava se divertindo ou aprendendo a ser política. Ele achou graça.

A velha-guarda permaneceu no palanque durante o anúncio das indicações e o processo de votação, virada de frente para aqueles por quem foram presos, exilados — e mortos: em seus rostos havia os que estavam ausentes, que jamais voltariam. Olhando para seu povo, Didymus teve a estranha consciência, no corpo, nas mãos repousadas nas coxas, de sua sobrevivência. Movera-se entre eles como se morto; será que morrera durante o tratamento em Moscou, a ficção, e andara entre eles aqueles meses todos como um fantasma? Disfarçado, anônimo, será que você existe? E agora o vêem; de volta à vida. Era uma certeza da existência, pura e simples. Ele estava sentado ali; ele existia.

Nesse estado, ouviu o anúncio do resultado das eleições. Seu nome não estava entre os eleitos para a nova executiva. Os aplausos continuaram, gritos lançados de todos os lados, como serpentina, a música aumentando de volume, e a lista dos nomes nalguma parte, sob a balbúrdia. *Sibongile Maqoma.* Ela estava oculta num bolo de correligionários triunfantes. Ele cumprimentava os companheiros bem-sucedidos, abraços e rosto tocando rosto, ridículo, como se fosse um lutador aproximando-se, na derrota, para enlaçar o vitorioso. Ninguém disse palavra, exceto um companheiro que sempre tivera inimizade por ele: — Que loucura. Eles botarem você de lado desse jeito.

Abriu caminho até o aglomerado que cantava e dançava em volta de Sibongile, empurrando para chegar perto até que alguém viu quem ele era e fez sinal para deixá-lo passar. Seu abraço foi, uma vez mais, o abraço público, o aperto e o duro beijo na boca do companheiro-marido; a presença dele expulsou na hora o brilho excitado de sua fisionomia, como o lampejo de um caco de vidro atingido pelo sol. Mas o que ela poderia dizer naquele momento? — ele rodopiava entre os que a celebravam, o marido recebendo congratulações, com um certo respeito, de mãos pressurosas.

Quando a superfície da multidão começou a se dissolver como espuma na correnteza, ela apareceu, impelida na direção do marido, de braço dado com Vera Stark. Didymus voltara ao palanque e juntava pastas e papelada para vagar o lugar do sucessor. Vera fazia parte do grupo de observadores independentes — advogados eram considerados as pessoas de maior credibilidade para a tarefa — convidados para monitorar os votos. Agarrada por Sibongile, na maior camaradagem, como se fossem duas colegiais depois de um jogo vitorioso, Vera parou à espera de que ele falasse; sabendo que não diria nada. — Você vai ser cooptado de todo modo. A votação não quer dizer nada.

Ele lhe deu um tapinha no braço, sorrindo da mentira entre eles. — Vamos procurar uma bebida — precisamos brindar a vitória de Sally!

— Tem uma festa! Nós vamos todos à festa! Vera vai com a gente no carro — quem é que ficou com a chave? está comigo ou com você? — Sibongile usava esse mesmo tom abstraidamente animado quando Mpho era pequena e tinha de sair meio arrastada para uma vacina ou um exame. Depois que Vera sentou-se no banco de trás, Sibongile parou com a mão na porta, virou o rosto, bem próxima dele. — Você está bem?...

— Claro que estou bem! Ora essa! Agora vamos.

Na festa, Didymus participou das discussões ruidosas que avaliavam a composição da nova executiva que ("no geral" era o termo) mantivera as posições-chave intactas ao mesmo tempo em que empurrara algumas lideranças uns degraus acima com títulos honorários e introduzira gente nova com melhores contatos no país. Quem o visse pensaria que estava bem distante do evento; isso ele conseguiu: ninguém ousou compadecer-se. Lá pelo final da noitada, quando Didymus e todos os demais consumidores de álcool intensificaram a atmosfera de sucesso (os companheiros mais jovens costumavam considerar isso uma fraqueza da parte da velha-guarda e só bebiam suco de fruta), ele próprio já estava achando que tudo que importava é que o congresso estabelecera a legitimidade política do movimento, por tanto tempo reprimido e proibido. Você teve seu papel, suas missões, arriscou a vida, desapareceu e reapareceu, foi preso ou exilado, e não havia contas a apresentar por todos aqueles anos a ninguém, os benefícios não lhe pertenciam e sua conquista foi ter querido as coisas desse jeito.

A tradição conjugal da autópsia feita por marido e mulher que são também companheiros: uma da manhã no quarto, silêncio cansado, tirar os sapatos que se tornaram castigo, soltar o cós que deixa o vergão de um longo dia — Sibongile explode de raiva.

— Aqueles desgraçados hipócritas! Eles planejaram tudo! Eles queriam pôr você para fora, eu conheço aquela cabala, conheço aqueles sorrisos sonsos. Eles nunca o perdoaram por aquela vez em que você deu o contra no negócio do desembarque na costa...

— Que bobagem. Era uma idéia maluca. Eu não fui o único a dar o contra.

— Como é que você pode dizer uma coisa dessas? Você *foi* o único que entrou e fez o reconhecimento do terreno, você era o único que sabia se dava ou não para fazer aquilo. O que você dissesse o Alto Comando tinha de aceitar. E os outros não agüentaram ter feito papel de idiota.

Didymus sentou-se na beirada da cama. Isso parece ter deixado Sibongile mais brava ainda.

Ele não olhou para sua raiva. — Foi tudo há tanto tempo.

— Eles te deram tapinhas nas costas, confabularam com você pelos cantos, eu vi, esta noite mesmo, ali! E o tempo todo estavam com tudo preparado para pôr você para fora. Não faz tanto tempo assim, não para eles. Eles não se esqueceram de que não se saíram lá muito bem daquela história.

Sibongile arrancava as roupas pela cabeça, esparramando tudo pelo quarto. O cabelo alisado soltou-se dos pentes e desgrenhou-se todo, a boca escancarada; a raiva a deixava feia.

— Pelo amor de Deus, Sibo — Didymus passou do inglês para a língua deles ou, melhor dizendo, para a dela, que era a língua da intimidade dos dois. — Está feito. Aconteceu. Não quero falar disso agora. Política é assim, nós mantivemos tudo coeso no exílio muito melhor que qualquer outro movimento, agora não é hora de começar a criar problema. Talvez haja um propósito, não sei, alguma outra coisa planejada para mim.

— Que propósito? Vai deixar crescer a barba, aquela história toda, e infiltrar-se — onde? Para quê? Não tem mais nenhum lugar onde a gente não possa descer do avião com um passaporte e entrar. Não estamos vivendo no passado!

— Pois é exatamente isso que você está dizendo — que nós estamos — que houve um complô contra mim por causa de uma coisa que aconteceu lá fora, faz tempo. Pelo amor de Deus, vamos dormir.

Ela deitou-se a seu lado, rígida, respirando rápido. — Eu não durmo. Eu não consigo virar e esquecer tudo.

— Escuta, mulher. — Ele sentou-se na cama, com dificuldade. — Você vai estar lá agora. Lá dentro. Aqui no nosso país. Concentre-se naquilo que você tem de fazer, você vai ter de trabalhar com todo mundo na executiva, não faça inimigos por motivos particulares.

Ela reverteu ao inglês. — Uma questão de *princípio*. Já ouviu falar disso, Didymus. *Princípio*.

— Você ainda tem um bocado a aprender. Deixe que eu cuido das minhas próprias coisas.

— Suas coisas são minhas coisas. Por acaso eu vivi como as outras mulheres, maridinho chegando em casa regularmente, depois de um dia de trabalho? Por acaso eu sabia, meses a fio, se você estava vivo ou morto? Me diga. E por acaso eu podia perguntar a alguém? Alguma vez esperei uma resposta? Por acaso eu podia contar a nossa filha por que o pai a deixou? *Nossas coisas*.

— Não agora. Não em política, onde você está agora.

A respiração funda enganchou-se nalguns soluços. Ela sempre chorava quando ficava brava. Mas não estaria também dando vazão às emoções de excitamento e orgulho que reprimira em consideração a ele, quando ouviu, no salão repleto, que estava entre os escolhidos?

Parece que nós não tivemos muito êxito com eles.

Foi tudo que disse.

— Como assim? Ser banqueiro talvez não seja bem o que você ou eu teríamos escolhido para ele, mas Ivan é bom no que faz, e Annie sempre quis ser médica, ela está fazendo um bom trabalho, não está? ela trabalha sério... — Mas sabia do que ele estava falando. Annick, herdeira de seu belo rosto, aparecera com muitos rapazes em casa, quando era adolescente, mas desde que se formou e começou a trabalhar com medicina comunitária, na Cidade do Cabo, pelo visto não teve mais nenhum companheiro homem e, na casa dos trinta, não dava sinal de querer se casar; Ivan estava se divorciando sem mostrar entusiasmo pela nova mulher que, evidentemente, era tanto colega de trabalho quanto amante. Vidas áridas, pelos padrões ocultos altamente emotivos de Ben.

— Também nós não fomos um exemplo lá muito bom — pelo menos não para Ivan.

— Eu nunca me divorciei.

O esquecido calor de corar, que Ben provocara, em seu rosto: Bennet, que pensava ter seduzido a mulher alheia mas que fora seduzido por ela e que nunca mais, desde aquela época, fizera amor com outra. Disso ela tinha certeza, a convicção estava lá naquela imagem curvada sobre um prato de comida, num restaurante qualquer, que lhe veio junto com o sangue no rosto. Eu amo você. Isso estava no sangue também, mas não podia dizê-lo, que motivo veria ele para tal — declaração, numa hora dessas? Que motivo havia? — De qualquer modo, não se trata de nós fazermos da vida deles um sucesso. Não tem nada a ver conosco.

As palmas da mão alisaram a linha do maxilar, um gesto comum do linguajar conjugal, que, apesar das aparências, não era uma resposta física à sombra da barba escura que sempre reaparecia à noite e sim um sinal de desacordo. — Talvez a gente devesse ficar com o menino, se eles estão brigando por causa dele. Ele teria um lar estável, por um ano ou dois.

Ben retirou-se para escrever uma carta a Ivan, afastando-se do que sabia ser o silêncio alarmado de Vera.

Não lhe mostrou a carta e ela não pediu para ler. Talvez não tivesse feito a oferta a Ivan. Ninguém falou no assunto quando Ivan telefonou, como fazia de vez em quando, nem quando ligaram para o filho porque não tinha havido tempo ou disposição para escrever. A idéia de que havia espaço, na vida deles, para mais alguma coisa foi largada como um documento perdido no fundo dos arquivos onde a luta por um outro tipo de espaço crescia dia a dia em volta de Vera. Na divisa oeste, uma tribo removida de sua terra natal com a permissão de poder voltar um dia por ano para cuidar do túmulo dos ancestrais não saiu de lá ao anoitecer e começou a levantar barracos. O silêncio sombrio da reivindicação enfrentou as autoridades que chegaram para expulsá-los; foram deixados no local — temporariamente, conforme a advertência feita à fundação quando assumiu a defesa do apelo da tribo. Vera e Lazar Feldman, um colega jovem, viram-se trabalhando a partir de dois tipos de instruções diferentes: uma, tirada da lei secular na qual haviam sido treinados, pela qual a remoção dos proprietários da terra fora em primeiro lugar ilegal; a outra, vinda do povo que estava cobrindo as choupanas com palha e cercando as moradias com galhos espinhentos e arbustos de figueira-da-índia, segundo a qual a ordem de voltar e tomar posse partira dos ancestrais.

Era fácil ver esse culto aos antepassados como uma tática política imaginada por camponeses astutos para superar a engenhosidade dos advogados; mas havia momentos em que, ouvindo os porta-vozes do povo, Vera sentia-se confusa e incerta — não a respeito deles e sim em relação a si própria; talvez a única validade da reivindicação que faziam estivesse fora da luta política, fora do desafio às leis impostas por governos que tomam posse e caem, talvez se achasse na continuação da própria vida que havia abaixo e acima desse mesmo chão que a sustentava. Que outra reivindicação se mantém firme? As guerras por causa da terra, a promulgação de fronteiras, as escrituras de compra e venda — cada qual cancela a outra. Em nome de quê ela — a fundação — trabalhavam, se não dessa reivindicação? Só que essa não fazia figura boa o bastante nas petições judiciais — o misticismo rural não pode ser codificado num direito legal — era *bom demais* para isso. Com um arrastar de cadeira ou um meio sorriso, ela e Lazar deixaram de lado a instrução dos antepassados e adotaram a que vinha de sua própria experiência estratégica em contestar a lei através de seus interstícios e que consistia principalmente numa tática de adiamento. A re-desapropriação do pessoal seria adiada — talvez por tempo suficiente para que a legislação vigente sobre a propriedade da terra caísse. Quem é que sabe? Coisas assim não se discutem com Lazar; ele é jovem e não entenderia que duvidar não significa abandonar a crença na necessidade do trabalho executado. Enquanto ainda se ocupava desse caso, Oupa apareceu com sua abertura predileta: eles estão com um problema, nós estamos com um problema, ele está com um problema. O proprietário do prédio onde morava queria despejar alguns inquilinos.

— O problema é que tem quartos no telhado. Tem muita gente morando lá em cima.

— E quem paga pelos quartos?

— Esse é que é o problema. Os inquilinos dos apartamentos alugaram para, digamos, uma ou duas pessoas. Aí essas pessoas chamaram mais gente. Quem trabalha de dia aluga a cama para quem faz turno noturno e dorme durante o dia. As coisas estão assim.

É, as coisas estão assim; quando os apartamentos foram construídos, para pessoas de pele branca, para a ocupação dos brancos e seu modo de vida, para o milênio dos brancos, quando eram eles que moravam nos apartamentos, cada unidade tinha direito a um quarto no telhado para acomodar um criado.

— Eu não sabia disso. Por isso eu não tenho ninguém lá em cima.

Riram juntos da oportunidade perdida.

Mas o "problema" continuou entre eles, sobre a mesa da dra. Stark. Oupa recebeu uma ordem de despejo juntamente com os outros inquilinos negros. A fundação teria que examinar o caso, assumi-lo em nome de todos. Oupa ficara tão orgulhoso, tão feliz de mudar para lá. Entretanto ele continuava contente; reparou que estava usando uma nova japona, de camurça marrom, e fez uma pergunta à velha conselheira e amiga que nunca fizera antes — ela não sabia que ele freqüentava teatro —, queria saber se recomendava uma peça em cartaz no momento. Tinha aquele ar confiante de rapaz encantado ao se descobrir atraente para a moça escolhida; bem, as circunstâncias mantinham a mulher dele numa outra parte do país, a ausência abre caminho para outros envolvimentos e talvez estivessem separados, emocionalmente, por motivos que só a ausência esclarece. Entrou em juízo, declarando a intenção de contestar a ação de despejo; teve de encontrar tempo para conversar com os outros inquilinos. Pelos corredores do edifício Delville Wood, os antigos e fracos sinais do Cento e Vinte e Um sofreram forte interferência proveniente da estática das queixas, indignação loquaz que zumbia a sua volta, em apartamentos onde nunca entrara antes, e do espetáculo dos cubículos no telhado castigado de vento, água pingando dos banheiros comuns, espiriteiras ao lado de camas improvisadas, coisas que, durante sua ocupação clandestina do milênio branco, existiram sobre sua cabeça enquanto fazia amor.

Ben — Ben estava negociando financiamento para o novo empreendimento em que se envolvera. Promotional Luggage. Ela executou movimentos farsescos das mãos e da cabeça quando, aquela noite, ouviu o nome, o termo. Significava o quê, exatamente?

Os gestos ofenderam. Neles, ele leu escárnio ou desprezo e ela irritou-se por ter de negar isso. Foi preciso convencê-lo a explicar, friamente. Malas e pastas desenhadas exclusivamente para executivos, para suas exigências, incorporando o logotipo em materiais finos. Feitas sob medida. O mundo dos negócios também tem seus jargões, assim como os casos de jurisprudência da fundação têm os seus. Depois de um banho para lavar as instruções ancestrais vindas das profundezas da terra e a sensação de estar, ela própria, enterrada no Cento e Vinte e Um, infensa à realidade miserável fustigada pelo vento que havia sobre sua cabeça (porque se você nega qualquer época, qualquer parte da vida, fica sem a continuidade da existência), vestiu-se e perfumou-se para ir com Ben a um jantar de negócios. De comum acordo, consideravam inexplicável que a classe empresarial não tivesse a menor queda pelo lazer privado; aparentemente sentem-se solitários após as atividades do dia e querem preencher o vazio continuando as mesmas conversas, cercados das mesmas companhias, em torno de uma prolongada ingestão de comida e bebida.

Ele olhou para ela detalhadamente, com o olho do escultor para linhas e volumes, pernas desenhadas na filigrana rendada de meias pretas, cintura marcada por um cinto largo, rosto maquiado o suficiente para o que se esperava dela. No caso de Vera, era uma questão de cálculo; no dele, acrescentava algo da fascinante distância que existira entre os dois desde a primeira vez em que a vira, inabordável, a mulher de um outro homem.

— Você está encantadora.

— É o mesmo vestido de festa de sempre...

No carro, ele aproveitou a deixa fornecida pela demonstração banal de modéstia. — A menos que eu faça alguma coisa para ganhar dinheiro agora, vamos ficar sem recursos na velhice. (Deus meu, estou começando a usar o vocabulário deles.) Duros. É isso que estou querendo dizer. Esse é o motivo da Promotional Luggage.

Nunca haviam conversado sobre a possibilidade de uma longa sobrevivência. Num país onde havia tantas mortes — por que você haveria de escolher sua própria solução? — Se você acredita que vamos viver tanto tempo assim.

— É fácil pensar que existe a opção de morrer antes que se fique totalmente sem dinheiro.

— Nós sempre teremos algum lugar, Ben. Sempre teremos a casa.

Ela o levara para lá, para o prêmio de seu relacionamento com outro homem; ele desistira da idéia de se tornar um escultor para sustentá-la com a Promotional Luggage. Estendeu a mão e lhe deu um aperto na coxa, um pacto, uma das barganhas constantemente negociadas pelo casamento.

O restaurante chama-se Drommedaris, como o navio que levou os primeiros europeus ao país; está na moda, entre cartéis de hotelaria e restaurantes, achar que honram a história e manifestam patriotismo usando nomes do gênero. Sendo que história e patriotismo, aqui, significam história e patriotismo do colonizador. Esses são os clubes que exigem, como quesitos de ingresso, que o interessado esteja vestido com roupas caras e disposto a pagar cem por cento de lucro numa garrafa de vinho. A senha vem do próprio vocabulário cabalístico do cliente — promoção — e evidencia-se sem ser pronunciada: *up-market*. O prato principal de todos os convivas é servido num mesmo momento por garçons que, seguindo a deixa do mais graduado entre eles, como se fossem integrantes de uma orquestra de olho no maestro, erguem simultaneamente as cúpulas de prata folheada que cobrem a comida. No lugar de vinte e quatro negros escravos (cruza o olhar com Ben, do lado oposto da mesa) surgem tentativas de originalidade e distinção culinária combinando ingredientes incompatíveis numa mistura — felizmente — inidentificável. Coma. É caro, portanto é um privilégio, ela aconselha a si própria. Se não gostar, você é uma entojada. Entre um prato e outro é servida uma tacinha de prata falsa com sorvete aguado que empana o paladar supostamente a ser limpo para mais comilança; um ritual que alguém do cartel adotou, no anseio de reivindicar elegância bem como história, patriotismo etc.

A decoração náutica não deixa de ser adequada à conversa, já que os homens freqüentemente falam desse ou daquele colega ausente que foi "levado a bordo" de algum empreendimento. E há também a arraia-miúda; os peixinhos do mar dos negócios. As mulheres devem conversar com as outras mulheres, ela sabe disso, e não tenta, presunçosamente, entabular conversa com o anfitrião, a cuja direita foi colocada (posição a ser interpretada como reconhecimento de que um marido foi levado a bordo). Ele gesticula assiduamente para que um garçom renove a taça de vinho dela e, com atenção superficial, faz comentários amistosos sobre assuntos adequados aos interesses femininos (Igualzinho a minha mulher, ela sempre tira esses cubos de gelo que eles põem na água. Onde é que vocês têm casa de campo — Plattenberg? — experimente um pouco disto, parece interessante, não parece, ah, eu concordo que na Cidade do Cabo venta muito, mas eu saio de barco, para esquiar, minha paixão é essa, a Yvonne prefere as férias de inverno, reservas de caça, essa coisa toda).

Há uma exceção nesse satisfeito serralho em torno à mesa de jantar no qual as mulheres conversam entre si sob o clamor dos pronunciamentos competitivos dos homens. Uma africânder, vestida, penteada e maquiada ao estilo daquelas estrelas televisivas de idade indeterminada que porém nunca ultrapassa os quarenta e sempre obedecem a todas as mudanças da moda, lançando olhares espetados de rímel desse orador para aquele, rindo nos lugares certos enquanto tilintam os braceletes de ouro e marfim e um imenso relógio de cor neon, de vez em quando solta uma frase de efeito que reforça as atenções para o homem que fala e não para si própria. É diretora de relações públicas de um grupo qualquer, um protótipo de como, na escolha de uma mulher para o cargo, a manifestação de uma possível disponibilidade sexual pode ser explorada em conjunto com uma agressividade masculina convenientemente adquirida. Coitada; entra no banheiro feminino martelando seus cascos altos e, por trás da porta, vem o jorro barulhento de sua urina caindo, ela até aprendeu a mijar com ousadia, como um homem. Ou talvez seja uma injustiça — ela sai, sorri, Nossa, eu estava explodindo, desculpe.

De volta à mesa, o anfitrião se levanta cortesmente até que a convidada da direita esteja sentada de novo, eles sabem como tratar uma dama. Há charutos e pequenas frutas glaçadas, assim como distribuem coca-cola e pãozinho nas *townships* cujos trabalhadores estão agora na pauta. Uma greve recente no setor de embalagens de papelão está sendo comparada com uma outra nos curtumes. Em frente a Vera, um homem não pára de empurrar os óculos para cima do nariz e de respirar pesadamente, pronto para uma brecha em que possa falar. Finalmente: — Nós dissemos para eles — chamamos todo mundo junto com o representante sindical, eu é que não falo com esses sujeitos sozinhos, eu hem, para depois eles virem dizer que o indivíduo não tinha um mandato — nós dissemos, olha, vocês podem trazer a mulher (as mãos dão uma pancada na beirada da mesa, depois se erguem), podem trazer os filhos (de novo as mãos), podem trazer a trempe toda, a gente dá cobertores, fornece comida, para vocês não terem que arriscar nada vindo trabalhar. A maioria concordou, sabiam? Tenho dó deles, nós estávamos genuinamente interessados em ajudar, eles não podem se dar ao luxo de perder dois dias de salário e não podem se arriscar a apanhar por ter ido trabalhar — de modo que é uma solução. Mas aí um dos caras diz que não, que tem que ficar em casa. Não por motivos políticos, não, de jeito nenhum. Pelo menos foi o que ele disse. Mas porque não pode deixar a casa sozinha dois dias, na *township* dele. Não tem fechadura nas portas... Aí então eu disse... (esperando pelas risadas), aí então eu disse, tudo bem. Não venha trabalhar na segunda e na terça. Tudo bem. Mas também não apareça na quarta.

Misturada à música de fundo que toca em surdina, inescapável como um zumbir nos ouvidos, vem uma exclamação de alguém mais adiante na mesa: — Todo mundo enchendo os bolsos! Por toda a parte. Eu podia dar um monte de exemplos... este governo está tão corrupto quanto os governos dos países negros. Se é para perder o poder, então vão fazer de tudo para entregar uma economia arruinada. Liquidação geral. É um pega para capar. Vocês sabem o que está acontecendo com os fundos de pensão?...

Há um outro recostado na cadeira com o cuidado de quem já bebeu demais, mas uma saraivada de palavras perturba o equilíbrio: — Eu acho que sou um idiota completo de estar entrando em negociações trabalhistas com os sindicatos negros. Eu devia é aprender a encher o *meu* bolso e dar o fora. A primeira coisa que eles vão fazer quando pegarem o poder é que você vai poder ter só uma propriedade. E lá se vai minha fazenda de trutas, não tem mais convite para vocês irem lá pescar, rapazes...

Ela vê como eles riem, como a confiança que têm em si próprios transforma o medo em piada, sempre hão de encontrar meios de jantar a bordo do *Drommedaris*, não importa qual seja o governo, o poder de ser branco é algo extra-sensorial há tanto tempo, sentem dentro de si como que uma habilidade secreta de entortar metal só de olhar para ele. Se "derem o fora", voltarão; nós lhes pediremos para voltar. Foi a única mulher a aceitar um conhaque (a diretora de relações públicas fez a escolha sancionada às mulheres, um licor doce), e assim embarcou na nau dos insensatos (vinho demais, também) que, para ela, porém, é um petroleiro adernando que vai derramar sua carga para sujar as águas territoriais do novo Estado.

Por que eu bebo nessas ocasiões? Por que o dever me faz beber? Estava ao lado de Ben, no carro, voltando para casa. O que foi que eu fiz para deixá-lo em tal companhia, o que foi que eu fiz com ele?

Mas por que *eu*? O que foi que ele fez consigo próprio?

Pela manhã, estavam com humor para rir da noitada. "Encher o bolso" tornou-se uma senha do linguajar privado deles para os julgamentos irônicos.

As pulsações da percepção latejam e morrem. Latejam de novo. Como, no fim das contas, entre o jornal em remoinho e as calhas visguentas do telhado oculto das ruas e do Cento e Vinte e Um, exposto como testemunho desnudo para o céu; as chances, em Londres, de realização ou infelicidade com uma ruiva cuja foto não foi enviada; a reivindicação dos ancestrais e sua codificação numa lei que pode privar alguns colegas empresários de uma margem de rio para pescar trutas, Melhor não ver nada, *Mas também não apareça na quarta* — como, entre isso tudo, você vai saber, você vai reconhecer o batimento: esta sou eu mesma.

O que acontece, acontece de manhã cedo, quando a mão com a veia azulada saliente correndo do punho até a base entre o indicador e o médio apalpa o botão do rádio. Às vezes, quando ele vai retirando a mão ela a toma, para o retorno à vida, e fecha de novo os olhos, esperando pelas notícias; a mão dele e a dela, a pulsação morna, palma com palma, de uma criatura única que existe apenas enquanto os corpos ainda estão entorpecidos na semiconsciência. O noticiário chega a você sob o patrocínio desse ou daquele banco, com seus serviços computadorizados e depósitos remunerados de trinta e dois dias com juros máximos. Há guerras e gente morrendo de fome em lugares distantes demais para provocar reação; há golpes e secas chegando perto, há as matanças noturnas, ainda mais perto. Em certas manhãs são ataques a fazendas; um fazendeiro branco morto a tiros, a mulher estuprada ou assassinada, dinheiro e carro desaparecidos. Levados. "Levados" significa que o motivo foi roubo; como se o roubo tivesse um único significado em todos os países, em todos os momentos. Leve carros, leve dinheiro, leve a vida. Esses roubos matinais significam levar tudo que você não possui daqueles que parecem ter tudo: dinheiro, um carro para vender por dinheiro, um padrão de vida com casa, terra e gado. De outro modo, por que matar além de roubar? Por que estuprar a mulher feia e velha de algum fazendeiro? Não há violência mais assustadora que a violência da vingança, porque é algo que a própria vítima provoca por aquilo que representa. Raramente é em retribuição a algum ato pessoal, do qual se pode alegar inocência. O estupro nada tem a ver com desejo; o pênis é um revólver, como o revólver posto junto à cabeça, sua descarga é uma descarga de balas.

Vera está deitada numa cama aquecida pelo calor de corpos, o primeiro refúgio depois que se nasce, e o último para quem tem a sorte de morrer naturalmente.

O que aconteceu uma manhã foi o susto repentino da palavra "Odensville" no recitativo suave do apresentador de notícias. "Nove pessoas morreram e catorze ficaram feridas durante um incidente no campo de invasores de Odensville, ocorrido ontem à noite. O confronto ocorreu quando um fazendeiro local, liderando um grupo armado, tentou expulsar os invasores. Segundo a polícia, não se sabe se os ferimentos foram resultado da ação desse grupo ou de um tiroteio com os invasores. Foram recuperados uma AK-47 e três pistolas Makarov no local do incidente. O fazendeiro, Tertius Odendaal, declarou ter pedido ajuda pelo rádio ao comando de defesa dos agricultores locais quando percebeu que alguns invasores aproximavam-se de sua casa, protegidos pela escuridão da noite, armados com pedras e armas."

A fundação não conseguira permanecer em contato com o fazendeiro Odendaal. O dia em que fechou a porta na cara da advogada da fundação, do motorista e do porta-voz dos invasores, Zeph Rapulana, fora o último das negociações. A comunicação era feita através do advogado dele. Rapulana foi até a cidade várias vezes, conferenciar com Vera sobre as opções de ação cabíveis aos invasores. Ficara claro, para ela, que era melhor que a fundação fosse guiada por esse homem, e não o contrário. Ele leu, perguntou, informou-se a respeito de todos os meandros da legislação, de modo que a tarefa dela resumia-se a formular os procedimentos; era estimulante trabalhar em conjunto com o queixoso, em vez de assumir todas as decisões em nome dos desvalidos, o que era sua função a maior parte do tempo. Sentava-se calado no escritório, observando Vera passar de lá para cá tentando exasperadamente falar com Odendaal. Sua paciência alerta acabou substituindo as maneiras da própria advogada naquele escritório; era ele quem escutava impassível, como ela ouvia os outros. Era uma espécie de liberação, quase um prazer, que criava bem-estar entre os dois. Ele já tinha pronto o que iria dizer, mas um respeito natural pela opinião dos outros o fazia ouvir o que talvez viesse a modificar a sua. Havia coloquialismos despretensiosos no inglês que falava, um inglês meio fora de moda no cuidado das construções gramaticais, se comparado aos enxertos improvisados — uma mistura de jargões da televisão, gírias africâneres e tsoti, sintaxe da língua materna e do inglês — de citadinos como Oupa e os advogados negros da fundação. — Odendaal não vai ceder um milímetro. Podemos tirar o cavalinho da chuva. Nossa única alternativa é cear com o diabo. Pegar um talher de cabo bem comprido. Pois é... Os agentes do governo que nos puseram nessa situação, são eles que devemos pressionar para nos tirar dela.

— Contar com o governo de província? Bem...

— Odendaal ameaçou levar o AWB* e suas armas para nos expulsar. Não me parece uma coisa lá muito conveniente, não é mesmo? No atual clima político, o governo com certeza não quer muitas reportagens sobre negros sendo expulsos de suas casas. Isso ainda continua ocorrendo.

— De qualquer maneira eles continuariam com as mãos limpas. Seria obra dos rebeldes da direita.

— Mesmo assim. As pessoas começariam a questionar por que não fizeram nada a respeito. É aí que entramos. Para pegar o touro a unha. Ele pediu ao TPA** permissão para construir uma *township* nas terras dele, nós agora pedimos ao TPA para desapropriar a fazenda e declará-la assentamento transitório, para começar.

— Vale a pena tentar. Poderíamos argumentar que se trata de uma iniciativa para evitar violência numa área onde há uma disputa perigosa. Acho que podemos começar por aí.

Sem levar muito a sério a "conspiração" mútua, apertaram-se as mãos aquele dia; sentaram-se lado a lado para formular o caso.

Aquela outra união, duas mãos entrelaçadas para formar uma única criatura, rompeu-se. Vera saltou da cama para procurar a bolsa a tiracolo com a caderneta de endereços e telefones que sempre mantinha por perto quando estava fora do escritório. Apelou para toda a bem treinada disciplina de seu estilo de trabalho para não pensar — para não se perguntar o nome

(*) Afrikaner Weerstandsbeveging, movimento de resistência dos brancos, de direita. (N. A.)

(**) Transvaal Provincial Administration, governo da província do Transvaal. (N. A.)

de um dos nove mortos até chegar ao telefone e ouvir uma resposta. Zeph Rapulana era um invasor mas lhe dera o número do telefone de um parente numa *township* vizinha, alguém que tinha um armazém e morava nos fundos; havia um telefone, se na casa ou na loja ela não sabia. Devia ser na loja e, assim tão cedo, a loja ainda não abrira. O telefone tocou e tocou. Para ela, parecia uma resposta: Rapulana nunca mais responderia, de onde quer que fosse. Da porta do banheiro gritou para Ben no chuveiro, aconteceu uma coisa terrível, ela tem de sair imediatamente — ele foi até a porta, pingando. — O quê? O que houve? O que aconteceu? — Ele nu, ela vestida, era um encontro entre estranhos. Ele gritou atrás dela, Não vá lá sozinha! Vera, está me ouvindo?!

Mas ela estava sozinha. Ele não conhecia o homem, Zeph Rapulana. Ele não ficara diante da ira de Odendaal, da porta fechada de Odendaal junto com ele, não tomara decisões que afetavam famílias junto com ele, não chegara a ler a dignidade, a astúcia da confiança e da inteligência naquela calma fisionomia negra do homem. Foi primeiro até a fundação deserta — ninguém ainda trabalhando — para apanhar documentos referentes ao caso de Odensville. Já bem adiante na estrada, lembrou-se de que não deixara recado e entrou num posto de gasolina para ligar para o escritório. O jovem telefonista no painel de controle podia ouvir a voz dos frentistas, rindo e discutindo em torno de um carteado que jogavam no chão mesmo, a falação que vinha do rádio. — A festa hoje começou cedo, dra. Stark!

Entrou no carro e seguiu adiante; uma mente enjaulada, de lá para cá, entre os testemunhos do escritório vazio onde Zeph Rapulana falara em razão e estratégia, a escrivaninha de onde enviara a carta ao TPA, a colagem feita com tantas fotos jornalísticas, tantos saltos e quedas, silhuetas correndo na televisão, tantos casebres em chamas, tantos mortos empilhados na terra como tantas outras trouxas de roupas sujas de sangue. Não havia conexão. Antes que a resposta à carta, dela e de Rapulana, pudesse ser recebida através das autoridades, antes que a burocracia tivesse "tomado providências", a solução para tudo tomara providências — mortes, mais uma vez, mortes.

A porta do carro bateu atrás dela, na frente da delegacia distrital de polícia, e a força do sol, depois da viagem solitária, tonteou-a. Poeira, faíscas chispando da cerca de segurança; passou diante do olhar de pálpebras sonolentas de um policial negro com a submetralhadora apoiada na coxa robusta. Lá dentro, um policial branco, com os cotovelos no balcão e os antebraços protegendo o rosto namorador que falava ao telefone, entretinha-se com uma daquelas conversas feitas de silêncios cheios de risotinhas e comentários intimamente sumários que travam rapazes e moças. Havia um outro policial de pé, diante de um arquivo, fumando e hesitando em volta da papelada. Continuou a olhar de esguelha para esse ou aquele papel enquanto ela fez a pergunta; sacudiu os ombros e falou na direção de uma porta aberta por onde alguém de patente mais alta surgiu. Era um belo africânder com um bigode sedoso e um corte de cabelo à la Napoleão, um garanhão bem-tratado, do tipo que lida com as mulheres de um jeito especial, já que se tem na conta de homem que as agrada, lá debaixo da queixa ou problema que tenham, goste você ou não, lá nas entranhas femininas. Mesmo para essa *tannie** ele estendeu sua condescendência, ouvindo a enfiada de perguntas com ares de, sim, sim, ele sabia como lidar com senhoras excessivamente preocupadas com seus criados negros. Essa história com os invasores, na noite passada; nove mortes confirmadas, mas nenhum nome disponível, os corpos ainda a serem identificados — se for possível achar algum parente, nunca se sabe com essa gente, estão espalhados por esses campos todos. Rabiscou o nome da fundação sem qualquer reação à revelada conexão dela com aquela organização que só queria saber de criar problema; sim, sim, eles podiam ligar e perguntar por ele pessoalmente, sim, sim, à disposição para qualquer coisa. Deu um piparote na cabeça do rapaz que falava ao telefone, ao voltar para sua sala.

Ela foi até um complexo com oficina, restaurante de rede e banheiros, num recesso da estrada, e encontrou uma bancada de telefones públicos. No armazém, alguém que soava como uma criança escutou, respirando estrepitosamente, depois pôs o fone

(*) Literalmente "titia" em africâner. Termo originalmente respeitoso, tornou-se uma forma de se referir, de modo degradante, a qualquer mulher de meia-idade ou idosa. (N. A.)

de lado. Vera chamava alto, alô! alô!, possuída por uma impaciência inútil com todo mundo, com a polícia, com o comerciante desconhecido, com a tentativa vã de convocar a culpa a prestar contas e descobrir brechas na obstinação oficial, soluções para a ignorância dos que não receberam instrução, com tudo que era, tinha sido por tanto tempo, sua vida profissional. O fone embasbacado do outro lado da linha, os ruídos de fundo preguiçosamente transmitidos, ignorando-a — nada mais eram que irritações costumeiras mas levaram-na ao desespero e destruíram o controle sob o qual mantinha o fato de nove mortos sem nome. Se aquela criança estivesse a seu alcance, teria batido nela. A violência fervia-lhe por dentro, vinda de alguma parte. Se os Odendaal matam, mate-os também. Se eles mataram aquele homem bom, por que não lhes devolver a morte — compreendeu com toda sua carne impaciente e raivosa a violência que, como outros, ela chamava de insensata. Quando o fone foi apanhado, deu o nome e seu propósito, de mau humor. Um homem de voz suave e rouca disse não, está tudo bem, meu primo está bem, está tudo bem, não aconteceu nada, se quer vê-lo posso mandar alguém...

Disseram-lhe como chegar até o armazém. Perdida, obrigada a retroceder pelos policiais que faziam bloqueios na estrada, encontrou um outro caminho — lá estava, então era isso, lembrava-se de tê-lo deixado ali naquele armazém, no primeiro dia, quando saíram da casa de Odendaal.

Ele estava lá, de pé, a sua espera, de gravata, braço direito na tipóia e, purgando pela gaze, os beiços franzidos e rubros de um corte profundo, suturado por pontos cirúrgicos, no rosto. Sorrindo.

Ela foi tomada por uma espécie de timidez, porque o homem estava vivo. Começou a tiritar — não a tremer — eram os calafrios que vêm quando você abre espaço ao medo ou vai ficar doente. Ao vê-lo, foi acometida pela certeza que não permitira vir à tona, de que ele fora morto por Odendaal.

— Desculpe. Ficou preocupada. Meu primo me disse. — Uma voz bondosa e calma.

Ficou ali parada, criatura caída de um outro planeta, de um espaço cósmico seguro, à luz pálida salpicada pela poeira dos cereais e do açúcar derramado, no pequeno armazém saturado dos odores fechados da noite, fumo de corda, sabão, suor seco de sapatos usados e casacões do estoque excedente do exército, cocô de rato e parafina. Ele viu, aproximou-se no mesmo instante e, com a mão esquerda, agarrou-lhe estranhamente o antebraço, acima do pulso, e ali manteve a mão, entre eles. Hesitante, a outra mão dela foi descansar sobre a dele.

Caminhou na frente até um barracão atrás da loja. Havia cadeiras de plástico e uma cama desfeita, onde alguém dormira. Desligou um rádio e falou qualquer coisa a uma criança que lhes trouxe xícaras de chá com leite e açúcar.

Ela não perguntou se os invasores haviam se aproximado da casa de Odendaal com pedras e armas. Não perguntou se fora o líder. Secamente, tocando o rosto de vez em quando no lugar do corte com o dedo médio, ele relatou como Odendaal e seu comando entraram no acampamento, disparando, arrancando as pessoas de seus barracos. Uma pausa, o dedo delineando o corte. Um murmúrio ponderado, retumbante, expressivo na língua dele e que, pela experiência que tinha com negros de importância em suas comunidades, sempre entendia como um sinal para algum tipo de aviso ou uma preparação para o que logo mais seria dito. — Agora o governo vai agir. Agora vão ter de comprar as terras dele. Acabaram-se os problemas de Odendaal. Sujeito de sorte. Vai ganhar dinheiro, muito dinheiro, vai ficar feliz. E a terra...

Os olhares se cruzaram, depois se desviaram.

— Nove mortos, de modo que vamos conseguir. — Agora era possível dizer isso a esse homem. — Precisamos garantir que será para a ocupação do seu povo e de ninguém mais.

— Rapidamente. Quando acha que devo ir a seu escritório? Convém levar o chefe comigo, é sempre melhor para Pretória quando alguma coisa é apoiada pelo chefe. Mas primeiro terei de fazer os acertos para o funeral.

Ela não possuía nenhum murmúrio preparatório como o dele. — Talvez escapar por um triz da morte seja sempre uma ressurreição. Talvez tenha sido assim que surgiu a lenda de Cristo levantando do túmulo — estava pensando, eles o tiraram da cruz e não puderam acreditar que não tivesse morrido, não puderam acreditar que estivesse ali, vivo, na frente deles... essa foi a ressurreição, na verdade. Toda a história da tumba, o milagre veio disso. — Depois lembrou que provavelmente era um homem religioso. Quando se conheceram, no dia em que foram visitar Odendaal, o homem tinha uma espécie de postura empertigada, um ar modesto de retidão excessiva, aquele abafador que a freqüência regular à igreja parece pôr em cima do espírito africano da população rural; na beira da estrada, sentara-se todo circunspecto como se estivesse num banco de igreja. Essa camada externa diluíra-se como neblina matinal no calor dos eventos em que estava envolvido, à medida que o foi conhecendo — ou melhor dizendo, à medida que ele foi se revelando, liberto por aquele envolvimento. Se bem que crenças inculcadas na infância em geral continuam incontestadas pelo raciocínio e experiência da maturidade. Ele podia se ofender com as dúvidas heréticas de uma cristã em relação aos poderes divinos de Cristo.

Ele compreendeu que ela falava — dele.

— Consegui dirigir. Levei dois deles até o hospital, no meu carro. Tem sangue por todo lado. A mulher morreu antes de chegarmos, por volta da meia-noite. Pois é... O rapaz talvez esteja bem. Foi assim que consegui dar os pontos nisso. — Mexeu o maxilar inferior, estirando a carne costurada e retesada do rosto.

No carro de Vera, foram até o que tinha sido Odensville.

A seqüela atordoada do desastre reduzira o ritmo da existência ao mínimo; as pessoas estavam respirando, meramente respirando. Havia crianças com bebês nas costas, as cabecinhas pendendo, sentadas aqui e ali, impossível dizer se na frente de onde haviam vivido — todo e qualquer elemento que pudesse identificar abrigo e posse espalhado numa grande barafunda. Havia homens perambulando, examinando lascas de madeira, pedaços de tábua, plásticos calcinados em torvelinhos e picos fantásticos, como as ondas congeladas de uma gravura japonesa. Uma máquina de costura, debaixo de montes ensandecidos de panelas e roupas descartadas, era artefato descoberto de uma cultura destruída. Aos olhos de Vera, era impossível que os campos de invasores que havia visitado pudessem representar o que qualquer pessoa consideraria um lar. Agora, com a destruição das miseráveis edificações de lixo, ela viu que eram um lar, que esse lugar fora um lar.

Ele conversava em voz baixa com as pessoas; ele e ela não se falavam, todos a ignoravam, como se não pudesse ser vista, os acontecimentos da noite anterior gravados nos olhos de todos, cegos ao dia.

O que houve?

Sempre há expectativa de explicações.

— Eu não consigo... Leia nos jornais o que aconteceu, veja na televisão que jeito ficou o lugar. É só isso. Nunca ninguém conseguiu explicar como é uma guerra — todo mundo testemunha algo diferente.

Ben cutucava o ouvido com a unha, algo o preocupava lá dentro; o momento privado como se fosse uma desatenção ofendida.

Ela tentou novamente. — Quando a gente mesmo está lá, não é nada do que se imaginou. E todos que fossem lá saberiam de alguma outra coisa... não seria o mesmo para você e para mim, ou para outras pessoas e você.

— Será que não é porque você não estava lá durante o ataque? — Tom de quem presume conhecer melhor a companheira do que ela jamais poderia se conhecer.

— Não, não. Não. Isso é óbvio. Não é o que eu estou tentando dizer.

— Depois do acontecimento: não é esse seu trabalho? Sempre a mesma coisa, nada é diferente: conseqüências. Não é a primeira vez que você vê essas coisas.

No escritório, ditou para um gravador o relatório da investigação feita *in loco* do ataque contra Odensville. Retornou a sua escrivaninha com as margens e cabeçalhos corretos, na cópia impressa e plana de um computador. Lendo, para ver se não havia erros de digitação, parecia-se com o que a irritara, com o que quase a magoara, quando Ben disse que era uma parte rotineira de seu trabalho. A dor da inércia catatônica, um outro aspecto ainda do desespero, além dos muitos que já compreendera, era um conhecimento tenebroso que levaria consigo, porque jamais poderia, jamais desejara permanecer imune aos sentimentos em nome do profissionalismo. Foi isso que aconteceu em Odensville; isso ela entendia. O outro acontecimento era uma coisa da qual foi se dando conta aos poucos, ao qual voltava para se distrair do trabalho e de todas as preocupações da vida, uma interrupção, como uma falta de energia em todos os cabos principais de consciência e memória, em busca de uma nova conexão com reações não exploradas, uma vez que se sabe que existem conexões no cérebro que às vezes nunca chegam a ser usadas. De início, com um batimento que era em parte repulsa, em parte medo, ocorreu-lhe de repente que o gesto do homem, ao agarrar-lhe o braço, e a resposta automática de pôr a mão, um instante, sobre a dele, fora uma repetição do pacto que fizera com seu Bebê de Hitler, Otto, anos atrás, para começar um caso amoroso. Sim, aquela fora uma pergunta-e-resposta sexual por contato repentino, mas a aproximação desse outro homem e a presunção do direito de tocá-la de modo estranho, a mão dela posta sobre a dele, eram algo muito diferente. Só que também eram muito diferentes de um aperto de mão, que por sua vez tinha pouquíssimo a ver com qualquer espécie de intimidade, assim como a saudação de um abraço formal pouco tem a ver com beijar.

Algum tipo de intimidade? Afastou-se do problema da interpretação inúmeras vezes. Com certeza nada sexual. Sabia, sem a menor sombra de dúvida, pelo impulso da mão que se erguera para cobrir a dele, que não estava fazendo um convite nem respondendo a um convite sexual. Sabia, mesmo no aperto quente da mão forte, que o gesto dele não era sexual; os nervos da pele e da carne reconhecem instantaneamente o toque da sensualidade. Deus do céu, então já não estava velha demais? Não seria até ridículo, vaidade, imaginar que o gesto pudesse ter sido uma repetição do outro? Em certos momentos, na vontade, na ânsia involuntária do corpo pelo homem Otto, pelo Cento e Vinte e Um, depois que ele se fora, sentira medo de, quando começasse a envelhecer, tornar-se uma daquelas mulheres que gostam de homens jovens, começar a tingir o cabelo e a se despir no escuro para esconder a bunda caída e a barriga triste do amante pago com — o quê? Pesos de ouro e camisas de seda são apenas o começo. Ainda bem que não havia nenhum sinal de qualquer pendor por homens jovens; mas a desconfiança transitória no eu, projetada sobre a realidade externa imperiosa de uma comunidade meramente respirando debaixo de seu próprio lixo, nove mortos, um homem com o rosto retalhado dirigindo enquanto uma mulher morria no banco traseiro — que significado poderia ter a desconfiança no seu próprio eu, que realidade, diante daquilo! A quem poderia colocar a absoluta *inadequabilidade* de qualquer preocupação pessoal surgindo de uma situação em que toda a individualidade estava se dissolvendo em terror e desespero? Não ao amante-marido a quem costumava contar — ou pensar que contava — tudo. Apenas a si própria. Primeiro o confessionário da colegial cai por terra, depois é a vez daquelas amizades com homens e mulheres até que, chega o momento de perceber, vem o arrependimento pelas confidências que são como armas entregues a terceiros; finalmente, a glória de transferir o fardo do eu para o ser amado acaba por se mostrar impossível. O amado não é conhecido em nenhum endereço, o eu, ao contrário de uma cama, não pode ser compartilhado, e não pode ser descartado.

Nas semanas seguintes, quando Zeph Rapulana foi assiduamente à fundação por causa da questão de Odensville, ela acabou por entender aos poucos — não tanto por ter pensado, mas por ter aceito, sem perceber, como se fora uma mudança física ou uma mudança de humor — que aquilo que a perturbara como uma mimese do passado era o início de alguma nova capacidade sua, algo na química do contato humano para o qual só agora estava preparada. Esse interiorano negro sobre cuja vida, exceto o lugar que ocupava no caso Odensville, nada sabia (mulher, filhos, parentes e amigos) já possuía essa capacidade. Foi por esse motivo que pode reivindicá-la com algo que não era nem uma carícia sexual nem um aperto de mão impessoal como os que trocavam de hábito. Zeph Rapulana entendeu que aquele seu medo de que tivesse morrido era um indício, por motivos que não seriam explicados, nem era preciso tentar explicar, de que ele não representava simplesmente mais um indivíduo em risco no decurso de seu ofício. Havia entre eles um nível de conhecimento mútuo, tranqüilo, não muito profundo, mas bem separado dos relacionamentos complicados e intensos, entranhados em seus seres, dos quais cada um emergiu até esse nível, que não era nem sexualmente intuitivo nem o da amizade.

As circunstâncias da vida que cada um vivera até o momento eram um obstáculo às referências comuns que existem entre amigos. Ela uma mulher urbana da classe média — algo quase tão decisivo quanto ser branco, organizando os serviços de sua vida por telefone ou fax e pressupondo sempre a existência de uma secretária e uma vaga para guardar o carro; o status dele em sua comunidade rural marcado — não era difícil imaginar, pela experiência que tinha desses lugares — pelas roupas asseadas penduradas num arame e a pequena pilha de livros e papéis num barraco — o que tinham de familiar para repartir, fora o caso Odensville?

A sexualidade dele, em sua meia-idade avançada, sem dúvida satisfazia-se nalguma parte; embora tivesse ficado bem claro, até mesmo em sua persona reservada atrás da escrivaninha, que o fato de ser branca não seria tabu para ele nem o fato de ele ser negro um tabu para ela, o sexo não fazia parte da percepção que tinham um do outro, exceto no reconhecimento de que cada um chegava de uma base de relações sexuais e familiares para um encontro que nada tinha a ver com isso. Vera nunca se sentira — era mais que enlevo — envolvida no ser de um homem por quem não tivesse atração sexual. Não que não o considerasse fisicamente atraente; desde o primeiro dia, quando sentou diante da escrivaninha, o rosto amplo e firme como basalto polido, as costas pesadas porém graciosas ao sair da sala, a palma das mãos calmamente pousadas sobre as pernas enquanto falava, tudo isso lhe trouxe uma segurança que ainda não se dera conta de que não era mais capaz de encontrar em ninguém. Era como se, na natureza corriqueira do contato constante que mantinham através da fundação, fizessem parte um do outro como um sexo único, uma reconciliação de tudo que haviam vivido, ele como homem, ela como mulher.

Didymus abriu de leve o olho esquerdo mas o direito continuou grudado de sono. Na noite artificial em que as cortinas escondem a luz da madrugada — lá estava ela, gatuno pego no ato. O olho a seguiu. Mas não era nenhuma intrusa: Sibongile, desembarcada num dos primeiros vôos do dia, um torvelinho no asfalto invadindo o silêncio da rua deserta quando o táxi que a levara para casa dobrou a esquina.

Largou as coisas. Pôs a mala no chão. Envergonhado, Didymus fechou a saudação remelenta, melhor fingir que está dormindo, pegar no sono de novo. Sibongile puxou a mala de rodinhas pelo carpete, mexeu em papéis, tilintou objetos em alguma superfície. Depois a cascata do chuveiro no banheiro. A cama inclinou-se para o lado quando ela entrou. Didymus sabia que ela queria que soubesse que estava tentando não acordá-lo: como se nem estivesse ali; ou nunca tivesse saído.

Ele falou. Como foi?

Não conseguia pescar lá do fundo da mente o local para onde ela fora enviada, onde estivera dessa vez, Japão, Líbia, não, a ONU não. Melhor não arriscar como anda passando Gadafi.

— Ex-tra-ordinário.

Deitou-se forçando o sono, com tudo que ouvira e fizera aceso dentro dela sem poder ser extinto, como ele próprio se sentira ao voltar de missões sobre as quais ela não poderia ter perguntado: Como foi.

Sua pele e cabelo exalavam a atmosfera espessa do mundo das mesas-redondas e das negociações, feito fumaça de cigarro que pega nas roupas de quem esteve numa sala apinhada. Sentiu o cheiro como um cão fareja os sapatos do dono para descobrir onde andou.

Era uma estranha e era tão familiar quanto seu próprio corpo; ele devia ter sido assim para ela, durante todos aqueles anos em que aparecia e ia embora; se alguma vez pensou no assunto, pensou que era assim; coisa para mulheres. Ela dormiu, de repente, com um ronco abafado. O corpo ao lado invadiu a cama toda, encostou-se no dele. O seu não sentiu a menor aguilhoada de desejo por ele.

Deve ter pego no sono. Ambos acordaram com o som da porta batendo, quando Mpho saiu para a escola. Sibongile pulou imediatamente da cama e, na camisola escorregadia, foi até a mala semi-estripada e os pacotes espalhados no chão. — Olha o que eu descobri para você. — As pessoas se sentem felizes levando o consolo de presentes aos que ficaram para trás.

Era um belo cajado (ele viu de início), não, uma bengala, ébano esculpido, com um castão em forma de punho fechado sobre um anel, entalhada até embaixo, com uma ponteira de cobre. — Não é bárbara? Olha só o trabalho. Sabia que você iria adorar. Procurei por toda parte no mercado, mas tinha tão pouco tempo — e aí apareceu um ambulante chato na frente do hotel e na hora que ele mostrou eu sabia, era para você. Olha — toda entalhada, numa peça só.

Ela adorou, recostou-se na cama enquanto ele recebia a bengala e seguiu-a com os olhos, sacudindo os dedos do pé com as unhas pintadas de magenta, as coxas desenhando curvas de brilho inquieto no cetim que as cobria (ele sempre teve orgulho das roupas dela, de sua perícia em conseguir um efeito de luxo extravagante, mesmo na hora de dormir, mesmo quando estavam no exílio e eram pobres e esse efeito tinha de ser obtido com bugigangas. — E olha o veio aqui, essas faixas mais claras descendo pelos dedos — não é incrível? — e olha como é sólida ...

Obedientemente, segurou o objeto na horizontal, recostado nos travesseiros, sentindo-lhe o peso nas palmas das mãos. — Onde acha que devo pendurar? Sobre a escrivaninha ou aqui, acima da porta, quem sabe.

Ela deu um tapa nas coxas, fazendo o cetim tremular. — Não é um enfeite! É para andar! Baixar o peso! Não pense que eu lhe trago presentes sem um duplo motivo, meu querido — A voz de Sibongile atingiu a escala do riso. Levantou-se de novo. Didymus ouviu quando começou a ir de aposento em aposento, a inspecionar os vestígios de sua ausência, fechando portas de armário no pequeno quarto de Mpho, fechando a tampa do lixo na cozinha sobre alguma coisa que ele ou Mpho esqueceram de jogar fora. A bengala descansava-lhe sobre o peito. Abriu os olhos. Sibongile apareceu na porta do quarto, como aparecera vinda de um país distante, de madrugada, só que de roupão, os braços cruzados sob os seios. — Não vai levantar?

— Para que pressa?

— Vamos lá. Estou com fome.

Quer dizer que o queria na cozinha para lhe fazer uma preleção sobre os resultados da viagem enquanto preparavam o café juntos. Ela ensaiaria com ele — afinal de contas era um companheiro, experiente em apresentações do gênero — antes de redigir um relatório. Tinha sido uma missão na África — de onde mais poderia ter vindo aquela bengala? — fora enviada para negociar a encampação, pelo governo do outro país, de uma escola para crianças exiladas e de vários prédios que o movimento possuíra ali. A Executiva Nacional deixara a cargo da diplomacia de Sibongile ver se os bens, não mais necessários, deveriam ser entregues como presente a um país que dera asilo ou se seria possível esperar algum tipo de compensação — os suecos custearam a escola e acrescentaram alojamentos para os professores, de modo que houve algumas benfeitorias depois que o governo-anfitrião doou o terreno. — Jantar com o presidente, flores enviadas ao hotel e tudo mais (eu prefiro quando eles mandam frutas, mas só os europeus fazem isso, aqui no nosso continente as pessoas não acham que fruta seja uma coisa especial). Uma looonga explicação da parte dele sobre como conduzir as coisas por aqui, meu Deus, se a gente escrevesse todos os conselhos que dão, daria a volta ao mundo — nem uma palavra sobre qualquer compensação pela transferência de propriedade. No dia seguinte foi a grande cerimônia de entrega, guarda presidencial, banda militar, mais discursos, meu também, mas o melhor que eu consegui, quando fui falar com o ministro no gabinete dele, foi uma promessa de um projeto de treinamento agrícola, bem pequeno, que eles forneceriam para alguns estudantes que a gente mandaria para lá, escola gratuita mas todas as outras despesas por *nossa* conta.

Acho que não dá para recomendar que aceitem. Melhor voltar de mãos vazias do que com algo que não queremos.

— E o campo?

Ela fez sinal para duas fatias de pão serem colocadas na torradeira. E embarcou num dos repertórios de gestos elaborados, esparramando muito as mãos, juntando-as de novo com uma palmada seca, numa falsa atitude de quem reza, debruçando os cotovelos na mesa da cozinha com um suspiro fundo.

— Chegou a ver Matthew ou Tatamkulu?

— Quem?...

— Você sabe.

— Não estão mais lá.

— Então você foi.

— Tinha instruções. Só para entregar não perguntei o quê — uns documentos. — Isso foi dito como se fosse para ser a última menção ao assunto. Mas ele, e não ela, operara naquele campo, foi num dos períodos em que desapareceu dos lares que ocuparam no exílio, na Europa e na África. Ele tinha o direito de fazer perguntas sobre aquele campo onde espiões que se infiltraram no movimento estavam presos, embora não fosse assunto para um bate-papo comum. Recentemente o movimento levara a público um relatório sobre as coisas que aconteciam lá; coisas indizíveis. Quando o relatório estava para ser divulgado, achou melhor contar a ela o que nunca tinha contado antes: que numa determinada época, uma época desesperada, quando os Freedom Fighters e o próprio movimento estavam correndo grande perigo de infiltração, ele fora um interrogador — é —, um carcereiro lá. Revelou o codinome dos outros que dirigiam o lugar e contou que dois acabaram se unindo a ele em protesto contra os métodos empregados para conseguir informação. Sibongile sabia muito bem sobre quem estava perguntando quando mencionou aqueles nomes.

— Então ainda não está fechado.

Ela ergueu o queixo e piscou, aborrecida. — Em vias de. Não vi muito sinal de vida por lá.

— Alguém falou quais as providências que estão sendo tomadas para quando os presos forem soltos, quem é que vai trazê-los de volta? Se são as agências que os mandaram para fazer o trabalho de infiltração — ou se vão simplesmente ser abandonados? Esse pessoal agora quer simplesmente fingir que eles nunca existiram. Só que parece que eles conseguem voltar, de um jeito ou de outro, prontos para serem usados contra nós de outras formas. Reciclados... Bom, a gente não podia pensar assim tão adiante; havia muita coisa em que não podíamos pensar naquele lugar.

— Ninguém me disse nada, eu entreguei o que precisava entregar. Foi só.

— Não é do seu feitio contentar-se em ser menino de recados. — Pôs os pratos na pia, de costas para ela; virou-se.

Ela bocejava sem parar, dava a impressão de que o maxilar iria se deslocar com a força. Saiu da cozinha. Com certeza voltou para a cama para descansar da viagem: mas não, apareceu vestida, maquiada, pasta e chaves na mão, a caminho do escritório. Ele ficou sentado, de pijama, ao lado da xícara de café, que aquecera de novo. Envergonhada, seria? Estava com vergonha do envolvimento dele naquele campo onde os métodos para extrair informação mediante dor e humilhação, aprendidos com a Polícia de Segurança, foram adotados por aqueles que haviam sido suas vítimas. Envergonhada, ainda que ele tivesse finalmente saído do campo, recusando-se a continuar lá. Recusando, porém compreendendo por que outros eram capazes de fazer as coisas horrendas que faziam; afinal ela era mulher, podia entender a revolução, mas não podia entender a guerra.

Permaneceu sentado na cozinha, ciente do pinga-pinga irritante da torneira que não fechara completamente, mas incapaz de distrair a própria atenção levantando-se e indo fechá-la.

Não. Envergonhada não; atenta à posição política que ocupava, calculando que, uma vez que seu codinome não aparecera no relatório público, não estaria maculada pela conexão com ele, considerando-se a necessidade de a liderança disciplinar e talvez, em alguns casos, expulsar do movimento os envolvidos. *Indizível*: para Sibongile, até o assunto. Ela não quer, nem mesmo nos momentos privados, qualquer lembrete, qualquer familiaridade dele com nomes. Tinha sua posição para zelar. Veio-lhe à mente a imagem, curiosamente lembrada, ali sozinho na cozinha, de Sibongile enojada, raspando freneticamente da sola do sapato todo e qualquer vestígio da sujeira de cachorro onde havia pisado.

Ela arrumara a cama e pusera a bengala sobre a colcha. Mpho tinha brincos e penduricalhos da participação da mãe em delegações a vários países; ele tinha isso. *É para andar*. Um presente para um homem aposentado, que deveria se contentar em passar o tempo agradavelmente, fazendo exercício.

Sally Maqoma escolheu o restaurante e é conhecida dos garçons. Ela pede linguado. — Você sabe como eu gosto, grelhado, não nadando em manteiga ou no óleo, e muito limão, traga um limão inteiro. — Ela e sua velha amiga Vera Stark tentaram várias vezes bater um papinho (como elas dizem) e pela primeira vez Sally tem uma hora livre disponível, entre os compromissos matinais e uma reunião em Pretória às duas e meia da tarde, para a qual um motorista irá buscá-la. Conversam de política num nível de referências compartilhadas — Vera, através do trabalho e de conhecidos, está a par da maioria das negociações em andamento enquanto a retórica política dá a entender que não há possibilidade de haver contato — mas Sally raramente deixa escapar qualquer confidência política. Vera está ciente disso e sabe como respeitar evasivas e ao mesmo tempo interpretá-las. Enquanto comem e tomam a água mineral que o médico de Sally aconselhou-a a beber copiosamente, Vera vai ouvindo a amiga e juntando os boatos para preencher as lacunas na espontaneidade do discurso. Aquilo que Sally não diz sugere, ou visa sugerir, que a delegação a Pretória (Sally mencionou "nós três" tendo que ir até lá às pressas) irá se reunir com algum ministro de governo sobre a crise educacional, mas pode também ser que a reunião seja uma daquelas sobre as quais vêm circulando rumores pelo movimento, reuniões com grupos de direita, a pedido destes últimos. Vera tentou superpor uma silhueta barbuda em uniforme de campanha com o rosto negro vivaz e cético, tão volúvel, a sua frente. Podia tentar uma pergunta geral. — Têm algum fundamento essas especulações dos jornais de que o AWB e outros do gênero estão querendo conversar?

Sally ergueu as sobrancelhas e esticou a cabeça para a frente, num gesto cômico. — Me parece improvável. — Tomou um grande gole e, ao pôr o copo na mesa, perto da mão de Vera Stark, deu-lhe uma cutucada. — Tudo que é improvável tornou-se provável. Essa é a nossa política, hoje em dia.

Da risada das duas emergia a vertente de vidas em família, da intimidade dos tempos passados entre quatro paredes de um e outro, quando os casais juntavam os filhos e dançavam ao som dos discos de Didy; das semanas quando, de volta do exílio, os Maqoma mudaram-se para a casa dos Stark. — Ainda não contei as novidades. Ivan se divorciou e o pai de Ben está morando conosco.

— Ah, Ivan danado. A juventude de hoje não é como a gente, não tem perseverança. Mas estou me lembrando, ela não tinha lá muita personalidade, você me disse?... Não deve estar sendo muito agradável para você, ficar com o velho em casa.

— Eu sempre me dei muito bem com ele, mas o problema é que ele precisa de tempo, dos outros. De nós.

— Arranje alguém para cuidar dele, Vera, você não pode, não deve. Você tem coisas mais importantes... Eu podia arranjar alguém para você, com certeza, sempre aparece alguém no meu escritório, enfermeiras desempregadas, velhinhas bondosas, primos distantes, sabe Deus o que mais — arrumo alguém que possa dormir no emprego, você precisa de alguém assim.

— Não sei não. Sabe, vai ser um horror ficar realmente velho, ninguém mais quer tocar em você, ninguém gosta do cheiro da sua pele, ninguém mais lhe dá um beijo... E Ben nunca amou o pai dele, ao que me consta. Algum ressentimento da infância, um desses mistérios que ninguém a não ser a pessoa que foi criança entende.

— Ben? É mesmo? Mas ele é um encanto, um homem tão amoroso.

Os limites das confidências entre duas pessoas mudam constantemente, alargando-se aqui, fechando-se acolá. Vera Stark não podia dizer em voz alta o que estava dizendo a si própria, Bennet amava, Ben ama, só a mim; ama em Ivan apenas a mim, e o que hei de fazer com esse amor? — A idéia crescendo como uma onda de ansiedade encurralada nas vozes de um restaurante cheio de gente; não é lugar para lidar com isso. — Ouvi dizer que pediram a Didy para escrever um livro. Uma história do período do exílio, não é?

— Ele deveria estar fazendo as pesquisas. Nem me pergunte... Vamos pedir o café — Sally tinha o olhar alerta e inquieto de um pássaro no topo da árvore, observando as idas e vindas dos garçons. Quando o café chegou, ajeitou as xícaras e serviu, medindo as palavras com o fluxo do líquido. — Na maior parte do tempo, ele nem sequer se levanta de manhã. Eu saio para trabalhar. Não sei a que horas ele faz a barba etc. e tal. Sempre uma dor, uma indisposição. Quando eu pergunto à noite: Como foi hoje — quer dizer, Vera, eu estou mostrando *interesse*, estou querendo saber se mandou as cartas às pessoas que podem lhe fornecer algum material, se está organizando as anotações —, aí ele vira e diz algo no gênero, Como foi o quê? Para me pôr para baixo. Para sugerir que estou só querendo ser condescendente... Por causa de onde estive o dia inteiro, na central. Por acaso o que aconteceu é culpa *minha*? Que culpa tenho eu? Ele precisa parar de chafurdar na autocomiseração. Olha, eu vou lhe dizer (mudou o foco do olhar, percorrendo as mesas vizinhas onde a conversa e auto-absorção dos outros criava uma muralha protetora), estou começando a achar isso repugnante. Ele não percebe; me repugna.

Uma confidência dessas quase que assusta; para lhe fazer frente seria preciso corresponder e Vera não sabe, ainda não entende, o que exatamente será preciso confidenciar, nem se esse impulso ainda é algo a se levar em conta. Quem é que pode dar respostas? Um homem barbudo de colarinho de padre parado na porta, *Que pão-dura, Vera*. — Para certas pessoas ele virou história, não é mais um ser vivo. Como é que você espera que alguém aceite isso?

Sally cerrou o punho sobre a xícara, sacudindo a cabeça com veemência. — O problema está justamente aí. Ele se *considera* história. Está desertando porque não está mais na ribalta, ele se vê como história e a história pára *nele*. Ele não aceita que ela continue sendo feita e que todos nós temos de fazê-la, meu papel mudou, o papel dele mudou. Ele ainda é um homem vivo que tem trabalho a fazer, ainda que não seja o que escolheu.

— Escrevendo uma história? Isso é passado.

Sally debruçou-se sobre a mesa em silêncio, mas não demorou a rompê-lo. — Eu voltei de uma viagem — de uma missão — parece até que eu não tinha saído. Ele não me traz para casa.

As duas não são, afinal de contas, duas mulheres jovens trocando segredos de alcova. Vera pode entender a frase estranha como sendo alguma expressão de boas-vindas incorporada de alguma língua africana. E ela é branca, não conheceu o que os exilados viveram, seu homem de volta sabe-se lá de onde, tendo de fazer sabe-se lá o quê (o nome de Didymus felizmente não apareceu relacionado com nenhum daqueles campos). Ela pode ou não ter entendido o que Sally está dizendo. Didymus não a traz para casa porque não faz amor com ela, do jeito que ela costumava fazer, por ele.

E quando Didymus tentou fazer amor, Sibongile não correspondeu. Mpho saíra do quarto, uma noite, enfeitiçada — no sentido de dotada, agraciada — de juventude. A nitidez das linhas do corpo num fiapo de vestido, dos lábios e dos olhos rasgados, brilhantes, com uma prega de riso no canto externo, os brincos baratos, de madeira leve, na forma de papagaios pendurados no delicado hieroglifo das orelhas — ela estava a corporificação da felicidade. Esperando que fossem buscá-la; onde estava indo? A uma festa, havia tantas festas que os pais não conseguiam guardar os nomes de todos os amigos entre os quais aparentemente era tão popular. Uma amiga apareceu para pegá-la, saíram mergulhadas no papo. Enroscada sobre a mesa havia uma corrente fininha, enganchada a um berloque, que ela tirara do pescoço cuidadosamente para não desarrumar o cabelo quando a amiga fez uma careta: o berloque não combinava com os brincos. Didymus passava a corrente de uma palma a outra, sorrindo. Entrou na cozinha, onde Sibongile mexia um picadinho e, sob o pretexto de espiar o que havia na panela, debruçou o queixo sobre o ombro dela. Correu a mão pela barriga da mulher, empinada para a frente enquanto mexia a carne com um garfo, rodeou-lhe o umbigo, numa carícia meio cômica de quem está na expectativa de comida, depois desceu até a pelve um instante.

Depois de jantarem, Sibongile sentou-se diante do computador que haviam comprado para que ele trabalhasse na história dos exilados. Olhando para as oscilações luminosas uns instantes, ficou parada como se em busca de alguma indicação de que ele tivesse chegado a usar a máquina durante o dia; virou-se.

— À vontade. — Ele optou por entender que Sibongile estava perguntando se ia usar o computador naquele momento. Ela esparramou e arrumou seus papéis com irritação. Didymus ligou a televisão, em baixo volume para não perturbar a concentração de fosse lá o que fosse que ela estava escrevendo. Crescendos musicais e o tom exagerado das emoções televisivas emanavam de onde ele estava sentado à medida que ela ia inserindo e removendo palavras e frases de um discurso que faria dentro de alguns dias. Eram suas costas que via, sempre que erguia os olhos dos malabarismos do texto nadando em fosforescência; alguma coisa na inclinação da cabeça dizia que ele não estava vendo nada, não estava ouvindo nada. Didymus estava dormindo, embalado, inconsciente como um bêbado no carnaval, pela familiaridade sem sentido e impessoal de um meio que invade tudo e não reconhece ninguém.

No quarto, retomou as carícias iniciadas na cozinha. A mão deslizou abaixo dos quadris, desenhando círculos cada vez mais firmes e pequenos sobre a elevação do púbis, os dedos trabalhando entre os pêlos, o indicador escorregando, como que por acaso, pelos lábios. Ela suspendeu as cobertas e saiu da cama, afastando a mão ancorada. Percorreu o quarto com ar de quem procura algo e, dando-se conta de que era observada, saiu para outros aposentos.

Voltou e comentou: — A luz do terraço não estava acesa para Mpho.

— Eu acendi.

— Não acendeu.

— Essa minha memória, ultimamente...

Deitou-se ao lado dele, sem dizer boa-noite, caso isso fornecesse uma abertura para que tentasse excitá-la de novo.

Naquela noite, ou numa outra noite, Sibongile acordou tensa, numa tristeza na qual ela e ele se perdiam juntos, inseparáveis, naufragados. O ruído das respirações retesou-se no meio dos dois, mas a linha da escuridão não podia ser cruzada, o peso dos fantasmas não podia ser levantado. Didymus não esquecera da luz para Mpho. A dor, tão inútil, do arrependimento por essa pequena malvadeza era real entre suas costelas, alguma coisa guardada na memória das gravuras religiosas espalhadas pelas paredes da cozinha da casa da avó, em Witbank, onde crescera. Parecia estar revendo, simultaneamente no zumbido da noite, todas as imagens, todos os momentos em que tivera maior consciência da presença dele no decorrer dos anos. Tantas partidas; o que acontece nessas partidas, as dele, agora as dela, em quem vai embora? Aquele que partiu será que é aquele que regressa? Há certas mudanças na compreensão e na consciência que só ocorrem quando se está só, longe da contenção assumida por um eu delineado pelo outro. Essas mudanças não podem jamais ser partilhadas. Sozinha com elas para sempre. As imagens são cartões-postais enviados de países que existem apenas na personalidade do sujeito; você nunca irá visitá-los. Sibongile teve de se certificar de que ele estava ali, alguma versão dele, ainda que sob a forma de um volume oculto sob as cobertas. Hesitou quanto ao lugar onde tocá-lo: na testa, no rosto, no pescoço abaixo da orelha, onde um batimento responde. Encostou sua coluna nas costas de Didymus e sentiu-o soltando gases enquanto dormia.

O velho estava ocupando o quarto de Annick, de maneira que ela teria de ficar com o que pertencera a Ivan e dividi-lo com a amiga que iria junto. O grande luxo de Ivan fora uma cama de casal onde, quando adolescente, gostava de esparramar-se na diagonal. Vera comprou um sofá-cama e pôs no quarto, para acomodar a amiga. A presença do velho já mudara o equilíbrio da casa. Sally esqueceu-se da promessa ou andava muito ocupada para cumpri-la, mas os contatos na fundação providenciaram uma parente que precisava de trabalho; o caminho do velho, movimentando-se pelo braço da mulher que ia todos os dias ajudá-lo, interceptava e desviava os de Vera e Ben. A casa de Vera possuía as marcas transparentes das várias presenças nela impressas — as breves idas e vindas do soldado cuja mochila militar largada sobre a penteadeira deixara no verniz um risco cuja causa fora esquecida, os movimentos clandestinos que Bennet introduzira como amante e pusera em uso corrente como marido e pai, a rota que as crianças costumavam seguir, saindo pela janela do quarto de Annick e entrando pela varanda de trás para pegar um pacote de batatas fritas no armário da cozinha sem atrair a atenção dos pais, e as trilhas invisíveis feitas por ela própria ao mudar a função de um espaço colocando tomos de súmulas parlamentares e publicações oficiais no lugar outrora ocupado por aviões de modelagem e bichos escangalhados de pelúcia, fechando as janelas de todos os quartos e salas durante uma tempestade, levando, como se refizesse antigos passos sulcados no assoalho da casa, uma velha foto até a luz. Na corrida matinal até o banheiro, pés descalços, o velho às vezes cruzava seu caminho, vacilante, com a mão paralisada pendendo retorcida ao lado do corpo, a outra estendida à frente, como um cego apalpando obstáculos. Não estava cego, mas adquirira o hábito preventivo de manter a mão na posição de alguém preparado para um cumprimento, porque nem mesmo esse lado do corpo sobrevivera incólume ao derrame e era preciso tempo e esforço para dominar os músculos pertinentes quando a ocasião surgia. Precisava se lembrar de usar camisola, como fazia quando ainda havia os filhos morando em casa e uma empregada que dormia no emprego e saía logo cedo da cozinha para começar a arrumação.

Ele perambulava com um sorriso de estranha doçura de encontro a encontro, não porque tivesse ficado gagá e sim por estar revivendo a sensação de conquista que tem a criança quando aprende a andar, e a casa representava, para ele, o território diariamente conquistado. Não parecia se incomodar com a cantilena lisonjeira de Thandeka, que piscava e gesticulava por trás, comentando a doença e orgulhosa de seus progressos. Como é que ele está hoje? Ben perguntava para ela na presença do pai; e a mão que ele poderia ter tocado baixava hesitante. Comprava para o pai revistas e jornais especializados que deviam ter algum interesse — ele fora engenheiro químico — e deixava as publicações sobre a mesa ao lado da poltrona do velho, no lugar de uma visita. A acompanhante decidia, como parte de suas responsabilidades, como ele se sentia. — Mama, ele está tão feliz com a vinda da neta, mama! Quando ela chegar, ele vai ficar assim, *assim*! Tão feliz! Mama! Vou colocar um belo terno nele...

Levado pelo braço dela com uma alegria abstrata expressa em seu nome, assim como freiras sorridentes se dispõem a irradiar o esplendor do Espírito Santo e políticos exibem seu amor amorfo pela humanidade, pareceu indeciso, por alguns momentos, sobre qual das duas jovens recém-chegadas seria a neta. Não a via desde quando era uma colegial; mas o rosto, o rosto do filho, ali no dela, era sem dúvida inconfundível. Vera e Ben esqueceram-se de mencionar que o avô estava morando com eles — como ocorria tantas vezes entre os dois, cada qual achava que o outro tinha feito algo que nenhum deles fizera. Mas Annick deu-lhe um beijo, tomou a mão idosa — a pele fria, escamosa como a da tartaruga que teve quando criança — e colocou-a na da amiga, usando para falar com ele o mesmo termo da infância. — *Grandpops*, essa é a Lou, ela mexe com biologia e acabou de passar um mês lá na sua velha terrinha — no Zaire — no Congo.

A voz engasgou, no esforço de falar, mas ele transformou a pausa num pedido zombeteiro de socorro a Vera. — Claro que essa jovem mexe com biologia, nós *todos* somos biológicos — mas isso significa que ela faz o quê, exatamente? — Ele se divertiu com a tirada e com as risadas polidas que provocou; Ben apenas sorriu, os olhos negros ilegíveis. A neta deu um tapinha de leve na amiga de modo que a moça sacudiu seu cortinado de cabelo feito uma égua picada por uma mosca; ambas tinham cabelo comprido, mas as madeixas negras e lisas de Annick tinham passado por uma permanente desde a última vez em que os pais a viram. — *Grandpops*, ela é professora universitária, ela está fazendo uma pesquisa importante lá, fascinante, depois a gente conta tudo.

— Não acredite no que ela diz, sr. Stark. Quando estamos em casa e eu começo a falar de microbiologia, o olho dela até embaça, tudo que ela quer saber do Zaire é quais as fitas que eu trouxe para ela, que tipo de percussão e cordas ainda se pode ouvir por lá.

Annick, com as duas maletas, seguiu Vera até o quarto de Ivan, enquanto a amiga levou seu chá para perto do velho e acomodou-se para conversar sobre o Zaire. A timidez com que os pais se relacionam com as crianças adultas — o fato desafia o oxímoro —, quando elas retornam de suas vidas particulares, tomou conta de Vera. Cada vez que Annick aparecia, depois de uma ausência, era a manifestação súbita e viva de alguém cuja imagem se fixou numa pintura. As feições estáticas na mente estavam se movendo, os detalhes da textura da pele, o olhar — o que estaria ela apreendendo, de imediato, sobre nós? Seu aroma — não era perfume e sim o cheiro que lembra vagamente o que exalava de seu cabelo quando era observada, dormindo, quando criança, por quem se debruçava para ouvi-la respirar. Alguma coisa faltando naquele lindo rosto? Não se deixe pegar encarando, à procura. Nenhuma mudança na linha das sobrancelhas; nenhum fio jamais arrancado, são definitivas, da maciez de uma foca, sedosas, afilando-se naturalmente nas têmporas. O esperma de Ben a fez assim, a sua imagem. Não a permanente, se bem que esse penteado seja uma pena; não que algo tenha sido alterado: algo se foi. Mas a última coisa para se reatar o relacionamento com uma filha ou um filho é tecer qualquer comentário sobre a aparência física deles.

Talvez conviesse contar, não perguntar.

Oferecer, não exigir. Colocar-se nas mãos delas, as ex-crianças. Colocar ali o mistério do totalmente inesperado: *o que eu vou fazer com esse amor?* Como se uma médica e uma professora universitária pudessem explicar. Ou então colocar ali, com o maior cuidado, um recipiente de secreta calma, nascida de um temor exagerado pela morte de alguém que não é amante, marido nem filho: o que essa jovem que sem dúvida alguma lhe era mais próxima que qualquer outra mulher pensaria a respeito?

E, o tempo todo, Vera ia falando naquele seu jeito esvoaçante, ligeiramente ansioso e excitado de alguém querendo ter certeza de que os hóspedes estão confortáveis. O armário estava vazio para as roupas, o sogro usaria o banheiro grande, de modo que o outro ficaria só para elas, a filha e a amiga. — Desculpe o quarto estar assim atravancado. Mas, com a casa cheia agora, não tem quarto sobrando, foi tudo que deu para fazer, comprei um sofá-cama.

Annick atirou as maletas em cima dele. Soltou um suspiro de prazer ao reconhecer algum pôster do tempo do irmão que ainda estava na parede. — Não precisava ter se incomodado. Nós sempre dormimos em cama de casal.

A harmonia andrógina presente na beleza masculina de Bennet, transformada na feminilidade dessa moça, os seios debaixo de uma malha larga apertados pelos braços cruzados, a pelve e os quadris modelados em jeans justos, chamaram a atenção de Vera; ela sabia que alguma coisa impossível tentava vir à tona. Em vez disso, um súbito choque: percebeu o que estava faltando naquele rosto sedutor. A pontuação negra daquela beleza situada, exatamente como a de Bennet, abaixo dos cílios espessos que sombreavam a maçã esquerda do rosto. — O que houve com sua pinta?

Annie riu, de modo instrutivo. — Verruga. Tirei. É preciso tirar as verrugas, mãe, elas podem ficar cancerosas.

A festa de hábito, para comemorar a visita de um filho, de uma filha. O pessoal de hábito, os íntimos da fundação — os novos sócios de Ben no empreendimento das malas continuavam sendo relacionamentos profissionais que ele não tinha interesse em levar para casa —, velhos amigos, ex-ativistas políticos agora transformados em políticos atuantes nas mesas de negociação, mais aqueles ex-exilados a quem a anistia definitiva permitira, enfim, desembarcar sem medo da prisão ou emergir do subterrâneo cavado embaixo do lar, meio lar. Havia também um punhado de diplomatas de segundo escalão, condutos úteis para verbas estrangeiras, que agora ressurgiam, uma integrante de uma das delegações que a ONU enviara para monitorar a violência no país; e um convidado que talvez ninguém, com a exceção do jovem Oupa, fosse capaz de identificar, um homem apresentado por Vera como sendo Zeph Rapulana. Passou a noite inteira sentado na mesma cadeira, enquanto os grupos reuniam-se e debandavam no jardim e na sala; entrando e saindo com bebidas e comidas, ela tinha plena consciência dos planos luzidios de suas feições a mergulhar na escuridão em volta, como se fora o contorno de uma paisagem, parte de uma vista que havia sempre de descortinar de casa. As pessoas, porém, aproximavam-se daquela figura escura desconhecida atraídas por algum motivo; ela reparou em Didymus, num cônsul-geral, na mulher da ONU cuja profissão sem dúvida era ser curiosa. Annie e a amiga Lou tiraram os sapatos e, pés descalços na grama, sentaram-se nos degraus da varanda conversando e rindo animadamente com Oupa e Mpho, a filha de Didy e Sally, e Lazar Feldman, o jovem advogado da fundação.

Ben e Vera supervisionavam os grupos dentro e fora de casa como comissários de bordo que percorrem discretamente o corredor do avião verificando se os cintos estão afivelados. Estiveram com todos os grupos e com nenhum deles, e encontraram-se longe dos demais. Ben pôs a mão no ombro de Vera. A noite rasgava um espaço desmesurado acima deles, reduzindo as vozes e formas dos mortais que haviam reunido para a festa a um horizonte de zumbidos, a um amontoado tênue e distante de vida agitando-se sob um olhar imenso. Seria isso tudo o que foram capazes de convocar para se opor à trajetória das pessoas atiradas para fora de trens naquela manhã; em casa, os membros de um homem velho vão se atrofiando; rondando a costa, naquela noite, um navio cheio de imundícies nucleares, carregando a morte a um limite de doze quilômetros? A que distância fica um limite de doze quilômetros, para a morte, quando essa grande voragem do céu não pode ser mantida à distância? Não se falaram, mas desceram juntos os degraus, passando por trás e pelas pernas do pessoal sentado com a filha, rumo ao jardim. A grama negligenciada lambia de orvalho o tornozelo dos dois; ela ajoelhou-se um instante para mergulhar a mão na relva, formigas subiram-lhe pelo pulso e os grilos encheram seus ouvidos de sonoridade, restaurando a escala da terra. Afastaram-se da festa. — Lazar parece bem interessado em Annie. Já estou prevendo que vamos ter que fazer sala para a amiga, daqui por diante.

Vera deu-se conta da mão sobre seu ombro, como se tivesse acabado de pousar ali. — Acho que não.

— Ele é do tipo que seria perfeito. Ela deve achá-lo interessante, com certeza. Ele não está vivendo com alguém, está? Você em geral sabe o que se passa fora da fundação.

— Ninguém permanente, que eu saiba. Namoradinhas, casos passageiros.

— Estou com um palpite que eles vão se dar bem. Nesse tempo todo ela não teve nenhum grande caso na Cidade do Cabo, teve? E que fim levou aquele médico que uma vez ela nos apresentou, Van der Linde? Ela contou alguma coisa para você? Essa história de dividir casa com outra moça, de só sair com moças — para uma adolescente, tudo bem, mas ela já está com mais de trinta anos. Para mim isso é algum disfarce para alguma coisa — um romance com alguém casado, provavelmente.

— Ela mora com essa moça. Parece feliz.

— Justamente por isso que eu acho que tem alguma complicação com um homem.

Continuaram andando. O som de uma música engasgando, vindo da casa, uma fita que começou e parou. Vera estancou e ele deu meia-volta, achando que já estavam voltando para a casa.

— Ben, elas dormem juntas. Numa cama só. A outra moça não usa o sofá-cama. Annie disse, quando eu a levei até o quarto, no dia em que chegaram, que sempre dormem juntas.

— Deus meu, que idéia. Que infantilidade. Ela já é médica, tem trinta e poucos anos. Por que não arranja um urso de pelúcia também?

Estavam se aproximando dos degraus, os jovens ainda ali, a casa cheia de gente bebendo e comendo.

— Você dormiria na mesma cama com outra mulher?

— Não. Mas você sabe disso. Agora não dá para conversar.

A festa continua. Na cozinha, os pratos vão se empilhando sobre restos de comida e Vera lava alguns copos, porque o estoque de Ben acabou. Ou um ou outro, aproximam-se desse ou daquele grupo. Num canto da sala, os apartes desferidos de lá para cá competem com a música. Um inglês grandalhão, jovem, numa *dashiki* estampada de bagres, usa a altura, de onde projeta a voz para dominar a discussão em torno das condições dos campos de prisioneiros do movimento de libertação, que recentemente foram alvo de uma devassa da imprensa. — Não dá para generalizar desse jeito. Eu mesmo posso dizer...

Uma cabeça se retorce, em menosprezo. — Como jornalista, de fora.

— Exato, um jornalista, metendo o nariz onde não fui chamado. Mas não fui fazer isso no cumprimento das minhas funções. Acontece que meu cunhado ficou detido em dois desses campos, de modo que eu tenho uma boa idéia de dentro e de fora.

— Seu cunhado?

— É, meu cunhado, o irmão de minha mulher, Jerry Gwangwa.

Uma negra miúda, vestindo a antítese ocidental das roupas do marido branco, calça de cetim e uma fileira de pérolas sobre o colarinho da camisa feita sob medida, espiava de vez em quando os presentes, como alguém observando a impressão que ele estava causando. — Mas no começo eles não diziam nada, você tinha que...

— Por que fala de coisas sobre as quais não sabe coisa alguma?...

O pescoço do inglês, grosso e macio, latejava como o de uma rã. Não olhava para a mulher enquanto falava. — Meu cunhado foi espancado nas solas dos pés, foi pendurado de cabeça para baixo, mas num outro campo não usaram esses métodos, não era um cinco estrelas mas... tudo depende de quem estava no comando. Mantive algum contato com ele... o que eu sei não é de segunda mão. Jerry não guardou rancor pelo que houve, mas como ele foi submetido a tudo isso — é uma outra história, ele nunca deveria ter ido para lá, se bem que muita gente com certeza mereceu ir.

Didymus estava no grupo, um bom ouvinte que, como Vera notou, não contribuiu com nada. Afastaram-se juntos e Tola Richards, a mulher do jornalista, juntou-se a eles.

— Eu não sabia sobre seu irmão.

Ela parara, encalhara, na frente de Didymus; na frente de Vera. Gesticulou com o copo como se prestes a atirar o conteúdo na cara de alguém. — Vocês ainda não tinham ouvido Alec contar essa história? É o discurso de festa dele. Sempre que tem alguém que não nos conhece ele se sai com a ladainha do cunhado, assim todo mundo fica sabendo que se casou com uma negra. Vocês não sabiam que eu sou o passaporte dele? Sou as credenciais dele como estrangeiro branco. O fato de poder apresentar-me significa que ele está do lado certo. Com isso ele entra em todas.

O melhor era achar que ela bebera demais; Didymus lhe deu um abraço e disse qualquer coisa na língua deles. Os três riram, encerrando o assunto. *Agora não dá para conversar*. Alguém estava acenando para chamar a moça e ela se afastou. Didymus e Vera não tinham nada para dizer um ao outro mas sentiam-se à vontade nessa distância que, eles sabiam, o outro não podia cruzar. Pelo menos era a distância deles; como um lugar a que tivessem ido um dia, juntos. Ele mentira através de uma sentença ambígua. O que ocultou nela foi: Eu não sabia que Jerry Gwangwa era seu irmão. Mas eu sei que era um informante, um agente da polícia sul-africana, dezenove anos de idade, enviado com antecedentes falsos, como alguém que fora detido e estava escapando para a Tanzânia a fim de se apresentar para treinamento militar com Umkhonto.* Sua missão seria incentivar descontentamento entre os recrutas,

(*) Umkhonto é a forma reduzida de Umkhonto We Sizwe, ala militar do CNA, Congresso Nacional Africano. (N. T.)

saudades de casa e consumo de drogas, além de informar outros agentes sobre os movimentos dos comandantes militares para que pudessem então ser assassinados. Já tinha as mãos sujas de sangue antes de sair do país; assassinara dois líderes juvenis, na própria cama, e plantara um carro-bomba que matou outros três e arrancou as pernas de um quarto. Foi interrogado por Maxi, codinome de Didymus Maqoma. Sobreviveu, confessou e, tendo convencido os americanos de que era um freedom fighter, estava fazendo doutoramento, com bolsa, numa universidade dos Estados Unidos. Vera não saberia dizer qual era a preocupação de Didy, no silêncio que ele e ela ocuparam rapidamente em meio à animação da noitada em volta, mas identificou instintivamente. Numa vida longa, são muitos os bolsões de conivência que se formam com pessoas diferentes em circunstâncias diversas e, ainda que geralmente esquecidos, de vez em quando tilinta aqui e ali uma espécie de moeda corrente, um punhado de fichas, ainda válidas para reentrada num estado de espírito comum.

Ben aproximava-se, com uma moça em cada braço, a filha e a amiga, forçadas por ele a dançarem. — Estou dizendo para estas duas, ou a gente anima todo mundo com alguma música bem quente ou então está na hora de mandar todos para casa. — Mas ele aparentava um profundo cansaço, a pele em volta dos olhos tão escura que parecia ter levado um soco em cada um deles, as linhas que corriam do nariz à boca fortemente esculpidas, engrossando numa vulgaridade caída os belos lábios de antigamente. De novo, durante uma festa — da mesma forma em que o vira com o olhar de uma outra, na primeira vez em que se tornara amante transformado em marido — Vera o viu sem as lentes da imagem que tinha dele. Annie, sorrindo nos braços do pai, era a portadora de seu rosto, agora; nele não existia mais. A exaustão o revelou, apesar ou por causa da energia juvenil que convocava. — Vem, vamos mostrar para elas. — Nas montanhas, com os músculos levemente trêmulos da escalada do dia, do sexo, recém-saídos do chuveiro, preparavam-se para o convite da música. Houve o mesmo leve movimento de preparação em seus ombros antes de tirar Vera para dançar. Os outros riam e aplaudiam a perícia, incentivando-o. O calor de seu corpo, privado dentro de suas roupas, era o calor da cama que dividiam. As pessoas estavam à procura dos anfitriões para se despedir; ela interrompeu a dança para ir até eles, puxando-o pela mão nos primeiros degraus. Atrás da debandada, de Oupa, dos Maqoma, de Lazar, dos Richards e da enviada das Nações Unidas, Zeph Rapulana estava indo embora. Ela não tivera chance de falar com ele a noite inteira. Sally despedia-se com um abraço e a fórmula de praxe, comentando — Você sabe fazer essas coisas tão bem, foi ótimo, precisamos bater um papinho — quando viu Zeph Rapulana por trás do ombro da amiga. A dele era uma calma que jamais alcançaria. Apertava a mão de todo mundo com sua cortesia interiorana.

O que é uma festa? Para Vera, essa noite, é um amontoado confuso que esconde todos de si mesmos, uma dose de bebida e barulho que bloqueia as coisas nas quais não se quer pensar.

Agora não dá para conversar.

Houve uma outra festa naquela noite. Quando Ben, de calção de pijama (ainda tinha corpo para isso), foi até o portão pegar o jornal de domingo na caixa de correio, lá estava a manchete. Convidados de uma degustação de vinhos, num clube de golfe, foram atacados com granadas de mão e pistolas automáticas. Quatro morreram, outros ficaram feridos. Voltou devagar para dentro, lendo a notícia, tomando o cuidado, pela visão periférica, de evitar alguns pratos e um copo de cerveja cheio de insetos boiando que os convidados esqueceram na grama. Sentou-se na cama, onde Vera ainda estava deitada, olhando sem ver os pêlos escuros e macios das pernas dele, enquanto escutava o noticiário no rádio relatando as reações ao ataque. Horrível, horrível, dizia um bispo negro; assassinato covarde de gente inocente, comentava um porta-voz do governo; selvageria devido ao governo ter perdido o controle sobre os negros, segundo um branco da direita. E toda essa gritaria simplesmente porque as vítimas eram brancas, declarava a organização rival do movimento, sem confirmar nem desmentir a autoria do ataque.

— *Connoisseurs* da roça. — Ben correu os dedos entre os pêlos da perna.

— E não têm idéia de como aconteceu uma coisa dessas, não é mesmo? Uma degustação de vinho e um ataque terrorista! Ben... é como se tudo tivesse sido armado para mostrar exatamente como é que da incongruência das nossas vidas surge o horror. É isso! *Inocência*, dizem eles. Eu não sei mais o que significa isso, se significa que nós não sabemos o que está havendo fora de um campo de golfe. Se as pessoas ficam lá engolindo e cuspindo alguma safra do Cabo, "inocentes" de que para outros existem armas e bombas. A que distância eles estavam uns dos outros para que o choque da incongruência fosse tão horrendo?

— Mais distantes que nós.

Se era uma pergunta, ela não parece ter escutado. Pela grama bem aparada e pelos obstáculos de areia rastelados, pelas savanas roçadas, as costas largas e reconfortantes do homem servem de guia, a porta da casa de fazenda se fecha. — Se você pusesse esse clube de golfe num filme, num filme de propaganda política, todo mundo diria que foi forçado demais, muito óbvio, muito simbólico. Vinho e sangue. Mas conosco acontece.

Apanhando uma peça de roupa como se, de vez em quando, não a reconhecessem, vestiram-se. O rádio repetiu o relato do ataque. — Ainda bem que aquela turma assumiu a responsabilidade — se você não nega confirma, certo? Assim ninguém vai ter chance de botar a culpa no movimento. — Ben enfiou os pés nos mocassins gastos. — Não é um consolo muito nobre, eu sei.

— E quem é que vai pensar que o movimento optaria por esse tipo de tática? Com que finalidade? Não é exatamente um ato para sossegar os brancos e conseguir o voto deles quando chegar a hora. — Vera arrumava a cama.

— Precisamente. Por isso mesmo é que seria útil para o governo, se as suspeitas se instalassem. Mas, uma vez que a responsabilidade tenha sido reivindicada por outros — com um belo toque de racismo junto... Você ouviu o que o sujeito do APLA* falou: a grita só ocorreu porque as vítimas são brancas.

— Mas é verdade, Ben, e você sabe disso. Na semana passada uma família inteira foi metralhada enquanto dormia. Só que numa

(*) Azanian People's Liberation Army; exército de libertação do povo de Azania—Azania é o nome alternativo para África do Sul. (N. A.)

township, não num clube de golfe. Deu umas quatro ou cinco linhas numa página interna do jornal. Até eu só agora é que estou me lembrando de ter lido isso... E nada de declarações dos que agora estão fazendo a gritaria.

— Sabe o que meu sócio diria se lhe dissesse uma coisa dessas? "E se você estivesse naquele clube? A sua mulher?"

— Então mantemos o fingimento que nos foi impingido por essa matança toda? Que todo mundo deplora, condena inequivocamente etc. e tal...

— Exato, exato! Você não pode apoiar nenhum aspecto das opiniões desse homem, pode?

À mesa do café, as duas jovens apareceram languidamente descabeladas, mas os bocejos foram rapidamente silenciados pelas notícias. — Imagine só como eles devem ter ficado aterrorizados, pensando por alguns momentos que alguém estava fazendo uma brincadeira de mau gosto, aí a pessoa do seu lado explode em pedacinhos... melhor morrer de uma vez do que saber que talvez você seja o próximo. — Annie franziu a boca e encolheu os braços. — Imagine nós todos ontem à noite. — As duas mulheres estavam de mãos dadas sobre a mesa, a de Annie com os dedos espatulados e muito esfregados de médica e a da amiga, bem maior, com a pele e as unhas manchadas de nicotina. Numa camiseta minúscula e de shorts, dava para ver que Lou era muito magra e musculosa, os bicos dos seios duas protuberâncias pré-adolescentes sob a camiseta justa, um peito côncavo entre os mourões arredondados dos ombros. As mãos entrelaçadas estavam expostas para Ben e Vera, de olhos fixos nelas enquanto a conversa ia e vinha.

Annie insistiu. — Acha que podíamos ter sido nós?

— O bispo disse que podia ter acontecido no meio da missa dele. — Vera dirigiu-se a Lou; era como se tivesse algo mais a perguntar que não aquilo que estava sendo dito. — Não acho que o fato de sermos brancos e negros tivesse feito muita diferença se o objetivo é criar terror. Parar as negociações. Mas pense no escândalo internacional se a representante da ONU tivesse sido assassinada. Aí sim haveria alguma coisa para acordar o mundo lá fora e mostrar a incompetência deste governo para lidar com a violência.

Lou soltou uma risada consternada. Annie assumiu a responsabilidade, talvez com admiração, pela mãe. — Não resta dúvida de que você vê as coisas com frieza! — Inclinou a cabeça para tocar na de Lou, a cabeçada da cria, o gesto com que pedia o afeto e a atenção de Ben ou de Vera, quando criança. — Bom... vocês nos dão licença? Aquele rapaz bonzinho, o Lazar, nos convidou para dar uma volta numa fazenda, ele vem nos pegar.

Ben estava procurando alguma estação no rádio que pudesse dar novos detalhes sobre o ataque. — Onde é que elas disseram que vão?

— Lazar convidou-as para ir não sei aonde.

— Lazar? Ah.

Agora não dá para conversar.

Ele está sentado em seu escritório, contra a luz; a solidez imóvel dele. Ela deixa a escrivaninha para baixar a persiana e suas feições emergem, atentas, ouvindo. O que tem de especial nesse rosto? Os olhos — os olhos em repouso sempre com aquela linha de simpatia pelo próximo, uma pequena dobra na pálpebra inferior meio erguida; é a única maneira que tem de definir para si própria. De onde vem essa expressão que não é um sorriso, essa autoconfiança que não é arrogância disfarçada? Não há nada, na experiência que tem de outras pessoas, capaz de explicar esse homem. Por mais que tente, nada encaixa. Contudo não há necessidade nenhuma de entrar na vida dele com perguntas pessoais que se tornariam um fardo para ambos, os dois tendo de levar em conta circunstâncias que, ao contrário do caso Odensville, não são da conta dela.

— Uma vez você disse uma coisa. "Não vamos lhe fazer nada, nem a sua mulher nem a sua família."

— Sim. Sim.

— Aí ele apareceu com o esquadrão dele e houve gente assassinada no campo.

— É. Foi.

— Pois é, e sobre esse ataque, na noite em que estávamos todos juntos na minha casa? Quando falamos ao telefone, você disse que estava chocado, que foi uma coisa cruel, terrível — você disse. Assim como todo mundo, todos nós dissemos isso. Eu sei que você fala o que pensa. Eu disse o mesmo. Mas não confio em mim mesma.

Paciente para compreender, jamais ficava na expectativa de entrar com opiniões suas.

— Que motivos você tem para não confiar em si, Vera?

— Os mesmos motivos que eu tenho para não confiar em nenhum de nós.

Sorriram.

— Somos todos muito hábeis para passar de mão em mão a pressuposição de que o sagrado é a vida humana, fizemos o pacto sem piscar, olhamos firme um no olho do outro e dizemos: é a morte de seres humanos que nós lamentamos, não temos nenhuma outra consideração em vista, não importa quem mata nem por quê.

— E não é isso mesmo?

— Não seria essa a sabedoria convencional dos brancos? E o que significa isso para nós? Quando ouvi o homem do APLA no rádio dizendo que a grita só ocorreu porque dessa vez foram brancos que morreram, eu concordo com ele. As pessoas se chocaram porque para elas ele é um racista, mas o que ele disse é mais que um fato, Zeph, é a verdade, está lá dentro, lá no fundo dos brancos que são donos dos jornais, das televisões, das estações de rádio. Mas nós não podemos dizer isso porque nós não somos racistas, não podemos dizer isso porque temos que mostrar que não estereotipamos nada, não usamos categorias raciais para medir o valor da vida humana. Assassinatos são assassinatos. Morte é morte. Sangue e vinho se misturam. Tudo que nós fazemos é abafar o assunto.

— As pessoas não acreditam no que eles estão dizendo. — A tese dela posta diante dela.

— As pessoas que eu conheço. E as pessoas que você conhece, os negros?

— Tem alguns que acreditam.

— Como é que podem! Eles sabem que Odendaal queria matá-los. Que ele não dá a mínima para a vida deles.

— Essa coisa — como foi que você disse? —, sabedoria convencional, é uma espécie de lei, não é verdade? — o que é certo, o que é errado, isso todo mundo sabe. Se nós descobrirmos que quem fala isso não está falando sério, a lei se esvazia e só resta um recurso. — Parou, dono de seu próprio tempo. — Temos de assumir as rédeas da lei com as nossas próprias mãos.

A boca de Vera mudou para o espanto.

— Porque *nós* falamos sério: matar é matar, cada vida é a vida de um de nós. Por isso temos de ser a própria lei.

Ela se comoveu e deixou escapar com uma irreverência desajeitada — Bom, por que não? muitos já fizeram o mesmo por outros motivos.

Zeph Rapulana estava na cidade porque haveria um novo encontro com um funcionário do governo da província para discutir o pedido de que as terras compradas de Odendaal fossem declaradas um assentamento transitório para os chamados invasores de Odensville. O chefe acompanharia Vera e Zeph Rapulana até Pretória; aparentemente ele passara o fim de semana com amigos desconhecidos de Rapulana, mas os dois chegaram juntos à cidade. Assim que Vera e Zeph entraram no vestíbulo da fundação, ele apareceu com um subordinado alguns passos atrás. Era o filho da primeira mulher do pai, um jovem que mantinha a cabeça inclinada para trás, de modo que olhava de cima para baixo, com olhos semicerrados, todos que o cumprimentavam. A mão, quando Vera apertou-a, era a mão fria e úmida de alguém que passara a noite bebendo. Zeph Rapulana, com toda sua madura dignidade, juntou as palmas das mãos, curvou-se com os joelhos rigidamente eretos e pronunciou um cumprimento formal segundo o costume tradicional. No entanto, ambos sabiam que o chefe só diria ao funcionário aquilo que Rapulana o ensinara a dizer, apenas aquilo que Rapulana e a dra. Stark, da Fundação Legal, haviam decidido que ele diria. Rapulana comentara, como se consigo mesmo — Seus interesses estão em outra parte. Ele queria vir para Johannesburgo para aprender a tocar numa banda, mas o pai não deixou... Talvez tenha cometido um erro.

Vera ficou de lado, como um incréu diante de qualquer ritual. Zeph era um homem independente, dono do próprio nariz, entretanto sabia dissimular; contudo, se dissimulava para o chefe ou para mostrar que ele próprio, homem independente, era decididamente um negro, não era fácil saber apenas observando-se. Ao mesmo tempo, Vera estava começando a perceber que o elo que sentia ter com esse homem vinha de haver algo a aprender com ele, já que todo incréu espera, em segredo, apropriar-se de um valor sem adotar uma fé.

A filha está dormindo e respirando em casa de novo, como fazia quando criança.

Ben apaga a luz sobre a cama onde ele e a mãe dela dormem.

— Continuo torcendo para que ela se apaixone um dia.

— Ela *está* apaixonada.

Agora não dá para conversar.

Ele não tinha mais nome. Quando falavam nele diziam o velho; sofrera um outro derrame e perdera a fala. Estava incontinente e para Vera a sensação é de que a casa toda cheirava como a jaula dos macacos no zoológico, embora os serviços de Thandeka estivessem sendo suplementados pelos de uma enfermeira formada que passava a noite com ele. Ben viu as narinas de Vera franzidas e ficou preocupado — o pai era dele, afinal de contas. Era como se ele próprio estivesse correndo perigo de se tornar repelente para ela. Sugeriu que seria melhor pôr o velho num hospital particular, onde cuidariam bem dele. Foi Annick quem se opôs. — Ele está sendo muito bem cuidado aqui, não há mais nada a fazer: foi um derrame fortíssimo.

— Portanto não faz diferença onde ele esteja, Annie. E esta casa na verdade não foi feita para acomodar enfermeiras e a parafernália toda — só incomoda todo mundo por nada.

Mas Annick era médica, não precisava lembrar o pai desse fato. Tomou a si a tarefa de fazer o necessário contato com o médico do velho, já que entre si os colegas são mais abertos, mesmo que se enganem em certos aspectos, como o médico enganou-se ao dizer a Annie que não queria magoar o pai dela dizendo-lhe que o derrame fora fatal e que quanto mais cedo a vida acabasse, melhor. — Faz toda a diferença. Ele não pode se mexer nem falar com você, mas está consciente. Ele sabe onde está. Ele sabe que está em casa.

— Não exatamente. Teve de sair da casa dele, como você bem sabe. Só está aqui conosco há uns meses.

Annick abriu a boca bem desenhada e tocou os dentes com a ponta da língua, um maneirismo herdado do pai, junto com a beleza; quantas vezes, na presença da filha, a natureza parecia ridicularizá-lo em sua própria imagem, um Narciso relutante. Foi delicada ao responder. — Em casa com você, pai.

Saiu até o escritório avarandado e pôs o quadril na beira da escrivaninha onde Vera fazia algum trabalho extra de fim de semana para a fundação. — Seria melhor para você se Lou e eu encurtássemos a nossa estada? Não tenha medo de dizer.

— Deus meu, Annie, não. É melhor para nós que você esteja aqui.

— Mas nós estamos ocupando o outro banheiro...

— Não tem importância. Você sabe como checar se a enfermeira e Thandeka estão fazendo o que devem.

— Lou gostaria de assumir a cozinha, sabia? Ela é excelente, em casa ela faz tudo, eu não preciso nem cozinhar um ovo.

— Será que é uma divisão justa? — vocês duas trabalham. — Vera não ergueu a cabeça dos papéis.

O olhar da filha desviou-se tranqüilamente uns instantes para fora da janela, onde as penas de um hadeda ciscando na grama brilhavam com as cores do pavão. — E o que me diz de você e Ben? Eu me lembro, quando nós éramos crianças, quem mais ia levar e buscar a gente na escola etc. e tal era ele. — Ela sorriu, à espera da admissão. — Ele sempre mimou você — o maior respeito pela sua carreira, você é a prioridade dele, e a sua... bom, você sempre esteve disponível para tantas outras pessoas. Será que dá para haver uma divisão realmente justa de trabalho, como diz você, entre um casal?

A sensação de estar a um passo do que mudaria o que eram, o que tinham sido desde o momento em que Vera chorou com a alegria da absolvição quando a menina nasceu à imagem de Bennet, cresceu entre as duas, um zumbido supersônico que só elas podiam ouvir. Instintivamente — os papéis da fundação estavam debaixo da mão — Vera assumiu a franqueza impessoal de seus modos profissionais: falou a dra. Stark.

— Ben não consegue acreditar que vocês formam um casal. Ele se recusa a ver.

— Você quer dizer a aceitar?

— E a ver também. Ele não interpreta o que vê.

Annie retorceu-se para ficar mais bem acomodada na mesa, empurrando alguns papéis para o lado. — O que ele acha que está vendo?

— Bom, quando eu contei para ele que vocês estavam dormindo na mesma cama, ele tomou como um sinal de imaturidade. Ele perguntou por que não um urso de pelúcia, então.

Annie riu. Os clientes em geral davam risada quando estavam prestes a se defender de alguma acusação real ou imaginada. — Mas você tem amigos gays, você e papai, havia gays na festa. Colegas seus da fundação.

— Homens. Não a filha dele. Ele simplesmente não consegue acreditar. Seu pai está querendo casar você com Lazar, ele viu que Lazar sente atração por você — você é linda, sabia?, os homens podem se enganar e achar... a culpa não é deles...

Vera saíra do casulo, olhando em cheio para a filha, e a moça surpreendeu-se ao ver a mãe com os olhos trêmulos de lágrimas. Para ajudá-la, foi displicente. — Coitado dele, mas acho que é do tipo abelha, que vai de flor em flor. De todo modo, Lazar não fez nenhuma objeção a que nós duas fôssemos passear com ele. Provavelmente convidaria até a mãe da moça para ir junto, se isso ajudasse a paquera.

— Quem sabe ele percebeu, mas achou que valia a pena arriscar para ver se conseguia converter você para os homens. Sem dúvida nenhuma é uma coisa natural, se você é homem.

— A arrogância deles.

— Não exatamente. Talvez exista uma chance, sempre.

— Esse é Ben falando, não você! Isso é no que Ben no fundo acredita, não é? Você sabe que eu já tive homens. De vez em quando eu trazia um para cá, para o meu quarto.

Em algum lugar da casa há um homem velho que perdeu os poderes: aqui, é hora de conversar. Vera supera o ímpeto de tocar a filha, de pôr a mão em seu rosto, repassar com os dedos aquelas feições. É como se durante mais de trinta anos tivesse perdido as oportunidades de fazê-lo, sempre olhando para um outro lado, virando as costas, enquanto a menina crescia e mudava e passava para um outro eu.

— É por isso que eu não entendo. Minha filha, como é que você pode ficar sem um homem?

Um apelo, um grito.

— Perfeitamente bem, mãe! Posso cuidar de mim mesma!

— Não estou falando disso. Além do mais, acho que não pode, você não tem alguém que cuida de você? Marido, mulher, seja lá o que for que ela é. Você acabou de dizer que não existe nunca uma divisão justa de trabalho.

— Certo. Admito. Claro que *você* não pode entender quais as outras dependências que existem, como é que isso funciona entre nós, do mesmo jeito que funciona com o seu tipo de casal.

Vera ouvia a própria voz com o silêncio denso de alguém decidido a falar, apesar da relutância em se revelar. — Estou falando de fazer amor.

— Fazer amor! — O tom divertido, insinuante; a mãe poderia ser uma adolescente toda tímida em busca de informação.

— Eu devo dizer, Annie, que eu não consigo entender como é que você pode preferir sem um homem. — Vera levantou-se e foi fechar as portas de vidro que davam para o corpo principal da casa. Na privacidade, ficou ardorosa. — Sem um homem!

— É maravilhoso. Deixa eu te contar. Uma mulher é como você, ela sabe o que você sente, o que faz você sentir e aí — ela faz — instintivamente ela faz o que você quer, ela está sentindo o que você está sentindo, ao mesmo tempo. Com um homem não é assim, ele quer a estimulação dele e você quer a sua. Bom, eu desconfio que você nunca fez amor com uma mulher, apesar de toda sua independência.

— Nunca senti a menor atração por uma. Se bem que, você sabe, você já viu, sou muito afetuosa com algumas amigas minhas...

— Mas você gosta de homem. Sempre os homens... — Havia um gume de censura, a pontada de uma velha ferida no sorriso. — Você deve ter tido mais alguns amantes, que eu não fiquei sabendo. Você nunca experimentou nada além de homens, homens.

— Exato. Eu amo os homens. E estou falando justamente disso: como é que se pode fazer amor sem o pênis? Não me importam as sutilezas de sensação que você atinge com essas carícias todas — e quando você está acariciando a outra parceira, na verdade você está acariciando você mesma, não está? porque está produzindo nela, segundo você, exatamente aquilo que você mesma sente — e no fim das contas acaba sem aquele fenômeno espantoso, maravilhoso, que é o corpo transformado de um homem que você recebe lá dentro. Não venha me dizer que tem alguma coisa igual! Não tem nada que se assemelhe, não existe uma proximidade igual. O prazer, os orgasmos — certo, você vai me dizer que se pode ter tudo igualzinho entre duas mulheres. Mas com o pênis dentro de você, não é só o prazer — é o não estar mais só. Você transfere o fardo do eu. Você é uma outra criatura.

Annie estava fascinada, no entanto recuou da mãe. — A besta de duplo costado.

Vera olhou-a com um lampejo de angústia. — Annie, o que foi que eu fiz para você deixar de gostar dos homens?

— Por que é que você sempre acha que o que eu sou é determinado por você! É contra todos seus princípios em relação aos outros, não é?

Não era apenas a porta que as isolava da casa e de seus familiares, de suas existências separadas. Haviam penetrado num território onde talvez nunca mais entrassem de novo, cujo caminho nunca mais achariam. Como a voz que sai da boca dos médiuns, falavam com o apalpar sonâmbulo do subconsciente, os silêncios audíveis entre as duas.

Entrando na cozinha — a mulher com mechas de cabelo ainda úmidas do banho no Cento e Vinte e Um, tomado para disfarçar o ardor desperto pelo coito —, levou um susto, estava com a cabeça tão longe, ao ver a colegial à mesa, com uma xícara de chocolate, fazendo a lição de casa: — Tinha nojo de mim?

— Não, não. Sentia pena de você, não sei por quê. Eu queria consolar você. Vendo você chegar em casa, toda fodida. Eu achava que você estava numa idade em que precisava de paz e não daquilo que estava fazendo. Que idade! Com dezessete anos, para mim qualquer pessoa de mais de quarenta era velha. — A sensação de conluio, não admitida no passado; nenhuma das duas mencionou o nome de Ben. — Me diga. Você tem nojo da gente — da Lou e de mim?

— Claro que não.

— Nada de "claro" nisso. Me diga.

— Nojo não...

— "Contanto que você esteja feliz", é isso? — o que todos os pais privados de netos dizem, engolindo bravamente.

— Não — eu não desaprovo, eu não considero o que você faz errado. É só o pênis. Não dá para não dizer. Eu me preocupo por você — sem o pênis.

Annie deu o sorriso que reconhecia: a intenção é boa, e ambas riram. — E quanto a Ivan? Com pênis e neto, e ainda assim não deu certo.

— Bom, o pênis não resolve tudo, reconheço...

— Mas é essencial.

— Para mim sim.

— Então olha só... — Alguém batia na porta de vidro, o rosto negro e ansioso de Thandeka, distorcido do outro lado. Annie acrescentou às pressas, os olhos das duas já na porta: — Você na verdade tem a mesma visão que o papai, para ele esse negócio também é essencial porque *ele tem* um, ele não suporta a idéia de que alguma mulher possa rejeitar o que lhe valeu o grande tesouro de sua vida, você, você... — Thandeka irrompeu na varanda, seu rosto o estandarte que trazia a presença do velho de novo para dentro da casa, e a linha vital de comunicação entre Annie e Vera caiu antes que soasse o alarme de alguma crise no estado de saúde dele.

Entretanto era apenas alguém querendo falar com Vera ao telefone. Thandeka, tão próxima do drama da morte, parecia conferir um sensacionalismo desproporcional a tudo, até mesmo a uma chamada telefônica.

Sally Maqoma: gaguejou interrupções em meio ao prazer que Vera expressava por estar tendo notícias de novo, depois de tantas semanas, e pôs fim à troca de rodeios polidos com os quais os amigos perdoam o esquecimento mútuo. Precisava falar com Vera sobre algo que não podia ser dito ao telefone. Vera sentia as válvulas do coração expostas, as veias ainda abertas daquele tempo e lugar junto com Annie, de onde acabara de sair. A voz de Sally chegou como um ataque desencarnado e ardido no ouvido. Afastou-se do fone, desatenta. Explicou que o sogro tivera outro derrame, enfermeiras na casa, confusão — será que não daria para esperar um dia ou dois, fosse o que fosse?

Sem um homem.

Destituída.

Imagine ficar nesse estado.

Ora, se Renoir podia dizer que pintava com o pau, será que nunca mulher alguma teve peito para dizer: Eu vivo de minha vagina? Casos amorosos num motivo nítido, uma vergôntea recorrente entremeada ao tecido de sua vida — não aconteceu bem assim. Foi ela, Vera sabe disso, quem enviou ao marido soldado uma fotografia assinalada, de vingança — foi isso que aconteceu; nunca esqueceu nem perdoou a ejaculação precoce dele. Essa é que é a verdade. A única vez em que não terminou sozinho, feito um garotinho excitado, foi depois da separação. Um amante apenas no nome; um pai que nunca soube da paternidade. Não foi esse o verdadeiro motivo de abandoná-lo? Não importam todos os outros motivos que alegou a amigos e conhecidos: o conservadorismo, o gosto por esportes que ela não tinha, o erro, pelo qual nenhum dos dois fora responsável, dos casamentos feitos na guerra entre pessoas jovens demais para se comprometerem.

Não foi esse o verdadeiro motivo pela paixão por Bennet? não a beleza extraordinária nem os atrativos do artista, um criador em barro, e sim a habilidade, descoberta nas férias nas montanhas, de manter o que o outro não conseguira, de ficar dentro dela e transferir o fardo do eu?

Fazer a besta de duplo costado.

O emblema sob o qual seu Bebê de Hitler permanece com ela é aquele da primeira imagem a atraí-la para sua carne. Sentado no escritório dela, fez um gesto e bateu de raspão numa bandeja de cartas, de arame, soltando a casca de um arranhão; ele não tomou conhecimento do fiozinho de sangue que ela viu escorrer abaixo da manga enrolada, desenhando um hieroglifo pelo antebraço — um ardente recado para ela.

Gastando com camisas de seda e pesos de ouro enquanto uma colegial ia ficando sem roupas e, uma vez, num acampamento da escola, escrevera um recado suplicante porque estava sem dinheiro para comprar pasta de dente e tinha vergonha de continuar usando a das colegas; ela tem de entender que seus pais não são ricos, ela não deve ser mimada.

E aí voltar para casa fodida.

A chuveirada no Cento e Vinte e Um, encharcar-se de perfume, refazer com todo cuidado o cabelo (ainda tão comprido, dava para acariciar os seios com ele) — nada podia disfarçar a sexualidade. Um sinal de vida. Sem sabê-lo, fizera um círculo em torno de si mesma, como fizera um dia em volta de uma fotografia.

À escrivaninha, a dra. Stark trabalhava no relatório anual da fundação enquanto funcionários e colegas iam e vinham levando documentos que pedira ou conselhos que solicitara. A tensão entre arrendatários e fazendeiros brancos entrara em evidência, juntamente com a questão das remoções de invasores e suas conseqüências. A fundação obtivera alguns sucessos anulando ordens de despejo que os fazendeiros estavam entregando a arrendatários, por medo de que viessem a reivindicar as glebas ameadas num futuro governo de maioria, mas pelo menos um desses êxitos já terminara em tragédia. Philemon Maseko — que ali mesmo no escritório falara através de um intérprete — fora morto a tiros por um grupo de fazendeiros brancos poucos dias depois de ganhar a causa. Não houve prisões, nenhum nome de fazendeiro saiu publicado; a fundação iria abrir processo em nome da família dele. Difícil dizer se era uma perturbação generalizada, se eram dúvidas diante das aparentes conseqüências de parte do trabalho que faziam, ou se era algo que estava projetando de si mesma, o fato é que havia algo gerando uma atmosfera confusa entre o pessoal da fundação. Até Oupa parecia desatento e distante. Havia unanimidade, entre os colegas mais antigos, de que seria preciso publicar uma espécie de relatório "de crise", além do anual, mostrando a necessidade urgente de uma drástica revisão no direito de propriedade para evitar desastre no crescente conflito entre brancos e negros por causa de terras. Ela trabalhava à noite, em casa, na minuta. A amiga de Annie fazia as compras e cozinhava. Ben entretinha a filha que virara hóspede, e a amiga, levando-as ao cinema ou a um dos chamados clubes onde ouviam grupos negros tocarem o tipo de música de que gostavam. A enfermeira da noite cruzava pesadamente o corredor, de lá para cá, para fazer seu chá.

Não há arsenal de leis repressivas, exército, força policial capaz de estabilizar a situação — pegou-se no jargão oficial usado para abstrair e distrair, estender o manto da ordem sobre o corpo de Maseko com seu papelucho legal na mão morta. *Nenhuma lei, nenhum exército, nenhuma força policial é capaz de proteger os fazendeiros brancos da necessidade e do direito de pessoas desesperadas para encontrar um lugar para viver.* Ela escrevia e reescrevia. Quem vai ler o que está acontecendo nas fazendas Rietvlei, Mooiplaas, Soetfontein, Barendsdrif, em Odensville? Os jornais parafraseiam um parágrafo ou dois, e mesmo aqueles que vão ler o original são os que não sabem, os que nunca viram Odensville, os que nunca viveram, como fazendeiro ou como arrendatário pago uma vez ao ano na época da colheita, na "linda fazenda", na "doce fonte", no entroncamento de rios que o tal Barend reivindicou para si próprio. Quem, compreendendo "reforma agrária" como a perda da pescaria de fim de semana, ei, rapazes, não vai dar mais para convidar vocês, vai se interessar em ouvir que, sem a reforma, os arrendatários estão perdendo o milho e o sorgo pelo qual semearam a terra, dia após dia, durante gerações? Como estão distantes um do outro. As comissões se reunindo, os políticos prometendo, a fundação desafiando a lei através de seus interstícios e os grandes princípios de justiça que existem para além da lei: que se interpõem nalgum ponto. Sua própria vida estava concentrada no desejo de formular o que a fundação entendia como sendo o significado da terra. Não podia, não tinha espaço em si mesma para pensar em mais nada. Ao se levantar uns instantes para colocar as mãos no dorso e arquear as costas, o rosto voltado para o teto, a fim de aliviar a tensão, sentia com a ligeira tontura a presença de Annick, Annie, pela casa, embora a moça pudesse estar fora naquela determinada hora: a realidade dela.

Você sempre esteve disponível para tantas outras pessoas.

A colegial de dezessete anos, solitária na cozinha, em cima daqueles cadernos que costumava encapar com papel colorido e adesivos de estrelas de cinema. Ergue os olhos dos critérios convencionais que os adultos lhe ensinam, os pais se amam, esse é o objetivo do sexo, é o que ensinam aos filhos, para os pais os filhos vêm antes de tudo e de todos — a mãe entra, quente do corpo de um outro homem. Fodida. Como é que aquela colegial poderia saber que a família não é jamais da maneira como a escola ensina que são as famílias, e aceitar que o próprio pai era "outro homem", que a sexualidade da mãe era uma reivindicação acima do amor aos filhos?

Sobreveio-lhe o que havia muito tempo esperava para ser admitido: era por causa dela que a filha de Ben era lésbica.

À noite foi até o quarto onde ele morria. A enfermeira negra cochilava na cadeira, a saia do uniforme repuxada sobre as coxas grossas. As meias estavam tão apertadas sobre a carne que refletiam laivos prateados da lâmpada de cabeceira.

Olhou para o sogro. As mãos estavam com as palmas voltadas para cima, fora das cobertas. Olhou um tempão. Ajoelhou-se ao lado da cama e disse bem perto da pobre orelha flácida, com curiosidade lasciva: Como é?

Ele não escutava; ou escutava apenas na forma de um eco numa câmara deserta. A cabeça mexeu-se, ela achou — imaginou? — como se a estivesse abanando, em algum lugar. O canto da boca torceu-se. Da forma como fazia um bebê quando ainda novo demais para sorrir — poderia ser interpretado como um sorriso.

Os egípcios levavam consigo móveis, jóias, comida, vinho, azeite e criados, que teriam de terminar suas vidas no outro mundo. Até a dentadura lhe fora tirada. O relógio, seu tempo esgotado, fora entregue à guarda de Ben. Seu criado, como de hábito entre os brancos no país, era uma mulher negra, cuidando das funções debilitadas do corpo sem envergonhá-lo. Esse rosto negro amarfanhado de cansaço, um traço fundo de esforço franzido entre os olhos, como se em perpétua ansiedade para pegar o microônibus lotado que a levava e trazia de Moletsane, Chiawelo ou Zondi para estar com ele no último limiar.

Não havia ninguém mais.

Quando o visse cruzá-la, a enfermeira poria os apetrechos do tricô de volta no saco plástico, guardaria o casaco e a manteiga de cacau para os lábios, pegaria o pagamento, quem sabe umas laranjas de presente da caixa, comprada economicamente a granel por Lou, e partiria.

Vera estava arrumando as roupas para dar a instituições de caridade, aproveitando um dos feriados cuja denominação, a exemplo das ruas, fora sofrendo mudanças sob sucessivos regimes para refletir as alterações no etos e nas crenças do poder: o Dia de Dingane, uma admissão curiosa por parte dos vitoriosos da força do nome do negro rei-guerreiro, passara a ser o Dia da Promessa, celebrando a derrota dele graças à intensa barganha entre os bôeres e Deus, e agora tinha virado, até segunda ordem, algo considerado semanticamente menos ofensivo aos negros que foram traídos por Deus: Dia do Voto. Era a primeira vez que mexia nas roupas de uma pessoa morta; a vida largada como uma pele. Peças diferentes marcavam a ambivalência da espécie a que pertencera o velho. Por que dois ternos além de um summer se as camisas estavam tão puídas que nem valia a pena dá-las, e se parecia haver apenas três pares de sapatos deformados? Havia um roupão de seda com lapelas de cetim, dobrado em papel de seda, ainda na caixa de presente, aparentemente sem uso e num estilo (ela desdobrou-o) que sugeria ter custado um bocado, mesmo nos anos trinta, época provável de sua origem. A consciência de quem sobrevive do quão pouco se sabe acerca do outro, e de que não haverá chance de saber mais, é costumeira; um acompanhamento da morte. Apenas especulação diante da evidência de relíquias: uma das poucas máscaras com as quais o velho poderia ser identificado era a do inglês entre expatriados de várias nacionalidades itinerantes, em postos avançados de grandes corporações e nos clubes dos colonizadores belgas no Congo. Ali (Bennet assumira apenas um esboço mínimo de suas origens para fasciná-la nas montanhas), a ligação com a mulher, meio espanhola, meio libanesa, de um comerciante de peles de animais levara ao casamento com a filha da amante. O roupão não tinha lugar na categoria de roupas para doação a refugiados ou vítimas da seca. Mas Ben não o usaria, também não era para ele. Estava justamente pensando que a única pessoa que podia imaginar envergando aquele roupão, para grande prazer dele, era o jovem Oupa; iria levá-lo para a fundação e oferecê-lo de tal forma que não pareceria roupa de segunda mão — quando o telefone tocou. Lá estava a voz de Oupa. — Telepatia! Estava pensando em você.

A agitação o deixara rouco. — Doutora Stark, por favor dê um pulo aqui. No apartamento.

Um telefonema de Oupa num feriado? Se pensou no rapaz preenchendo com uma forma viva o roupão que o velho, por algum motivo, jamais vestira, é porque o imaginara bem longe, lá onde quer que seja que um jovem como ele passa um dia de folga. O que podia ser — um acidente, um assalto, uma invasão policial, despejo? —, todos os perigos comuns que lhe rodeavam a vida. — Pensou instantaneamente no que seria preciso levar: dinheiro e uma aparência para impressionar a polícia.

— A senhora Maqoma disse que era para a senhora vir.

— A senhora Maqoma? Mas o que vem a ser tudo isso? Por que a senhora Maqoma?

Ouviu que ele estava sendo interrompido por outras vozes. Deve ter tampado o bocal e tirado a mão de novo. — Por favor, doutora Stark, venha.

— Oupa, quem é que está gritando aí, me diga o que está acontecendo... — Mas a ligação foi cortada; teve a impressão de que alguém tirou o fone da mão dele e colocou-o no gancho.

Na sala, Ben ouvia seu concerto predileto para piano, de Shostakovitch, enquanto lia. Vera parou um instante; sob sua própria sensação de alarme havia a serenidade que ele recuperara para si, de novo sozinho com ela, agora que o pai e a filha não estavam mais em casa. — Recebi uma ligação tão esquisita de Oupa.

Ele olhou por cima dos óculos. — Num feriado? O que ele quer?

— Sabe Deus. Ele disse que a Sally disse que eu devo ir até o apartamento — (corrigiu-se) —, o apartamento dele. *Sally.*

— O que Sally está fazendo lá?

— Como é que eu vou saber? — Tudo que ela sabia é que se esquecera de ligar de volta para Sally, como prometera quando esta ligou, logo antes de o velho morrer.

— Quer que eu vá com você?... o que está levando aí? — Os óculos escorregaram e os olhos profundos, estranhos, pousaram no roupão pendurado no braço dela; os olhos que pertenciam, junto com a peça de roupa, a algum aspecto obscuro da existência do velho, quem sabe até um ao outro? — o presente da amante ao amado, e o filho que a filha dela tivera com ele — na dupla ligação da qual Bennet surgira.

— Não... não, melhor fazer como eles me pediram.

Oupa era parte de suas responsabilidades na fundação, Ben não tinha obrigação nenhuma de deixar sua poltrona, seus livros, sua música. Ela ergueu o braço: — Os luxos do *grandpops*. — O nome infantil que Annick dava ao avô.

— Quando é que ele ia usar isso?

— Claro que não. Deve ter sido presente de alguém. Há muito tempo, é luxo dos velhos tempos.

O filho estendeu a mão descorada, como podia fazer agora que a casa era de novo só deles, para tocar a dela ao sair, falando em voz seca. — Alguma mulher.

Oupa devia estar perto da porta, esperando para abri-la. Lá estava ele. Os olhos com os cílios curvos baixados, arredios, como se para afastar qualquer censura, a língua oferecendo consolo aos lábios ressequidos, antes que falasse. — Desculpe. Foi a mãe dela que me fez chamar a senhora aqui.

— E o que significa isso tudo? — Mas já estavam entrando na sala onde sua voz invadiu um silêncio tão carregado que podia até estar gritando. Teve o súbito impulso de aversão — premonição — de virar-se e ir embora: que estou fazendo aqui? O que estavam todos fazendo ali? Sally sentada muito ereta, inclinada para a frente na única poltrona; Didy de pé, com as costas voltadas para a televisão, diante das imagens sem som; e no chão, revoltantemente, o rosto escondido nos joelhos e os braços protegendo a cabeça, estava a menina, Mpho. E agora Vera, com Oupa um passo atrás dela: tudo podia ter sido arrumado por um diretor de cena — você aqui, você lá. Cada um à espera de que o outro falasse. Somente Didy esboçou um piscar de olhos em cumprimento à presença de Vera.

O rosto de Sally era o de uma estranha confrontando Vera, cheia de hostilidade e acusações. — Pergunte ao seu favorito, pergunte ao homem que você apresentou para ela, àquele que ela conheceu na sua casa, de quem você gostava tanto que nós a deixamos sair com ele e seus amigos. Pergunte a ele.

Didy deixou a cabeça cair para trás, soltando um suspiro de constrangimento aflito. Fez alguma espécie de apelo, na língua dela.

— Não, deixe que Vera pergunte para ele!

— Não sei por que você tem que enfiar Vera no meio disso.

— Bom, se há algum problema... entre amigos... estamos todos juntos. — Vera mentiu, contrariou o impulso de recuar.

— Você sabia que ele era casado, você sabe que ela é uma criança, por que deixou que acreditássemos que ele e a turma dele seriam boa companhia para ela? Por que não nos avisou?

Vera virou-se do ataque de Sally na direção de Oupa, incerta se devia defender ou acusar. — O que houve entre você e a menina?

— Ele andou dormindo com a minha menina, minha filha. Eu a levo ao médico e descubro que está grávida. Foi isso que aconteceu. Esse é o resultado das pessoas excelentes que você apresentou! Nem uma palavra sua, Vera, nem uma palavra de advertência, você devia saber que ela estava saindo com ele...

— Eu? Eu não sabia de nada. Eu não tinha a menor idéia. Eu não tenho nada a ver com a vida particular das pessoas da fundação...

— Tem sim, tem. Ele freqüenta sua casa. Você não me disse nada quando ela começou a ir às festas mas não tinha festa coisa nenhuma, ele estava trazendo a minha filha para cá, para dormir com ela! Você recebia esse moço e os outros belos amigos dele na sua casa, você e Ben.

A menina começou a gemer, torcendo os pés um sobre o outro. Todos olharam para ela, ninguém a tocou.

Vera não se virou para Oupa, que se esgueirou da sala para pegar uma cadeira de cozinha para ela, gesto que Sally interpretou, com um olhar de desprezo, como um pedido de apoio a sua amiga e chefe.

Então os almoços camaradas no escritório dela não contavam para nada? E os anos perdidos na ilha Robben não tornavam uma certa fraqueza pelos prazeres do afeto e do sexo e a tentação de uma moça sedutora compreensíveis? Mas uma colegial. A filha de Sally e Didy.

Ele colocou a cadeira. — Oupa, seu cretino. — Assim que deixou escapar o comentário, percebeu que Sally o tomaria como um insulto desdenhoso contra si própria. E perguntar a ele: É verdade isso? seria pior ainda: seria duvidar de Sally. Olhou para a cabeça inclinada de Mpho, os *dreadlocks* caindo de ambos os lados das orelhas bonitas, dos brincos imensos pendurados. Muito provável que essa moça já tenha feito amor com mais gente e quem levou a culpa foi Oupa, incapaz de provar o contrário. Essa criança adorável — via agora o que deveria ter ficado patente enquanto a moça morou em sua casa — tinha todos os instintos de seu sexo que Annick nunca tivera. Queria estender a mão e acariciar-lhe a cabeça, mas havia em Sally uma autoridade proibitiva sobre qualquer um que intencionasse tal gesto.

Vera dirigiu-se a Didy como se ele estivesse de novo sob a máscara que ela não reconhecera ao abrir a porta de casa. — Como é que eu podia saber? Acha que eu não teria feito alguma coisa, que eu não teria falado com ele?

Sally arrebatou outra vez a atenção. — Mas você devia ter dito que o seu rapaz tão simpático é casado, que a mulher dele não mora aqui, que ele anda por aí na farra como qualquer homem... e olhe só para ele, dez anos mais velho, respeito nenhum por ela ou pelos pais dela. Festas! Ela mentiu para nós. Quando aparecia uma amiga para buscá-la, era ele! Esse porco. Ele mandava uma menina para nós não ficarmos sabendo que estava esperando aqui neste lugar.

Vera sabia que era inútil questionar Oupa, mas não podia ignorar que era isso que se esperava dela. Os olhares dos dois se cruzaram longe dos outros, ele fora encurralado por ela, contava com ela. — Como é que foi deixar isso começar? — Oupa sabia que Vera estava dizendo *Sabe que eu confiava em você, está cheio de mulher por aí para você.*

— Nada de mais, tudo normal, a gente ia ao Kippies, todo mundo junto, para ouvir música, noites de poesia, essas coisas. E aí uma vez ela disse que queria ver uma peça, ela costumava ir ao teatro em Londres e — eu até lhe perguntei, lembra?... qual era boa... — e ela disse que os pais não podiam saber que estava saindo sozinha, que eles só deixavam se houvesse outras moças, ela dizia que estava indo a uma festa. Aí, depois disso, começamos a nos ver.

— E a sua mulher? — Sally repicou. — Mulher e filhos, e agora ele pega a minha filha, menor de idade — ele sabe disso? — isso é crime — ele pega e engravida a minha filha. Ele vai para a cadeia, ele sabe disso?!

— Sua filha não é menor de idade, não fale essas coisas, Sibo. Dezesseis anos não é menor de idade. Ela é adulta, segundo a lei. E de que adiantam as ameaças? Quer que ele se divorcie da mulher?

Quer que Mpho se case com dezesseis anos, sem nem ter terminado o segundo grau? É assim que nós queremos que ela termine antes mesmo de começar a vida? É isso que você quer? Claro que não. Então de que adianta ficar culpando esse, culpando aquele.

— Nós nunca devíamos tê-la trazido de volta de Londres. Ela devia ter continuado estudando lá. Você quis que ela voltasse para casa; "para casa", aqui, para ficar grávida na escola como qualquer menina de favela.

— Certo. Você também quis que ela voltasse. Culpar, culpar não adianta.

— É assim que se pode contar com essa gente. — Sally falava de Vera como se Vera não tivesse sido convocada para estar ali presente. — A mesma coisa de sempre, loucos para ajudar para poderem ficar do lado certo, conosco. E fazendo uma mixórdia de tudo. Prejudicando a gente.

— Sibongile, pare com isso! Você está dizendo besteira, você não sabe o que está dizendo. É culpa minha, é culpa de Vera — de que adianta? o que nós precisamos conversar é o que vamos fazer, já se esqueceu de Mpho? ela está aí, sentada no chão, ela é nossa filha...

— *Eu* não sei o que vou fazer com ela. Só sei que ela se meteu numa grande encrenca.

— O que nós vamos fazer não tem nada a ver com este rapaz. Não devíamos nem estar aqui. Ele já está de fora, do assunto todo. O que houve entre Mpho e ele está terminado. É só isso que ele precisa saber. Terminado e *klaar*. Essa criança não vai nascer. Encerrado o assunto. Vera vai nos ajudar.

Como é que podiam deixar a moça rastejando na frente deles todos, ali no chão — a mãe, o pai, Oupa, ela própria? Vera, envergonhada, falou com aspereza. — Mpho, levante-se, vamos, você não está sozinha...

Em geral tão lépida e graciosa, a moça levantou-se pesadamente do chão, com o rosto inchado de lágrimas e a fisionomia retraída e inexpressiva que Vera conhecia de ver no rosto dos acusados que compareciam ao tribunal sem qualquer esperança de serem considerados inocentes. Outro erro: fazê-la ficar de pé, ali. Talvez estivesse apaixonada por Oupa; entretanto, por mais jovem e inexperiente que fosse no julgamento das coisas do mundo, sabia que isso não era motivo bastante para uma apelação.

— Está dizendo que Mpho deve fazer um aborto?

Didymus estava acostumado a fazer o que precisava ser feito.

— Exato. E nós agora somos novos aqui. Ela não pode correr nenhum risco. É você que pode garantir isso para nós, eu sei disso.

Sentença pronunciada. A moça foi até o braço da poltrona onde a mãe estava sentada e apanhou a mochila, decorada com nomes iconográficos de bandas pop. Ela não tomou conhecimento da mãe, pegou um lenço e assoou o nariz.

FUNK DOGS HIPHOP ROCK ELECTRIC PETALS INSTANT KARMA

Um intenso desconforto tomou conta da sala, como se a temperatura estivesse subindo. A moça foi posta de lado como um corpo. Ela *era* um corpo, na solução encontrada; nada mais. Os outros aspectos da situação que os unira foram retirados — emoções, motivos e responsabilidades com os quais ninguém sabia lidar. Didymus pegou a mulher e a filha; a moça saiu na frente sem olhar para ninguém, exceto — um instante — para Oupa; Vera reparou no movimento da cabeça, por trás, e não saberia dizer se era um olhar de pacto ou de desafio; mas não notou nenhuma reação, nenhuma mudança no rosto de Oupa. Didymus acenou para Vera com a cabeça: — Nós damos uma ligada. — Oupa implorava-lhe, com os olhos e com a postura perdida, para que não saísse junto com os Maqoma. Numa aflição repentina, Vera quis alcançá-los — Não a tratem como se fosse uma criminosa, ponham a mão no ombro dela, dêem-lhe um abraço, ela é filha de vocês —, mas a moça, andando sozinha na frente dos pais, tinha sumido pelo corredor. Vera andou mais devagar, para acompanhar o passo hesitante de Oupa que ia atrás, louco para falar. — Eu não fui o primeiro com quem ela esteve.

— E que importância tem isso? Para que me contar? Não é essa a questão. — Vera impacientou-se com ele por sobrecarregá-la com a confusão de desculpas, se é que podiam ser aceitas como tal, nas quais ela já pensara.

— Não para a senhora. Mas importa para os pais dela. Eu não quis criar mais problema para Mpho, contando a eles.

Deram alguns passos. — Então você a ama. Você acha que estava apaixonado por ela.

— Eu não sei. Como é que eu posso me apaixonar, eu tenho uma mulher. — Fechou-se à intromissão.

— Quer dizer, você acha que não tem o direito. — Ela sorriu. — Isso não impede que aconteça, você sabe.

— Quando eu digo que não sei... ela é tão criança, quando eu podia ter uma namorada assim, eu estava preso, na juventude. Mas por outro lado ela viu, ela sabe, tantas coisas que eu nunca vi — Londres, a Europa e por aí vai... às vezes ela até ri de mim, das coisas que eu não conheço. De uma certa forma ela é muito criança e por outro lado está muito adiante de mim. Por isso eu acho que nunca daria certo.

Ao voltar para casa, deu-se conta de que nem por uma vez, enquanto esteve no apartamento, teve consciência de estar no Cento e Vinte e Um. No Cento e Vinte e Um de Otto. Sem aquela consciência, tudo que aquele lugar fora para ela e para o amante fugiu-lhe; nenhuma evocação das paredes ou de passos cruzando um corredor traria aquilo de volta, uma vez abandonado, coberto, desaparecera para sempre. Não ocupava mais nenhum espaço dentro dela.

Aquele apartamento era agora a cena onde ela, cuja filha nunca teria filhos, fora nomeada para arranjar um aborto para a filha de outrem. A procuradora proxeneta. No dia em que os Maqoma deveriam aparecer para conversar sobre as providências, Didymus, uma vez mais, apareceu sozinho na porta. — Sally não quer se meter no assunto. — Ele editou o que Sibongile dissera: Tira e acaba com isso.

— Ela ainda está brava comigo?

— Ela enfiou na cabeça que você devia despedir o sujeito.

— Como é que ela pode esperar uma coisa dessas! Mesmo que eu tivesse poderes para tanto, coisa que eu não tenho.

— Claro. É que ela está muito nervosa. Você não imagina. Não é fácil. Afinal, Mpho é a única filha, nós já tínhamos perdido as esperanças de ter uma menina e aí ela veio... Sally criou Mpho sozinha, você sabe que eu ficava quase todo o tempo fora. E Mpho se fecha, não fala com a mãe, não fala nem comigo, e eu não estou censurando, estou disposto a esquecer essa história toda, assim que cuidarmos do assunto.

Didymus estava tão diferente, tão — cansado de lutar, em comparação ao homem correndo grande perigo que sorrira e dissera, *Que pão-dura, Vera*; tão isolado, em contraste com o homem que vivera na solidão do disfarce. Por instinto, ofereceu uma espécie de troca de situações inesperadas, como fazem as pessoas que têm um envolvimento mútuo; algo privativo de sua própria vida.

— Você sabia, Didy, que a Annie virou lésbica?

Ele desviou o olhar, estalou a língua, espantado. Depois de uns momentos, uma exclamação africana: — Yoh-yoh! O que a leva a pensar isso?

— Não precisei pensar; ela me disse. Aquela mulher com ela, que você conheceu na festa, é a outra metade do casal.

— Eu não sei o que dizer — que eu sinto muito? Isso preocupa você? Você se incomoda?

— Acho que sim, mas não do ponto de vista moral; do meu próprio ponto de vista, sabe, porque eu sou mulher.

— Nunca pensei muito no assunto — quero dizer, entre nossa gente, entre os homens desse tipo. Eles estão por toda parte. Claro, vai fazer parte da nossa Constituição que não haverá discriminação contra nenhum sexo... mas isso não inclui os filhos da gente virando... tem idéia do que a levou a isso?

— No momento, vaga... desconfio que a gente se julga responsável pelo que nós achamos que não deu certo com nossos filhos e que, na opinião deles, não é nada disso.

— Sally e eu, com Mpho.

— Talvez. O vilão da história toda me disse algo sobre Mpho e ele. Ele acha que nunca "daria certo" (quer dizer, mesmo que ele não fosse casado e não tivesse filhos) porque eles são duas pessoas deslocadas, porque as idades não combinam com as experiências de cada um, porque há uma distorção impossível de corrigir. Ele perdeu o estágio adolescente dela, na cadeia; ela tem uma sofisticação mundana que vai muito além da idade, por causa do exílio na Europa.

— E a nossa geração criou ambas as circunstâncias... bom, pode ser. Eu não sei. Mas não se aplicam a Annie?

— Não.

Ele percebeu que esse era o limite de suas confidências, por enquanto; aquela mesma experiência dos clandestinos, de permanecer atento aos estados de espírito enquanto as pessoas se abriam, continuava sensível ao subir e descer de barreiras.

Discutiram, como se fosse o itinerário de uma viagem ou a agenda de um encontro, o médico que Vera conseguira persuadir — jogando com suas simpatias esquerdistas e falta de militância na política de liberação —, acalmando-lhe a consciência, a fazer seu quinhão e tirar o embrião da filha de um importante casal que vivera, em nome da causa, uma vida atribuladíssima. Data e lugar foram marcados.

Vera acompanhou Didymus, uma vez mais, até o carro, dessa vez estacionado abertamente na frente do portão. Hesitou à janela, depois que ele já se havia acomodado dentro do carro. — Ben se recusa a acreditar — a respeito de Annie. Ele finge que não sabe.

O rádio-relógio a que Mpho não resistira, isento de impostos, ao deixar o aeroporto de Londres, despertou-a com sua versão japonesa de "Greensleeves", no horário acertado. Deitou-se de costas, com os punhos sobre a boca, sentindo a corrente dupla e macia que saía das narinas. Acordar de manhã bem cedo, quando todos os demais estão inconscientes, é estar só no mundo.

Levantou-se, foi até a janela e abriu cuidadosamente as cortinas. Todas as coisas estavam encobertas de névoa e, na encosta de um morro, apenas a fachada de vidro de um alto edifício reluzia, espelho do sol ainda oculto. Tirou a camiseta de dormir do Mickey, os seios puxados para cima saltando de volta no lugar; jogou a camiseta na cama, mudou de idéia, pegou-a, enrolou-a e pôs dentro da mochila. Nua, separou mais algumas roupas e um gato de brinquedo com olhos esbugalhados. Foi de novo até a janela para ver uma vez mais o rosto radiante que a observava. Ao encolher os músculos da barriga para fechar o zíper do jeans, uma sensação de temor, espanto e descrença pelo que havia ali dentro a manteve totalmente imóvel. Um pelote de pavor foi suprimido com saliva. Aprontou-se como sempre fazia: faixa elástica franzida prendendo os *dreadlocks* como uma rosa azul aberta no alto da cabeça, uma outra camiseta com alguma outra inscrição ou logotipo impresso, meias coloridas enroladas no tornozelo, tênis pretos, os ganchos recurvos de um dos pares de brincos de sua coleção enfiados nas pontas marrons e macias dos lóbulos da orelha. Mpho. Essa é Mpho. O espelho da penteadeira captou-a como o sol à fachada do prédio; lá está ela, nada mudou. Em sua trêmula infelicidade taciturna, uma reviravolta: sentiu-se alegremente liberta um instante; nunca houve nada, acabara de descer do avião, chegada de Londres, para enfrentar os olhares de admiração desse país chamado lar.

Ninguém ouviu, ninguém viu quando fechou a porta da frente atrás de si. Nessa zona branca e residencial da cidade, só havia os adeptos dos exercícios matinais pelas ruas, hamsters cumprindo suas tarefas diárias nas gaiolas. Tomou um ônibus vazio até o terminal rodoviário onde chegam os negros das *townships* para o trabalho. Crianças de rua dormiam em soleiras como pedaços de papelão, papéis e cascas de banana jogados nas calçadas. Mulheres arrumavam fileiras de milho cozido nos tabuleiros, vendedores de relógios, óculos, vaselina, bonés de beisebol, roupas de criança, desempacotavam as mercadorias. Num caixote, uma ambulante exibia litros de cerveja e garrafinhas de conhaque e, diante desse altar, um homem ainda intoxicado da bebedeira noturna dançava em volta dela, ao som da música *mbaqanga* que vinha do gravador da dona da banca. O frescor da manhã trouxe o cheiro de urina, da mesma forma que o orvalho intensifica o aroma da relva. Ela passou por isso tudo com a autoridade insolente, intocável, que a beleza cria, indo contra a corrente de trabalhadores, ágil entre as Kombis entrando, parando e partindo, no estilo de um circuito de corrida, sorrindo em resposta a comentários feitos numa língua que seus autores jamais acreditariam não ser compreendida por ela.

Há pavor diante de uma cama vazia.

Foi-se.

Foi-se, diz a cama.

Aonde?

As contrações do medo; as pessoas se matam quando levadas a sentir vergonha de suas vidas. Daí vem o extremo do medo: o que deveria ter sido feito para evitar a visão da cama, ali, vazia. O que foi feito para provocá-la. Sibongile sabe — ele não precisa dizer, não precisa esconder —, Didymus acha que ela foi muito severa, muito crítica com a menina.

É tomada por uma certeza tenebrosamente razoável; claro. — Foi ficar com aquele homem.

Ele pregueou a boca. — Muito improvável. Ele ficaria com medo. Eu acho que tem um caráter fraco. Apesar dos antecedentes de companheiro. Duvido que ele a recebesse agora.

Sibongile revirou tudo de novo, em busca de alguma pista — nenhum bilhete naturalmente; se a idéia é punir os pais, com certeza você não deixa bilhete. Didymus seguiu-a até o quarto, um lugar mudo e acusatório. O cheiro de Mpho estava ali, a mistura de perfume, desodorante e roupas aquecidas no corpo, tênis suados, o chiclete de hortelã de que ela gostava. Podia ter fugido para a casa de pessoas que eles não sabiam que ela conhecia, gente encontrada nesses lugares que os jovens freqüentam, Kippies, discotecas. Agora sim alguma coisa realmente terrível podia estar acontecendo com ela, estupro, drogas.

Ficaram ali parados em meio a sua ausência.

— Por que será que ela fez isso?

— Medo. Ela está com medo do que vai acontecer com ela. A operação.

— Tenha a santa paciência. Não é exatamente uma operação, ela vai estar dormindo, não vai sentir nada. Eu disse para ela que *eu* já fiz um, por isso eu sei.

Uma mudança no rosto de Didymus. — Por que você fez isso?

Mas Sibongile — Sally — pertencia à geração e à experiência que entendiam como emancipação descarregar nos filhos semi-adultos a vida íntima dos pais. — Por que não? Para ela não ficar com medo.

— Mas se você se coloca no mesmo barco, por que ela há de achar que houve algo errado nessa aventura com aquele sujeito? por que então tudo aquilo no apartamento? ela tendo que esconder o rosto de nós... Você fica grávida, você faz um aborto, não tem a menor importância, nada com que se preocupar.

— Como você me irrita. Será que já não basta o que houve, sem você... então você acha que ela não devia ficar sabendo como era nossa vida no exílio, como nós éramos duros, não dava nem para ter os meninos conosco, como é que a gente podia ter outro filho naquele tempo, na Alemanha Oriental! Você está sempre querendo protegê-la de tudo e agora veja o que foi que ela fez consigo mesma... Como se o que eu fui *obrigada* a fazer tivesse alguma coisa com ela se divertindo com o marido de alguém e ainda engravidando!

Ele estirou e depois baixou as mãos: não estava disposto a discutir. — Vou até o apartamento dele ver se o rapaz sabe onde ela está.

Sibongile ia participar de uma coletiva à imprensa — e bem naquela manhã a filha resolve fugir, sabe Deus para onde. Estava vestida para aparecer em público. No nervosismo e na ansiedade, vestira, como um general enverga a farda, o tailleur bem cortado e seus equipamentos, os brincos pequenos de ouro (nada chamativo) e os braceletes de madeira entalhada — como se espera da realeza que usem roupas e jóias desenhadas e feitas no país, cartazes ambulantes da produção nacional, Sibongile sempre cuidava em acrescentar a sua pessoa algum exemplo do artesanato africano. Era sabido — e ela exigia isso dos funcionários — que as obrigações pessoais devem se subordinar à causa, sempre fora assim no exílio e na clandestinidade e agora mais do que nunca, em volta das mesas de negociações e nas conferências. Aparições públicas podem ser uma armadura dentro da qual se oculta a carne trêmula. Sessões de fotos (é isso que a imprensa quer) são a obrigação da vítima de usar uma persona separada do eu pelo dever.

Simplesmente não era possível, para Sibongile; não lhe era possível, caso fosse o que assumira a responsabilidade de ser no movimento, telefonar deixando um recado que sua cadeira estaria vaga porque... Porque uma criança tola se metera numa encrenca e punira a mãe deixando uma cama vazia. Quando estava doente e sozinha, em Londres, com um bebê para cuidar, por acaso chamaria o marido de volta de onde pudessem tê-lo enviado, um outro país, um outro continente?

Ficou ali parada, olhando para Didymus, incapaz de sair. Todas as despedidas, todos os retornos, as chegadas e partidas, todos os climas e todas as línguas, todas as filas para o carimbo no visto de entrada e saída estavam presentes entre os dois, como uma ventania junta uma espiral de papéis na poeira.

Ele a liberou. — Vá. Eu ligo. Deixo um recado para alguém passar para você.

O elevador não se mexeu; ele apertou todos os botões. Uma lata de cerveja entornada num canto esparramava grumos de sujeira no chão. Ele subiu pela escada e cruzou corredores até o Cento e Vinte e Um, passando por fraldas, camisetas e cuecas penduradas para secar nas grades dos vitrôs de cozinha, por portas com as gelosias de vidro granido substituídas por pedaços de papelão, sacos de lixo, um esqueleto de bicicleta sem as rodas, que foi preciso contornar: nossa gente mudando-se para dentro da carapaça da classe média sem os meios ou hábitos para dali tirar qualquer vantagem. Então vivem nela e destroem justamente aquilo que achavam que queriam. Torna-se o gueto de onde pensamos ter escapado. Só que custa muito, muito mais caro. O locador branco corta o fornecimento de água porque dez pessoas num apartamento de dois quartos, multiplicadas por dez andares, sobrecarregam o sistema de esgoto muito além da capacidade para a qual foi instalado; os aluguéis começam a atrasar e a eletricidade é desligada. Esse prédio com sua portaria espelhada e seus elevadores de lambris de madeira ainda não chegou lá, mas está a caminho, está a caminho. Não é para isso que serve nossa "educação para a democracia", depois que você aprendeu a fazer uma cruz num pedaço de papel, depois que você aprendeu a não se deixar subornar ou intimidar para votar em alguém em quem não confia para governar sua vida: serve não para ocupar o passado, mudar-se para dentro dele, e sim para refazer nossas habitações, nosso país, para nos deixar viver dentro das necessidades de espaço e decência que nosso país tem condições de proporcionar. E é isso que os brancos também precisam aprender. O luxo é uma dívida que eles não podem pagar. Ainda bem que não foi mais convocado para fazer discursos; algo mais facilmente reconhecível como inflamatório do que isso seria exigido.

Improvável que a campainha funcionasse. Bateu com os nós dos dedos no vidro e esperou; se demorasse muito para vir a resposta, iria imaginar que ela estava ali dentro; sentiu uma curva de pena invadi-lo, como se tivesse ido apanhar sua menininha depois de alguma estripulia naquela escola inglesa que freqüentara, paga por companheiros brancos de viagem, e estivesse prestes a assistir-lhe a humilhação. Desgraçado miserável: de repente uniu-se a Sibongile na raiva contra o moço simpático de Vera. Mas uma sombra aguada surgira do outro lado do vidro da porta; ela se abriu e lá estava ele, descalço, de calção, uma grossa fatia de pão, já mordido, numa das mãos; demonstrando na hora, no rosto, que se sentia idiota pego desse jeito.

Didymus falou em zulu — era a língua de Sibongile, não a sua, e ele não sabia qual era a desse moço, mas todo negro em Johannesburgo pelo menos entende zulu, ele precisava de uma língua franca que não fosse o inglês para a ocasião. A menina estava?

Não.

Não foi convidado a entrar, mas percebeu de imediato que não seria preciso.

Você conhece os amigos dela, seus amigos. Sabe onde ela possa estar?

Sem compreender: Ela não está em casa?

Desapareceu desde ontem à noite. Você conhece alguns amigos... para onde ela iria?

O rapaz atirou uma olhada para o pedaço de pão que não podia largar, virou-se com a fisionomia franca, o lábio superior tremendo antes de falar, com confiança, sem sombra de dúvida: Com a avó. Lá em Alex.

Mpho.

Essa é Mpho.

A moça passava roupa na mesa da cozinha da casa de Alexandra, onde seu pai fora morar em criança, quando os pais saíram do Transkei. Tantos países, cidades, quartos, esconderijos, personae — e agora a filha passava lençóis naquela mesma mesa, naquela mesma cozinha, um lenço amarrado sobre o penteado intrincado. Falou como se eles fossem vizinhos indesejáveis, de passagem, Olá.

A senhora idosa descascava batatas numa bacia sobre o colo farto.

Falaram na língua da família, xhosa. — Por que eu havia de ligar? Ela sempre vem, não vem? Pensei que vocês soubessem — toda vez. Por que eu preciso ligar?

— Mas mãe, Mpho não contou a senhora?

— O que ela devia ter me contado, meu filho? Diga.

A elegância de Sibongile, o tailleur de tweed com padrão denteado, o lenço de seda em volta do pescoço, os sapatos de verniz azul-marinho, de salto alto, e o luzir das meias combinando enfatizavam sua postura diante de tudo aquilo que era familiar para ele e a mãe, dentro daquelas quatro paredes; o velho guarda-louças pintado de cinza, com seus pratos esmaltados à mostra, xícaras penduradas nos ganchos, despertador de três pés tiquetaqueando, a geladeira com um calço de jornais sob uma das pernas bambas, as enormes panelas de alumínio areadas sobre o fogão, sua segurança na infância contra a fome em muitos períodos de vacas magras, os calendários com suas loiras cor-de-rosa e cachorrinhos peludos, a Santa Ceia emoldurada e certificados enodoados da mestria das crianças, muito tempo atrás, nas aulas de catecismo, o certificado de matrícula de Didymus Maqoma — todos esses poderosos inanimados recuavam ante a presença de Sibongile.

— Acho que a mama sabe o que a neta dela contou. Não precisamos voltar ao assunto. — Sibongile falava numa mistura do próprio zulu com o pouco que sabia de xhosa, não querendo faltar ao respeito. Mas o inglês era a língua de Mpho, o inglês era seu lembrete de que não havia como fugir daquilo que era, do que as circunstâncias fizeram dela, uma moça que precisava de aulas para ter uma língua materna. De volta ao lar, o novo mundo tinha de ser feito de exílio e lar, ambos aceitos. No vocabulário que a própria Sibongile absorvera inconscientemente, devido à circunstância do exílio em Londres, essa outra escapulida — Alexandra — era o que os ingleses chamam de *tiresome*, enfadonha — sim, pura e simplesmente enfadonha, além do disfarçado e histérico alívio de ver a menina sã e salva. — Mpho, por que você tinha de sair no meio da noite, ou sei lá a que horas foi, sem deixar um bilhete, nada? Ninguém teria proibido você se tivesse dito que queria passar os próximos dias com a *gogo*. Foi tolice sua, meu bem.

Ao final dos "próximos dias" havia a consulta com o médico que Vera descobrira.

E assim persistia o silêncio: a moça não ergueu os olhos do lençol que dobrava em quatro, com toda a perícia, experimentando o ferro pelo chiado do dedo molhado na língua antes de deslizálo pelo retângulo bem-feito. A velha senhora, porém, estava pronta para falar. — Nossa gente não faz isso. Nossos filhos são uma bênção. Nós não somos brancos. Didymus é meu filho. Mpho é minha filha. Essa criança será filho meu também. Eu tomo conta da criança aqui, na minha casa. Eu disse a Mpho. — Levantou-se, pondo de lado a bacia de batatas.

Didymus também se levantou da cadeira de plástico cujos parafusos nas pernas tubulares de metal estivera torcendo com toda a paciência. Aproximou-se de Mpho e pôs a mão, delicadamente, em sua nuca, um gesto de amor conhecido de suas duas mulheres, esposa e filha. — Um dia Mpho terá filhos de quem ela própria vai tomar conta. Mas não pode ser agora. Obrigado, mama, Sibongile e eu, nós lhe agradecemos por tomar conta dela tão bem; nós voltamos para buscá-la no fim de semana.

Com cuidado para que o movimento não fosse interpretado por ele como rejeição à mão no pescoço, Mpho ergueu devagar os olhos, desamarrou o lenço da cabeça, colocou-o sobre a mesa e virou-se, pronta, para o pai.

Dois funcionários da Fundação Legal, uma advogada e um assistente, foram atacados esta semana durante uma viagem de investigação por terras públicas que o governo propôs vender à iniciativa privada antes da instauração de um governo de transição. A fundação criticou a intenção do governo de "oferecer a terra a especuladores e construtoras no momento em que o futuro governo espera usá-las para resolver a enorme crise fundiária e habitacional do país".

Que jogo de inferências e idéias preconcebidas, dessa ou daquela maneira, interfere entre a notícia numa página interna de jornal e o que houve como interrupção ou, quem sabe, culminância de determinadas direções? Dentro do contexto das manchetes jornalísticas, o relampejar difuso da violência noturna, entretenimento psicodélico a escurecer e espoucar nas telas de televisão diariamente, só pode ter sido uma explosão do ódio negro contra uma branca idiota o bastante para achar que tinha por que estar em zonas que os próprios brancos declararam boa somente para negros; ou podia ser uma explosão do ódio branco contra os brancos que colaboram com a intenção dos negros de tomar a terra — a terra! — para si. De um jeito ou de outro, bem feito para a vítima.

E a terceira possibilidade. Criada como o clima cria condições, aceita como a falta de chuvas — o casal pode ter sido assaltado porque não trancou as portas, não estava com a arma pronta, deviam ter tido o bom senso de ficar em casa. De ficar de fora.

A dra. Vera Stark foi baleada na perna e Oupa Sejake foi ferido no peito.

O que estavam fazendo numa estrada tão afastada das terras públicas incluídas no itinerário? Para saber isso seria preciso entrar na vida deles, tanto onde convergem quanto onde divergem amplamente, ter ciência daquilo que sabem um sobre o outro e do que não sabem; quais as expectativas e obrigações operando em surdina umas sobre as outras. Saber pelo menos isso.

Vera não tinha meios de saber se, ao agir como a procuradora proxeneta de um aborto para a garota de Oupa, era alguém por quem ele sentisse gratidão ou ressentimento. A velha senhora disse — Didymus lhe contara — Nós não somos brancos. Fora apenas um comentário passageiro, que Didymus descartou sorrindo. Mas talvez Oupa tivesse querido ter um filho, nalgum lugar, uma recordação da bela moça que não era para ele, de uma outra classe, de gestos e fala trazidos de cidades que nunca vira, mas ao mesmo tempo uma moça negra, partícipe da preciosa familiaridade, da perigosa condição de ser negro, em nome da qual dragara algas marinhas e quebrara pedras numa ilha presidiária. Oupa não estava com a mulher e os filhos no Cento e Vinte e Um; que diferença faria se houvesse uma outra criança, retrato de horas de amor e virilidade, a ser visitada com presentes na casa de alguma avó?

Não levava a bandeja de plástico com perna de frango ao curry e *pap** para o escritório da dra. Stark. Não discutia problemas de estudos com ela. Entrava e saía com documentos, recados; as conversas sobre assuntos da fundação continuaram entre eles, como de costume, mas não fazia mais aqueles seus apartes divertidos, mantinha os olhos nos papéis ou fora de foco, concentrados no que se discutia; só de vez em quando, da porta, como se tivesse esquecido algo, no que mal seria uma pausa: seu sorriso.

Essa atitude — a seu ver — autopunitiva de Oupa tornava-se cada vez mais desnecessária; impacientava-se progressivamente com a perspectiva de que se sentisse obrigado a uma contrição exagerada que interferia até em sua atitude no trabalho. Se ele achava que ela esperava isso dele, não sabia como fazê-lo entender que não era o caso. Pensando bem, a imagem de Mpho que aquele comportamento trazia à baila mudou de contorno, desenvolveu-se.

(*) Espécie de polenta ou purê feito com farinha de trigo. (N. T.)

Aquela feiticeira tinha plena consciência, controle completo de seus atrativos; era tão capaz de seduzir quanto um homem; esse homem, esse moço. Nunca houve qualquer sugestão de que tivesse sido violentada ou mesmo pega inocentemente numa situação de submissão a um desejo inoportuno, difícil de repelir. A sonsa mocinha mentiu para os pais, fez os amigos entrarem na conspiração para lhe dar cobertura enquanto ia fazer amor naquele apartamento; no ninho de amor de duas gerações.

Durante os três dias de viagem pelo país, a atmosfera entre a dra. Stark e Oupa ficou mais relaxada, mas ainda era fruto da troca de reações ao que viam e às pessoas com quem conversavam a respeito de seu trabalho. Passaram a primeira noite num Holiday Inn, onde Oupa nadou na piscina, e ela, tomando uma cerveja no terraço do hotel, não viu nenhuma objeção, por parte dos fazendeiros brancos na mesa ao lado, à presença dele entre os filhos berrando e espirrando água. Até mesmo no hotelzinho onde dormiram a segunda noite, um lugar onde o dono e a mulher ficavam escarrapachados em frente à televisão, na sala do bar, enquanto um recepcionista que fazia as vezes de garçom cuidava dos hóspedes, a chegada dos dois foi aceita com resignação apática. O povoado estava morrendo; os fazendeiros locais, que antes enchiam o bar, abandonaram as fazendas e mudaram-se para a cidade durante os anos em que temeram por sua segurança devido aos grupos de guerrilheiros negros que se infiltravam pela fronteira; aqueles que, na época, formaram comandos e ficaram agora tentavam vender as fazendas antes que os negros reivindicassem as terras sob um governo de maioria. Mas nesse meio tempo, sem a presença de fregueses negros no bar, também o hotel permanecia às moscas. Da poltrona o proprietário gritou em africâner — Mostre à *mevrou* e ao *meneer* o quarto deles, Klaus, e mostre onde é o banheiro.

Riram juntos disso como não riam desde que Oupa a chamara em seu apartamento. O faz-de-tudo arrastava-se de lá para cá, servindo um jantar de carneiro, farinha de milho e abóbora, que eles comeram com prazer, como gente que guarda o gosto por comidas da terra que outros talvez achem sem graça e pouco apetitosas. Com seu paletó branco de colarinho alto, enformado por contornos de suor seco como se fosse um molde de gesso envolvendo o corpo, adernando nos sapatos cortados para aliviar os joanetes, o velho negro levou a terceira lata de cerveja para Oupa.

— Baba, o seu *baas* não me viu quando disse para mostrar o quarto ao *meneer*?

No rosto negro, mais escuro ainda com as pregas da idade, a boca se abriu para uma língua grossa, rosada. Lançou um olhar malicioso, cômico, em volta do refeitório vazio antes de responder em sua língua natal. Oupa, agarrado ao braço do homem, ria ao traduzir para ela: O homem branco não quer ver mais nada. Nada, nunca mais. Nada nada.

Na quietude de uma partida pela manhã bem cedo, numa outra região do país, a estrada deserta, os calaus espantados com a aproximação da caminhonete da fundação e levantando vôo da bosta de vaca onde ciscavam, Oupa falou, como se consigo mesmo: — Estamos bem pertinho, nem cinqüenta quilômetros, de onde meu tio mora. Onde minha mulher fica com as crianças. A entrada é bem ali na frente, nas árvores.

Ela observava a aproximação do bosque de eucaliptos; estavam chegando; dava para ver as longas faixas de casca soltando-se do tronco alvo.

— Vamos pegá-la.

Virou-se para ela. — A gente vai lá?

— Vai. — A dra. Stark autorizando a violação de um dos regulamentos da fundação rigorosamente observados: os veículos da entidade não são para fins particulares. E Vera acrescentou: — Por que não? Não faz sentido você estar tão perto e não passar por lá.

Portanto no dia em que deveriam estar rumando de volta à cidade e ao escritório, ela lhe ofereceu, ainda que ilícito, um passeio; não no sentido usual, de prazer sem propósito, mas um passeio de restauração, de união, numa compensação — tímida — pela cisão que o distanciou daquilo que conhecia dele na cidade.

Oupa não fez perguntas. O próprio fato era, em si, uma desintegração do constrangimento e uma volta à velha confiança de antes entre os dois. Abriu a janela para deixar o vento da manhã entrar em cheio, enfiou uma fita de Ladysmith Black Mambazo no gravador, pisou no acelerador; era como se tivesse tomado algumas daquelas cervejas de que tanto gostava. — Você me deu sinal verde, certo? Vou dar uma parada. Comprar umas balas, umas coisas. — Ao se aproximarem do povoado, surgiram ambulantes na beira da estrada, vendendo pilhas de batata doce e cebola, e uma loja de indianos em cuja obscuridade ele desapareceu saltitante. Reapareceu com batatas fritas em saquinho, balas de goma, revólveres de plástico transparente cheios de balas para as crianças e pacotes de chá e açúcar, os presentes que os pobres oferecem aos adultos da mesma forma que visitas ricas oferecem flores.

Se houvesse algum lugar onde pudesse esperar enquanto ele fazia a visita, teria sugerido que a deixasse lá, para não atrapalhar. Retraiu-se quando duas crianças pequenas largaram o caixote de papelão no qual uma ia sentada enquanto a outra puxava e pularam em cima dele. O mais novo o tinha pela perna, o mais velho ia pendurado ao pescoço. Tolhido por esse fardo de alegria, avançou a custo pela brecha na cerca, reforçada com arame farpado e pedaços de zinco, e aproximou-se de uma casinhola vergada de barro, parte da paisagem do país tanto quanto os formigueiros na savana. Uma das crianças soltou-se e entrou aos gritos. Houve um diálogo; uma mulher saiu, um rosto moço, rechonchudo, franzido, as mãos protegendo a vista. Cumprimentou — seu homem? marido? — respeitosamente, à distância, como alguém que espera uma explicação. Na língua deles, apresentou-lhe Vera. Um aperto de mão, levando-a mais para perto dela: a redondez macia do colo, colares de suor cintilando em três linhas em volta do pescoço.

Esses abrigos fornecidos pelos homens ausentes, trabalhando na cidade, enchem-se de mulheres; havia várias no aposento de finalidades múltiplas, mais um bebê ou dois, moscas, e calor saindo de um reluzente fogão a carvão. O cheiro adocicado de algo fervendo — tripas? — foi engolido junto com o chá feito às pressas para a visita branca; as crianças lhe trouxeram os cadernos de escola. Talvez pensassem que era uma espécie de professora ou inspetora. Familiarizada em virtude do ofício com lares assim, salpicos de moradia afloradas junto com os depósitos de lixo das cidades brancas, acostumara-se a ser tratada como alguém a quem existe uma chance de fazer um pedido, uma exigência. Ela e as crianças conversaram e riram embora não tivessem uma língua em comum, enquanto admirava os desenhos e a caligrafia realizada a duras penas. O tempo passou — sugeriu-se que as visitas deveriam esperar o filho mais velho chegar da escola. Mas ele não apareceu e o pai não ficou surpreso nem irritado. — É longe. E eles brincam na estrada, você sabe como é criança. Às vezes eu mesmo, eu costumava ficar a tarde inteira sem voltar para casa, esquecia de voltar... — Pelo tom adulador e risonho da voz, estava dizendo à mãe que não ficasse brava com o menino, mas ela sacudiu a cabeça, numa rejeição. Movimentos como esse de auto-afirmação surgiam da placidez recatada com a qual se mantinha em seu lugar. Sentada à mesa da cozinha, podia ser qualquer uma das outras mulheres ali cochichando. Seu homem da cidade falava e ela apenas respondia às perguntas, de vez em quando soltava um risinho, quando as outras riam, e cobria a boca com a mão. O sol mudou de ângulo na janela barrada com tiras de lata; ele decidiu, virando-se para sua companheira de visita — Está na hora de ir andando — e enquanto se faziam as despedidas de todas as outras mulheres, as crianças o rodearam de novo. Com as cabecinhas sob as mãos, guardando-lhes o formato, ele perguntou — disfarçadamente — se sua chefe podia lhe dar uma força? — Um empréstimo de uns vinte rands.

Só então ele e a mulher tiveram alguns minutos a sós, juntos; ele pôs a palma da mão sobre sua cintura para levá-la ao outro único aposento da casa, onde, pela porta, um espelho refletia uma colcha de crochê. A porta não foi fechada, mas as vozes eram tão baixas que não se podia ouvi-los da cozinha. Se trocaram um beijo, se disseram um ao outro o que não podia ser dito em frente à visita, ninguém saberia. Voltaram logo. Oupa abraçou os filhos, brincou de novo com as mulheres: um homem, um amante, um marido, um pai. A mulher ficou de lado — deslocada pela chegada sem uma carta, sem um aviso, na vida cujas rédeas segurava sozinha; pela postura, pela maneira como todo o seu pescoço alteou-se, ela, só ela, entre todas as outras mulheres, de posse dele; solitária. Foi assim que Vera a viu, sem saber que jamais a esqueceria.

Na estrada, a caminho da cidade. Dizer que estava felicíssimo: como explicar o que era isso? Era de se esperar que pudesse estar triste. Deprimido, pelo menos, de retomar com a estrada a divisão de sua vida. Mas estava falando dos filhos, vangloriando-se da emoção deles ao vê-lo, estava sorvendo às goladas o fato de ser amado. — Cara, queria que tivesse visto meu garoto mais velho, na última vez já estava quase da minha altura — batia aqui na minha orelha. E é inteligente, nesse ponto já é maior que eu, estou lhe dizendo... Faz qualquer coisa. No Natal, um tio meu estava aqui, na casa deles, com o carro, e aí o garoto vira e diz, *Ntatemohol*o, quer apostar como eu sei dirigir? e o tio entrou do lado dele, deu as chaves. E pumba! O garoto controlou os pedais, engrenou as marchas, tudo. Aprendeu só de ver os outros dirigindo.

Dizer que estava feliz: é dizer que estava inteiro. Aceitara-se de novo; marido, pai, freedom fighter, mulherengo e funcionário da Fundação Legal. Naquele momento, no instante em que olhou de relance para aquele perfil e descobriu a definição, Oupa viu alguém acenando na estrada. Um negro sacudindo um vasilhame de plástico. O bom humor transborda em receptividade aos outros; a caminhonete da fundação reduziu a marcha e parou ao lado de um irmão em apuros, sem gasolina. Debruçou-se à janela e falou na língua do distrito. Um braço enfiou-se para dentro do veículo e arrancou as chaves do contato. Ela ouviu o gorgolejo quando, ao passar, o antebraço bateu na traquéia de Oupa e viu a saliência de um anel com uma pedra vermelha num dedo. *Tswaya! Saiam!* A voz, a de um homem dando ordens de rotina.

Todos os músculos do corpo de Oupa retesaram-se numa tempestade de tensão que sugou num vácuo seu susto e o dela, sentiu-o sendo sorvido como se ele tivesse posto a mão sobre ela. Oupa abriu o carro derrubando o homem no chão com a força do impulso. O tumulto, os grunhidos e berros animais de dois homens lutando. Ela viu um outro homem surgir de trás do carro-isca, armado com um revólver, e saltou do banco ouvindo a voz de uma mulher que gritava, gritava, e corria gritando, um outro eu, gritando, para onde os dois homens lutavam no chão. As chaves foram atiradas e a mão que as tinha buscava alguma coisa no bolso enquanto lutava. Ela e o terceiro homem corriam na direção do molho de chaves reluzindo na poeira; estava aterrorizada com aquilo para onde ia convergindo, passadas marteladas como cascos avançando para cima dela, depois um estalo sonoro de dedos gigantes no ar...! e mais outro, que lhe deu um forte tranco na barriga da perna. Despencou, mais por falta de fôlego do que pelo que pudesse ter havido com a perna. A primeira coisa para a qual recobrou consciência foi para a visão comum de um homem apanhando um molho de chaves. Ele chegou perto, sem olhar no seu rosto, arrancou-lhe o relógio e, agarrando a mão esquerda, tentou puxar seu anel. Ela enfiou o dedo na boca, molhou-o de saliva e estendeu de novo a mão. Ele fez cara de nojo e um sinal para que ela mesma o tirasse. Passou o anel pelo nó do dedo e entregou a ele; não sabia o que tinha havido com a perna, não sabia se poderia levantar-se, ele estava ali sobre ela, pronto para derrubá-la se o fizesse. A bolsa a tiracolo — seu dinheiro, o dinheiro da fundação, todos os documentos — estavam na caminhonete, tudo dele, na posse dele sem maiores esforços. À medida que as sensações voltaram à perna, na forma de dor abrindo caminhos próprios, percebeu, quando ele se afastou, que não era como o outro, era um tico de homem e o martelar de passos que a perseguira era fruto apenas da ação dos tênis de corrida embaixo de pernas esqueléticas.

Os dois veículos foram levados embora. Ele — Oupa — jazia resfolegante ali perto. Quanto a ela, havia um rasgo na calça jeans, bem pequeno, um filete de sangue. Não quis suspender mais a barra da calça e ver melhor; a vontade era sentar e abraçar bem apertado a perna, mas arrastou-se, agachada numa perna e sustentando a outra, até onde ele estava. Deram-se as mãos, mudos. Lágrimas do esforço, da violência com que Oupa lutara, listravam o rosto sujo de poeira. Apalpou as costelas do lado direito e mostrou onde era: o sangue encobria o rosto de Bob Marley estampado na camiseta. Eram náufragos na imensidão do céu. Estavam abandonados na perspectiva decrescente de uma estrada de terra vazia, largados para trás como um grão de poeira a ser encontrado como os calaus encontram bosta de vaca. Ajudaram-se como foi possível para fora da estrada.

Lágrimas e sangue. Era uma estrada vicinal, a quilômetros de distância de qualquer lugar. Mas eles estão por toda parte, os violentos. Encontrar com eles de novo. *Je-suss! eu ficaria apavorado.* Com todo cuidado Oupa suspendeu a calça de Vera e achou — Ai meu Deus, tem um buraco do outro lado, a bala passou direto — devia estar lá, onde a senhora estava, viu alguma coisa?... — Mas nenhum dos dois tinha força para voltar e procurar. Ela ergueu a camisa dele e viu o buraco, como uma órbita da qual tivesse sido arrancado o olho.

— Ainda está lá dentro?

— Eu não entendo muito de anatomia. Mas está longe do coração.

Tinham levado os relógios. Eles não sabem quanto tempo, mas deve ter sido logo depois que um caminhão de gado, carregado de animais indo para o abate, parou e o motorista, falando a própria língua, aproximou-se, com aquela fisionomia de espanto e curiosidade que o ser humano assume ao enfrentar um desastre que podia ter acontecido consigo. O gado se amontoava junto às grades da carroceria, para olhar e mugir, soltando o fedor de amoníaco de seu próprio terror instintivo diante daquela última jornada. Sob o branco apavorado dos olhos bovinos, ele e ela foram ajudados até a cabine. Ela era uma perna, todo seu ser entulhado lá embaixo numa perna, uma concentração de dor que parecia explodir, lá embaixo. Estava sangrando; manteve os olhos fixos num vaso com cravos artificiais pendurado sobre o pára-brisa. Oupa e o motorista conversavam na língua deles; embora sem fôlego, felizmente estava sentindo menos dor que ela, a bala lá dentro talvez estivesse alojada em algum espaço inofensivo do misterioso corpo humano.

Oupa manteve a bala sobre o armário ao lado da cama do hospital, entre as garrafas de laranjada e as pencas de banana que os amigos da fundação levavam. Não havia mais segregação entre negros e brancos para doentes e feridos, mas a elegante senhora indiana que dividia um quarto com Vera tocou a campainha e chamou uma enfermeira para puxar as cortinas em volta de sua cama quando Oupa, de roupão, apareceu para visitar Vera; de muletas, ela foi visitá-lo. Muito animados, não se cansavam de reconstituir os detalhes resgatados das névoas da refrega encarniçada em que o assalto ocorrera.

— Reparou naquele anelão de pedra vermelha?

— Nossa, eu vejo direitinho a mão dele, quando bateu na sua garganta, acho que o rosto eu não reconheceria, mas aquela mão, eu saberia na hora de quem é.

— Ouvi a senhora gritando e pensei, meu Deus, estão matando ela.

Tremiam e riam juntos: foi sorte não ter morrido.

A bala de Oupa fora removida sem problemas por uma incisão bem abaixo das costelas. Não atingira os pulmões nem o fígado, simplesmente tirara uma lasca de uma costela, alojando-se em tecido muscular. Ele estava todo orgulhoso dessa forma de resistência aos assaltantes. — Acho que eu endureci na ilha, e eu também faço um pouco de levantamento de peso, bom, quer dizer, eu fazia, e com certeza isso ajudou. — Levou sua bala para o Cento e Vinte e Um, dentro de um maço de cigarros. A ferida de Vera infeccionou no ponto de entrada da bala e ela foi mantida no hospital mais alguns dias depois que Oupa teve alta.

Ben ligava para Annie dando boletins diários e pedindo conselho médico, insistindo para que a filha permanecesse em contato com o cirurgião do hospital. Reproduzia as palavras tranqüilizadoras de Annie sem muita confiança na capacidade de julgamento dos médicos e permanecia durante longos silêncios sentado ao lado da cama, olhando para Vera como se a estivesse reconstituindo, com a destruição, em imagens que guardara na mente. Quando ela voltou para casa, ele saía da Promotional Luggage a qualquer hora do dia para ir ver se ela estava seguindo as ordens do médico durante a cicatrização. — Nós devíamos dar uma viajada, ir a algum lugar.

Vera estava lendo documentos da fundação, enviados por mensageiro, espalhados no sofá. — Preciso voltar ao trabalho. As coisas estão se acumulando por lá.

— Só uns três ou quatro dias juntos.

Tentou desviar sua atenção para compreender a necessidade; a dele ou a sua. — Bom, onde?

— Uma praia...

— Acho que ainda não dá para pôr isso aqui na água.

— As montanhas.

As montanhas.

Ah, quer dizer que não havia nenhuma realidade prática a ser compreendida, fora obtusa ao se opor à idéia da praia, onde não poderia nadar, porque também não poderia escalar — essas não eram montanhas para se escalar, eram o lugar neles mesmos, ela e Bennet, ao qual se propunha um retorno. — Eu precisava voltar ao trabalho. — Não mais assertivo que um murmúrio.

Dele, as palavras caíram com o estrondo de uma arma que levasse escondida no corpo. — Eu não poderia viver sem você.

Um salto de medo, de recusa, dentro dela.

Ele começou a recolher e arrumar os papéis que se dispersaram ao acaso, como folhas secas, em volta do contorno das pernas debaixo da manta. Em meio a seu silêncio atônito, aquele prosseguir com uma tarefa absurda, apanhando e arrumando papéis caídos cuja seqüência ignorava, dizia que ele compreendera a rejeição.

Não conseguia ver a violência na estrada como evidência de seu significado na vida dele. Não podia partilhar a experiência com ele nesses termos. Não era responsável pela existência dele, não, não, o amor não carrega essa promessa; não, não, a promessa não foi feita nas montanhas, não podia ter *sido* feita em parte alguma. *O que fazer com esse amor.* Agora percebia de que se tratava, a súbita pergunta irrelevante, uma espécie de aflição que a invadia de vez em quando, ultimamente.

Quando ele voltou para o escritório Vera deitou-se no sofá, refreando a confusão e o ressentimento, rija, cabeça afundada nas almofadas. Devagar, ergueu-se, afastou a manta, enrolou o abrigo até o lugar, na barriga da perna, onde a carne perfurada, ainda uma nódoa indignada de roxo, fora presa por pinos de metal.

O sagrado corpo humano é apenas mais um objeto que pode ser consertado, como um pneu. Este é um dos significados do que houve na estrada. Algo a ser rastreado com o indicador. Há muitos. A violência tem muitos: agora, nesse país, é a execução da vingança, o revide dos reprimidos, para alguns; a justificação dos medos, da fuga, para outros. Mas, para as vítimas, a experiência da violência é como conceber uma criança-monstro por estupro; apenas elas sentem no dorso a sua garra. Apenas elas, na privacidade do que lhes foi feito, podem buscar em meio à experiência aquilo que deviam ter feito de modo diferente ao resistir, onde houve uma falha de compreensão, de coragem, de vontade, de bom senso; do quanto foram influenciadas, mesmo no pânico, pelos condicionamentos das regras do jogo, do jogo de sua sociedade. Nunca pare para ninguém na estrada. Deixe que morram lá. Quebre a regra por um irmão, Oupa, e você leva uma bala de recordação. Você admirava os criminosos com os quais foi obrigado a dividir cela — mas encontrar com eles aqui fora — Aquele pessoal? Eu ficaria apavorado. A atração do poder nos predestina a ser suas vítimas. E se eu não tivesse desperdiçado fôlego berrando, podia ter alcançado as chaves, passado por cima dos desgraçados. Ora, em retrospecto a bazófia é fácil. Enquanto você lutava, enquanto eu berrava, por acaso não estávamos conscientes de que era o que merecíamos, de acordo com as regras? Se eu tivesse ficado em casa, como uma mulher branca deveria nestes tempos (que outros tempos houve na eficiência de um país governado pelo medo), não teria acontecido, é bem feito. Tem alguém lá em casa que não pode viver sem você. O que estava fazendo a respeito disso quando levou um tiro na perna?

Debruçou-se para pegar o telefone e pedir-lhe, a Oupa, já de volta ao trabalho, que desse uma passada depois do expediente, mas aí lembrou-se de que esperava Sally aquela tarde. Sally pusera de lado sua hostilidade contra Vera, como fazem as pessoas quando o alvo de sua ira depara-se com um infortúnio devastador o bastante, mas era improvável que essa clemência se estendesse ao rapaz, caso ele chegasse antes de ela ir embora. A experiência da violência também faz com que a pessoa se absorva em si mesma, se esqueça das preocupações dos outros — Vera não perguntara, enquanto estava no hospital, se tinha corrido tudo bem com Mpho. — Eu trouxe Didymus! — E havia flores. Vera levantou-se para pegar as bebidas. — Não deixe que ela fique para lá e para cá por nossa causa, Didy! Você pega — Mas Vera já estava no corredor, ele a seguiu. — E o rapaz? O barulho dos cubos de gelo que ele estava soltando encobriram a pergunta naquela mesma cozinha onde um *umfudisi* tomara café por trás de cortinas cerradas.

— De volta ao trabalho. E Mpho?

— Em casa não se fala no assunto. Ela ri um bocado, amiguinhas entrando e saindo, muito ocupada. Era o que nós queríamos, acho.

Vera estudou a pausa. — Bom, e que mais?

— Parece um pouco insensível, o jeito dela. Mas acho que lá dentro ela não esqueceu. De certa forma, perdemos a confiança dela. Acho que Sally não percebeu que não vamos consegui-la de volta.

Ao saírem da cozinha, ele bloqueou o caminho. — O médico me disse, era um menino. Aparentemente já dava para ver.

— Ele não devia ter feito isso!

— Claro que ela não sabe, nenhuma das duas.

Vera teve o cuidado de perguntar de novo, a Sally. — Como vão as coisas com Mpho? Houve algum problema?

Uma frieza momentânea, em advertência, flexionou os músculos no rosto de Sally. — Está estudando bastante. Pegou um dos papéis principais na peça da escola. A escola aceitou que ela perdeu uma semana por causa de gripe — aquela vez.

Tudo pode ser remendado. Tudo se solda de novo. As recordações são a única prova: uma bala num maço de cigarros, um pelote de carne semiformada num incinerador.

Eu não poderia viver sem você.

As visitas tinham ido embora e a ameaça voltou. Deitou-se, ouvindo a opinião inanimada da casa a estalar suas madeiras com o refrescar da tarde. Um toque de brisa agitou a cortina. O alarido de uma buzina antiga, com bulbo de borracha, anunciou as seis da tarde; como todos os dias nessa hora, o negro empreendedor oferecia tripas num caixote de papelão montado sobre a bicicleta, de olho no teto viu-o, como sempre, a despejar uns bocados retorcidos, pareciam espaguete ensangüentado, na bacia dos moradores das casas de fundos, seus fregueses. Assaltantes levam tudo. A bolsa a tiracolo cheia de documentos. Caderneta de endereços. Aliança de casamento. Ela apalpa o lugar onde estava, da mesma forma como investiga as outras cicatrizes do assalto. O lugar onde estava o anel é um círculo gasto na base do dedo, sente-o, frágil, a carne mais magra que a dos demais dedos. Documentos, caderneta de endereços — aliança; ao contrário, viver: sem nada disso.

Até que o homem na estrada a forçou a fazê-lo, nunca havia tirado a aliança, desde que Bennet a colocara em seu dedo. Estava com ela quando fazia amor com Otto. O dedo está nu; livre.

Foram passar uma semana em Durban. As férias coincidiram com uma chance de dar uma passada na feira onde a Promotional Luggage estava expondo.

A aliança não foi mais substituída.

A dra. Stark voltou ao trabalho na segunda-feira de manhã e foi informada de que Oupa estava no hospital de novo. Só o recepcionista no escritório: Oupa tinha andado "meio esquisito" na semana anterior, curvado, não conseguia respirar direito. Aí foi ao médico e não voltou. Alguém ligou para o médico e disseram que ele fora internado. E aí? O que disse o médico a respeito?

Nem mais um pingo de nexo a se obter de um rapaz que não prestava atenção ao que ouvia, incapaz de fazer um relato direito. Claro, por isso que muitas vezes os recados recebidos pela fundação chegavam deturpados; a irritação pela complacência da entidade em relação à inépcia dos funcionários distraiu-a enquanto ligava para o serviço de paging do médico. Localizou-o no hospital. Hemorragia interna lenta, pulmão. Bom, era difícil dizer por quê, parece que houve um ferimento não detectado quando a bala entrou, talvez uma costela fraturada e algum esforço exagerado por parte do paciente tenha provocado ruptura de tecido no pulmão. Estava sendo drenado. O estado era estável.

Na hora do almoço a dra. Stark e Lazar Feldman foram visitar o colega. O que seria melhor levar para ele? Pararam no caminho para comprar frutas. No hospital, foram encaminhados para a Unidade de Tratamento Intensivo. Os brancos em geral não soletram direito os nomes africanos. A dra. Stark repetiu o de Oupa: não estaria havendo um engano? As instruções foram confirmadas. Percorrendo corredores brilhantes, em meio à procissão de macas sendo empurradas por ajudantes de máscara, de velhos a arrastar o gancho de onde pendiam os sacos da urina drenada pelos tubos sob o roupão, de mensageiros passando apressados com cestos floridos enfeitados com laços, a inquietação foi crescendo. A comunidade de ruídos e atividades circundantes cessou ao chegarem ao último corredor, apenas o chapinhar das solas de borracha de Lazar acompanhava a solenidade que se impõe até mesmo ao mais cético dos incréus quando se avizinha de um santuário onde se praticam ritos desconhecidos. Vera sacudiu a cabeça e encolheu os ombros para Lazar: afinal, com sua bala guardada num maço de cigarros, recuperado do que acontecera a ele e a ela na estrada, por que havia Oupa de estar ali, sentado na cama, como ela o imaginava, pronto para contar sua história às visitas?

Ao lado de uma porta dupla havia uma campainha sob uma placa proibindo a entrada. Tocaram e ninguém apareceu, de modo que Vera entrou com Lazar erguendo os pés do chão com o maior cuidado e pisando silenciosamente atrás dela. As unidades abriamse para uma área central espaçosa, com um balcão, telefones, um banco de mapas e gráficos, uma fileira de aventais brancos pendurados na parede. Uma enfermeira negra, jovem, calçada com chinelos atoalhados, foi chamar a enfermeira-chefe.

Estaria tudo vazio?

Não havia ninguém ali?

A espera encheu-se com o silêncio que nenhum dos dois saberia reconhecer; a presença de pessoas inconscientes.

A enfermeira-chefe saiu por uma das portas, tirando uma máscara das narinas tão rosadas quanto a pele pregueada e muito esfregada dos nós dos dedos. — Enfermaria Três? Estamos satisfeitos com ele hoje. Ele deu um sorriso de manhã. — A enfermeira jovem recebeu um sinal para tirar o pacote de frutas das mãos de Lazar. — Nada por via oral. — Vestiram os aventais.

Numa cama alta jazia um homem, nu à exceção de um pano entre as coxas, um corpo negro contra os lençóis. Tubos ligavam esse homem a máquinas e sacos plásticos, um âmbar de urina, outro escuro de sangue. A enfermeira-chefe conferiu o fluxo de um soro salino como se torcesse uma flor caída de volta ao lugar no vaso; o homem estava de costas e devagar deram a volta até o outro lado da cama para encontrá-lo.

Oupa. Um homem nu é sempre um outro homem, conhecido apenas da amada ou do time, debaixo do chuveiro, depois do jogo. As amizades, as rodinhas do trabalho identificam apenas cabeça e mãos. O corpo é para depois do expediente. Até na intimidade dos feridos, na estrada, os corpos retêm seus segredos. Oupa. Os cílios felpudos nos olhos fechados, o jeito próprio das narinas arredondadas assentarem cavadas no rosto; a boca, traço dominante num rosto negro e como tal reconhecido por essa raça como por nenhuma outra, com uma ênfase estética oriunda de funções altamente desenvolvidas, já que falamos e cantamos pela boca, e também beijamos e comemos com ela — a boca, lábios grossos entreabertos, tremia ligeiramente com a respiração desigual.

— Ele está dormindo. Voltamos depois.

A enfermeira-chefe, em pé, exibia-o.

— Não. Está inconsciente. É a febre alta que estamos tentando debelar. Falem com ele, quem sabe se reconhecendo a voz ele reaja. Às vezes funciona. Falem. Falem com ele.

Com chamados assim doces você tira uma criança de seu pesadelo ou desperta o amado que perdeu a hora.

Oupa, Oupa, é o Lazar.

Oupa, o Lazar e a Vera estão aqui. Oupa, é a Vera.

Ela pegou a mão que descansava ao lado do rosto. Parecia, ao toque, uma luva de borracha cheia de ar quente, a ponto de explodir de tão cheia. As pálpebras mostravam o movimento das órbitas debaixo da pele. Falaram com ele sem trégua, o que você pensa que está fazendo aqui, quem disse que podia tirar folga, cara, minha mesa está uma bagunça, estamos precisando de você... Oupa, é o Lazar, é a Vera... E a cabeça moveu-se, ou assim quiseram crer, sob a concentração em que tinham o rosto.

— Pronto, ele ouviu vocês. Viram só? Agora nós vamos tomar um belo banho de esponja.

Na área da recepção, Vera interceptou a enfermeira-chefe. — Por que ele está com essa febre alta? qual o motivo?

— Septicemia... o sangue vazou pela cavidade do corpo, entende. — O tom, em voz baixa, da fofoca confidencial. — Claro, ele devia ter se internado na hora que sentiu os sintomas. Mas foi se encharcar de conhaque... Mas pelo menos não se deixou vencer, está lutando, estamos satisfeitos com ele.

A outra enfermeira aproximou-se de Lazar com o pacote de frutas. Haviam se tornado prova da ignorância tola, dele e da dra. Stark, a respeito dessa ante-sala da vida a qual foram introduzidos, desse retiro para aqueles que sofreram violência, onde o colega entrara como quem entra numa ordem, sob voto de silêncio e submissão. Os não-iniciados, ao contrário, são desajeitados e inconvenientes, só têm o inútil para oferecer. — Não. Fique com elas, por favor.

Uma risadinha de prazer. — Obrigada. Umas uvas tão lindas.

Havia uma lista oficial de colegas da fundação revezando-se para visitar o hospital nos dias úteis. Nos fins de semana os outros sentiam-se no direito de sumir dentro de suas vidas privadas; a dra. Stark era mais velha, com certeza não havia demandas familiares urgentes nem envolvimentos amorosos a assumir, para uma mulher como ela. Juntou-se à multidão de parentes e amigos que enchiam o hospital aos sábados e domingos. Desempregados, mendigos e bêbados cambaleantes dirigiam oficiosamente os carros e microônibus à procura de uma vaga, crianças adormecidas debruçavam-se no pescoço dos pais, havia moças enfeitadas e maquiadas para lembrar pacientes homens de sua sexualidade, tias africânderes de chapéu domingueiro, rapazes entediados agrupados do lado de fora, fumando um cigarro, avós indianas envoltas em panos volumosos sentadas feito budas, sacos de pipoca e caixinhas de refresco atrás dos vasos de espada-de-são-jorge e filodendros destinados a distrair as pessoas da assepsia árida, dos cheiros e do espetáculo do sofrimento, aquelas mesmas plantas que espalham pelos bancos para distrair as filas da ansiedade perante o poder do dinheiro.

O primeiro sábado e domingo, e o segundo. Oupa, o corpo que o rosto mudo identificava como Oupa, jazia da maneira como fosse colocado, desse lado, daquele e, às vezes, de costas. E aquilo era algo para deter a intrusa onde estava, na entrada da unidade sempre aberta. Não havia privacidade para aquele corpo. De costas, totalmente exposto. Uma vez ela perguntou se haveria um lençol para cobri-lo e foi despachada com impaciência pela interferência burra: era mantido nu porque todas as mudanças do corpo, todas as funções tinham que ser monitoradas o tempo todo, enfermeiras entrando para observá-lo a cada quinze minutos; era mantido nu para aliviar o calor da infecção violenta, para ver o rubor do rosto, o vermelho-arroxeado surgindo por sob o preto. Quando ficava sozinha — com ele mas sozinha — cuidadosamente (ele não devia saber disso nunca, mesmo que viesse a ter consciência da necessidade do pequeno gesto ficaria humilhado) puxava o pedaço de pano entre as pernas para cima dos órgãos genitais lá pendurados, ignorados pelas enfermeiras. Às vezes parecia adormecido além de inconsciente. A respiração mudava; os homens com quem dormira respiravam assim na noite alta. Queria lhe dizer que ela — alguém, pelo menos — estava ali, no entanto seria uma violação tocá-lo quando parecia tão duplamente, totalmente ausente. Em outros momentos ficava com a mão sobre a dele; era o gesto que conhecia de outras circunstâncias. Recorreu a ele na falta de um outro porque ninguém sabia o que podia querer, do que estaria precisando, acreditavam que não tivesse sede porque havia água com sal gotejando nas veias, acreditavam que não se sentia vulnerável em sua nudez porque a febre ardia dentro dele como se fosse brasa. Não saberia dizer se as pessoas com quem dividia o Cento e Vinte e Um estavam indo vê-lo. E, tendo se mudado das *townships* negras, perdera contato com vizinhos e amigos, a maioria não sabia mais onde estava morando agora, num prédio entre brancos. Muito provavelmente não teriam permissão para entrar se tivessem aparecido; a enfermeira-chefe deixou bem claro que as visitas estavam restritas a sua chefe, já que não parecia ter família.

Claro que tinha família — mas quem é que sabe como entrar em contato com a moça carnuda lá junto das mulheres todas que ficaram para trás na savana, em casas erguidas como o são os iglus, com o que o meio ambiente fornece, neve ou lama. Ninguém tinha um endereço; como funcionário e como paciente, Oupa dera o edifício Delville Wood, apartamento Cento e Vinte e Um, como residência permanente. A única maneira de avisá-la seria refazer o trajeto a partir do desvio nos eucaliptos — haveria alguém disponível na fundação para ir dirigindo até lá? A dra. Stark conhecia o caminho mas o marido, apoiado pelo filho, que viera de

Londres em visita, proibiram-na terminantemente de reviver o trauma do assalto ocorrido no caminho.

Durante a semana, Lazar Feldman e outros entravam na ponta dos pés e ficavam alguns minutos, temerosos de uma proximidade com o que se tornara aquele rapaz, figura obrigatória do escritório, com o milagre grotesco de sua metamorfose. Uma das escriturárias, que sofrera humildemente porque era muito feiosa para atraí-lo, chorou. Iam embora e alguns arrumavam desculpas para não voltar mais; de que serviam visitas a um homem, que se dizia ser Oupa, alheio a qualquer presença, que não sabia sequer de sua própria presença?

Vera espiou o relógio e estabeleceu para si mesma que agüentaria vinte minutos. Mas esqueceu de olhar os ponteiros de novo. O que é uma presença? Será preciso a consciência ser receptiva, cognitiva, reativa para que haja consciência? Então a carne não tem presença própria e o corpo não assinala sua presença através dos pulmões que lutam para respirar com o auxílio de alguma máquina, dos rins produzindo urina pingando numa bolsa, das fezes a se formar no intestino?

Um inseto pousa numa folha e devagar mexe as asas.

Ela sentou e observou.

A enfermeira Gorda e a enfermeira Magra, a Chinesa e a Negra (as enfermeiras são identificadas pela posição hierárquica ou pelas características mais óbvias, parecem não ter nome) entravam e saíam, marcando a passagem do tempo, ritualmente, como a língua de um sino a se chocar com seu palato, nos lugares onde o trânsito ainda não é pesado o bastante para romper as ondas sonoras. Que ignorância, que distância disto, tinha sido curiosidade dela: *como é? É assim*; uma demonstração anatômica que não poupa nada. Na igreja, quando ia com o pai e a mãe, ouvia falar sobre a divisão moral, sobre corpo e alma, e crescera incapaz de acreditar no invisível, mas na verdade o que o padre estava dizendo, sem sabê-lo, era isso: o que ele chamava de alma era ausência, o corpo era presença. Agora estava inchado, não eram mais só as mãos: um dia ela entrou e lá estava a barriga, antes reta, inflada feito uma bola, a pele estirada, reluzente, versão distorcida na sala dos espelhos de um parque de diversão. Procurar por uma identidade no rosto era confrontar uma máscara de oxigênio. A Chinesa ajeitou-a numa posição que ela julgava mais confortável, se fosse possível sentir. A Negra usou um dispositivo de sugar sangue para colher amostras de um dedão imenso, furado vezes sem fim. A Gorda limpou o ânus que vazava. Se fosse possível sentir? A criatura idiota que é o corpo não sabe dizer. É uma efígie de vida ritualmente, meticulosamente cuidada. Lá fora, nos intervalos, os acólitos comiam uvas, ajeitavam no balcão as flores deixadas por pacientes mortos e cochichavam telefonemas proibidos com crianças chegadas da escola e namorados no serviço.

Vera parou de imaginar a moça opulenta na virada dos eucaliptos e de ensaiar o que lhe diria. Ivan, de volta à casa onde fora concebido, sumiu-lhe da cabeça como se ainda estivesse na Inglaterra. Os zumbidos e estalidos das máquinas que agora respiravam pelo corpo eliminando-lhe os detritos conversavam por cima de seu silêncio. Distante dela, circunscrito naquele espanto, acontecia uma contemplação final — não é isso que acontece? não é assim? os anos na ilha, estudos noturnos para se tornar advogado no que os políticos prometem ser um novo dia, a liberdade do tamanho de um apartamento num bairro de brancos, um caixote de papelão arrastado na terra por crianças — quem é que sabe qual será a contemplação final? Naquele silêncio, viu que a certeza que tivera da morte, a de Zeph Rapulana entre as nove ocorridas em Odensville, quando na verdade reapareceu diante dela, vivo, fora apenas uma triagem errônea de tempo, uma carta entregue inicialmente no endereço errado: a certeza lhe pertencia onde lhe alcançava agora, nesse lugar, diante dessa presença.

Entre as vítimas fatais da violência noticiada pelos jornais há um funcionário da Fundação Legal, Oupa Sejake, morto em conseqüência de complicações resultantes de um ferimento sofrido quando o veículo da fundação foi seqüestrado.

Nada mais adequado que a fundação se fizesse representar no enterro. Como o pobre rapaz fora mais ou menos assistente seu, a dra. Stark era a escolha óbvia. Lazar Feldman ofereceu-se para acompanhá-la e dirigir, já que os músculos rasgados pela passagem da bala através da barriga da perna ressentiam-se do esforço de apertar o pedal do breque. No dia anterior à partida, porém, ele contraiu o mais perfeito dos álibis para escapar de tudo e todos, gripe virótica. Enquanto outros colegas evitavam olhar um no olho do outro e sugeriam que alguém precisava substituí-lo, ela disse — sem a menor idéia de quem pudesse ter em mente — que não se preocupassem, não iria sozinha. Talvez estivesse pensando na possibilidade de Ivan ir com ela; seria uma chance de conversarem, de reabrirem as passagens secretas que há entre íntimos e que têm de ser descerradas depois de cada ausência. A primeira semana da visita pertencera inteiramente a ele e Ben — entre reuniões na fundação com doadores importantes da Suécia e Holanda e corridas ao hospital, mal tivera tempo de fazer uma refeição com o filho. Ah — mas lembrou-se de Ben haver mencionado, com um orgulho que lhe baixara os cantos da boca, que Ivan era tido em tão alta conta pela comunidade banqueira internacional que o Banco de Desenvolvimento o chamara como convidado especial para participar de conversações com um representante do FMI, a serem realizadas no dia seguinte.

Outra demanda da vida, enquanto o processo de morte ia chegando ao final, foi a audiência, no Supremo Tribunal, da apelação do fazendeiro Tertius Odendaal da sentença que permitiu a formação de um assentamento informal de moradias nas terras conhecidas como Odensville, por ele vendidas ao governo da província. Zeph Rapulana estava presente quando os juízes rejeitaram o recurso; um dos advogados da fundação que o acompanhara enquanto Vera se ocupava dos suecos e holandeses levou um bilhete: "Vera, ganhamos, dessa vez nós fechamos a porta na cara dele".

Essa outra conclusão, de um processo que parecia com tão pouca chance de sucesso, fez brotar uma vertente límpida pelas preocupações dela. Zeph Rapulana tinha uma base na cidade agora, uma casinha de fundos num bairro residencial — seu sucesso no caso Odensville chamou a atenção de um projeto habitacional que o contratou para fazer a assessoria. Ao telefone, falaram ambos ao mesmo tempo: Vera queria saber exatamente o que o juiz dissera, como Odendaal reagira — e muito naturalmente prosseguiu sugerindo, escute, por que não vem comigo amanhã, podíamos conversar. Ele sabia do rapaz que fora baleado, como ela, na estrada: — Se eu puder ser útil em alguma coisa.

O bosque de eucaliptos. Em seguida a aproximação, um rosto à espera, exigindo reconhecimento: aconteceu, aconteceu, aconteceu aqui, a morte começou aqui — o ponto, na estrada, onde Oupa, ali do lado dela, da mesma forma como esse outro homem, Zeph, senta-se agora a seu lado, parou e gritou pela janela: Irmão.

— Era aqui que eles estavam.

Apontando um marco, mais nada. O único ente a partilhar do que houve ali sumiu. Mas há um contrapeso na presença ao lado; com ele há partilha de uma outra coisa, viva, que não poderia ser partilhada com ninguém mais. Desde o dia em que Odendaal fechara a porta na cara deles; desde a afirmação, a ameaça (jamais a ser discutida entre eles), Não tenha medo, meneer Odendaal, não vamos lhe fazer nada, nem a sua mulher, seus filhos — até os nove mortos, até as palavras do juiz rejeitando o recurso de Odendaal, a porta fechada na cara de Odendaal —, esse retorno da terra a seu povo era direito deles, de Rapulana e dela, a um calmo enlevo. Como o sentimento de amantes que continua em presença da dor alheia, não havia desrespeito ao morto. Dos silêncios camaradas deixava que os pensamentos aflorassem, de vez em quando. — Por que será que se pode fazer mais pelos mortos do que pelos vivos?

Estou indo à casa dele, da mulher dele, agora, mas nem eu nem ninguém foi buscá-la enquanto ainda estava pelo menos vivo, mesmo que talvez nem soubesse que ela estava ali. Não havia um endereço para mandar uma carta, um telegrama, não tinha um telefone, ninguém sabia como entrar em contato com ela, a não ser indo até lá. Mas assim que ele morreu... de repente alguém no escritório conhecia alguém que era amigo dele, a notícia correu pelos canais secretos de Soweto, achou-se um jeito de fazer o recado chegar até ela: Oupa morreu. Só isso.

— Você acha que ele não contou do assalto para ela?

— Não sei. E será que ela lê jornal? Acho difícil. Claro, alguém pode ter ficado sabendo com o motorista do caminhão de gado e passou a notícia para ela. Quem é que sabe? É difícil para alguém como eu imaginar os sentimentos de uma mulher como ela — vivendo como ela tem de viver. Você conhece tantas... Acho que não se surpreende... Ela pega o corpo de volta. E isso parece tão importante. O corpo morto? Não mostrou muito entusiasmo quando ele apareceu aquele dia. Mas alguém foi especialmente enviado — por ela — para arrumar o transporte, o dinheiro para o enterro. Todas as coisas que a distância e a pobreza e... eu não sei — aceitação do estado de coisas? — não conseguiram antes tornam-se possíveis quando resta tão pouco propósito. Mas deve ser costume de vocês.

Ele observava os milharais aproximando-se e afastando-se, cindidos pela estrada. — Temos túmulos demais e casas de menos para os vivos.

Vera acompanhou o ritual do enterro sem entender que conforto poderia dar à viúva. Estava vestida com um tailleur de bolinhas que suportava como se fossem um par de sapatos apertados (um traje comprado pelo marido de algum vendedor ambulante na cidade?), com a pele do rosto atordoado esfolada pelas lágrimas. As crianças estavam de meia branca e sapato colegial engraxado. O rapaz comprido e desajeitado que (aquele dia, aquele dia) não voltara da escola segurava pela mão um menino de dois, três anos, que espiava com curiosidade para baixo, para o fosso de terra cheirando a umidade fria, pronto para receber seu pai. Houve canto de grande beleza por parte dessas mulheres deixadas para trás e, quando choraram, uma delas tomou o braço de Vera porque, pela bala que lhe atravessara a perna, era parte do filho que choravam, e Vera chorou com elas, pela metamorfose horrenda revelada na Unidade de Tratamento Intensivo.

O grupo marchou de volta para casa. Sentia-se impaciente consigo mesma, confusa. — Oupa. Por que lhe deram um nome desses? Avô, homem velho, e morreu sem nem completar os trinta. Por que é que vocês dão o nome de "homem velho" às crianças, santo Deus? — Zeph sorriu com condescendência. — Algo a ver com autoridade. Você pega a palavra africâner para um homem de respeito e isso dá — como se diz —, confere poder à criança. Você lhe dá a força de um *baas*.

Durante a Lavagem das Mãos, em bacias de lata levadas pelas mulheres, ele lhe disse que devia falar alguma coisa à mulher e aos presentes, era o que esperavam dela. Mas exceto sua própria língua, entendiam apenas o africâner, a língua dos brancos para quem trabalhavam naquele distrito, e o seu era o africâner dos tribunais; não tinha as palavras certas para essa ocasião. — Você fala com eles.

Uma branda censura. — Como é que vou saber o que você quer dizer?

— Eu quero dizer que não sei o que dizer.

— Ora, vamos.

— Sério.

— Eles querem saber como foi que ele morreu, de que doença, o que houve no assalto, que foi um soldado em Umkhonto, que era apreciado no trabalho, que era um bom homem que só pensava na família, embora estivesse tão longe.

— Pronto, você sabe tudo. Diga-lhes que está falando em meu nome, na língua deles.

Ele se tornou de novo quem era quando estava entre sua própria gente, em Odensville; a cadência da voz, os gestos transformaram uma vida fragmentada em algo inteiro, sabia exatamente como fazer, era uma coisa que vinha de dentro dele, em simbiose com o grupo sussurrante em volta. Eles compreenderam a tradição e ela compreendeu, sem palavras, sem tradição, a compreensão deles. Não era verdade; o filho e marido desse lugar deixado para trás não pensava apenas na família, ansiava por uma moça que vira coisas e possuía conhecimentos que ele nunca teria, ele não morrera pacificamente e seu corpo, nas tentativas de mantê-lo vivo, sofrera torturas nas quais nem seus interrogadores da prisão pensaram. De fato não era verdade, mas o estranho que levara consigo assim fizera crer, sem sombra de dúvida. Quem era a dra. Stark, para alguns a eminência ameaçadora da Fundação Legal, para outros a procuradora proxeneta de convenientes abortos, para saber o que havia entre o moço e a moça de corpo desengonçado, com sua postura camponesa e as clássicas três linhas de beleza em volta do pescoço? Quem havia de saber se a enfermeira-chefe estava certa quando disse, finalmente, que ele não sentia nada do que estavam lhe fazendo?

Vera lavara as mãos da morte, junto com os outros. No carro, voltando para a cidade, refletia agora de modo diferente. — Pelo menos nós o vimos voltar. Pelo menos está em casa.

A persona sonora, lírica e majestosa criada por aqueles entre os quais Zeph estivera presente acomodara-se nalguma parte daquele homem, onde tinha lugar próprio e de onde jamais sairia. Suas palavras vieram de uma reconciliação perfeita com ela, no trato com leis promulgadas para manipulá-lo e nos relacionamentos para os quais não havia fórmula preexistente de hostilidade ou amizade, de suspeita ou confiança; combinações juntadas por compatibilidades descobertas, lado a lado, no conflito e na mudança. — Ele não queria *voltar*, queria?

Como é que Rapulana sabia? Vira Oupa só umas poucas vezes, primeiro em Odensville e depois na fundação e, claro, na festa na casa de Vera. — Ele tinha bebido um pouco aquela noite... é... ele me disse que ia fazer o que tinha pensado fazer quando estava na prisão. Ia desaparecer e viajar pelo mundo, ia a Cuba, Inglaterra, China — principalmente Cuba —, ia rodar o mundo.

O fim do passeio.

Sorte estar viva.

Ivan foi fazer a visita de praxe de um filho interessado pelo trabalho da mãe aos presumidamente interessados colegas dela; a fundação não é uma empresa, onde o relacionamento entre diretores e funcionários não ultrapassa o propósito de fazer dinheiro. A própria natureza do trabalho que executam, voltado para as condições de vidas individuais dentro de comunidades, influi no sentido que têm de comunidade. Um ou dois dos advogados mais velhos lembravam-se de Ivan ainda na escola, ou de quando era um rapazinho; outros, como Lazar Feldman, demonstravam uma camaradagem imediata, estabelecida por procuração graças à familiaridade que tinham com a mãe dele. O parecer-se tanto com ela tornava isso curiosamente fácil. No papo com Ivan, Lazar comentou o quanto lamentava ter deixado Vera na mão no enterro de Oupa, ele realmente gostaria de ter ido.

Da fundação, Ivan levou Vera para almoçar. Só os dois, convite do filho, ela na frente, abrindo caminho até a mesa que ele reservara no canto mais calmo de um bom restaurante; uma seqüência aos almoços clandestinos em companhia de um amante.

— É agora que a gente compara notas? — Toda contente e brincalhona, usou a frase que com certeza havia de lembrá-lo dos tempos em que, ao chegar do internato, de repente surgia o momento certo de dissolver o retraimento, até não terem mais idade, impelidos a se conhecerem mutuamente, como se houvesse um elemento comum aos dois.

— Estive pensando, o tempo todo lá — (lia de alto a baixo a carta de vinhos, em busca de algo especial) —, que você tem sorte, com a fundação. É um pessoal tão bom, tão absolutamente dedicado, porém de maneira inteligente — sabe o que estou querendo dizer? Não me dá aquela sensação de que é um refúgio para bem-intencionados que não conseguem enfrentar o mundo onde eu trabalho, que não conseguem encarar o fato de que é preciso lidar com eles, com os que têm, se a gente quiser conseguir alguma coisa para os que não têm. E a forma como eles valorizam você, e você tão completamente absorta no que faz... que sorte.

— Está pensando em você?

— Em mim? Como, em mim?

— Bom, não estou querendo dizer que você não seja bem-sucedido, excepcionalmente bem-sucedido. Mas isso nem sempre significa que a gente de vez em quando não pense que podia haver uma outra coisa. Alguma coisa que a gente não sabia na época; na época da escolha.

Ele o disse por ela: — Sempre tem alguma coisa que a gente não sabe na época. Vai pedir carne, então, com esse vinho? Ainda é louca por lula como antigamente? Podíamos pedir de entrada, uma porção pequena, e meia garrafa de vinho branco, primeiro. — O hábito de serem discretos na vida profissional — a dele em bancos, a dela no sigilo da lei — tacitamente os calou enquanto o garçom ficou em volta.

— Estava pensando em papai — Ben. No que ele está fazendo. De alguma maneira é periférico na vida dele. Ele dá risada. Mas eu relamente fico me perguntando. Não... eu realmente enxergo. — Na mesma hora ele percebeu a intromissão: inclinada na mesa, a mãe juntou as mãos e ocultou por trás a boca. — Eu não sei onde é que está o centro. Ele diz que essa coisa das pastas é para garantir... vocês dois. Só isso.

— Toda essa preocupação é uma coisa nova nele; síndrome da idade se manifestando. Para quem vive aqui, o futuro — não esse que você garante com malas —, o futuro é mais como uma pilha de tijolos. A única opção é ajudar a escolher alguns.

— Segundo um plano no qual acredita.

— É. Mais ou menos.

— Mas você tem a satisfação, mesmo que algo saia errado, de pelo menos com isso estar realizando uma parte, de antemão.

— Ah — ela ergueu a cabeça, abriu as mãos em leque — Tão pouco, um tico de cimento enchendo uma quina. É típico, certo? Eu aqui usando a velha imagem da construção e as pessoas não têm onde morar.

— Eles estavam me contando, de Odensville, e... qual é o outro lugar mesmo? Moutse? — as pessoas agora têm direito de viver nesses lugares. Claro que deve ser uma satisfação, é uma coisa sua, é o seu negócio, são suas preocupações — não é uma censura que estou fazendo —, vejo isso em seu rosto, em tudo que rodeia você, desde que eu cheguei. Mas ele. Nele. Não há nada disso dentro dele. E eu moro em Londres, Annie — bom, ele chora por Annie, você sabia disso? parece até que ela morreu —, mas essa é uma outra história. O que mais ele tem além daquelas malditas malas?

Vera ergueu os olhos para ver até onde ele sabia.

— Eu.

O garçom chegou com os pratos alinhados ao longo do braço. Um outro rodopiava em volta, agitando o turíbulo do moedor gigante de pimenta. O vinho foi desarrolhado, Ivan ergueu a taça e jogou um beijo à mãe por sobre a mesa: — Cadê os garçons indianos que havia quando eu era criança? São todos africanos agora.

— Subiram um degrau na escada. Tomaram o lugar dos brancos que trabalhavam nas lojas — roupas masculinas e por aí afora. Você até parece um velho, recordando! É isso que acontece com gente que se auto-exila.

Comeram e beberam acompanhados do encanto que se atribuíram durante a ausência. Em meio a essa variante dos almoços e jantares que ambos ingeriram como abertura de um caso de amor, desenvolviam-se os mesmos cálculos de quão atrevidos poderiam ser para chegar perto um do outro. Ivan julgava tê-la seduzido o bastante, sob a guisa do filhinho transformado num homem atraente, para poder cruzar as fronteiras da intromissão por ela estabelecidas. — Você não falou que foi sem o Feldman ao enterro. Você sabe que não devia ter ido sozinha.

— Eu não fui sozinha. — A cabeça inclinada para ele.

—Ah. Muito sensato. Mas por que você não falou que o Feldman estava doente e que ia com outra pessoa? Ben achou que você estava com alguém em quem ele confia, naquela estrada de novo.

— Eu fui com um amigo que ele conhece, o homem que acabou de ganhar a causa de Odendaal, não podia haver ninguém mais seguro para ir comigo.

— Mas Vera. — Tamborilou uma dança entre uma faca e um garfo. — Você me intriga.

— Meu querido, de que forma eu intrigo você? — O rosto voltado para ele, num sorriso.

Ivan não estava disposto a ser despistado por um complô qualquer de afeição materna. — Por que não contou para ele que ia sem o Feldman? Ele achou que você estava em segurança com uma pessoa e você estava com outra. Quando falou do enterro para nós, você não disse que o Feldman não estava. Foi criancice. — Ivan tem o direito de criticá-la; é o tipo de relacionamento espinhoso que ambos sabem existir entre eles.

— Não sei. É a forma usual de evasiva, por assim dizer. Talvez agora eu descubra, depois que você tocou no assunto.

Fascinado, ele hesitou, recostou-se na cadeira, depois endireitou-se. Falou com uma intensa curiosidade. — Você sempre mente para ele?

— Se guardar algo para si mesmo é mentir...

— Eu desconfio que seja. Mesmo formulado dessa maneira.

— E você?

— Para quem?

A mãe girou os olhos exageradamente, fez uma careta: quais são os limites do que você me dirá, o que podemos adivinhar um do outro? — Bom, para a húngara.

Ele riu, depois sacudiu a cabeça curva, baixa, diante do ponto a que haviam chegado. — *Bom, sim.* Para a húngara, como diz você. Ela quer um filho. Meu. Essa é uma, por exemplo. Eu digo a ela que não, que vai estragar o que existe entre nós, que eu a quero só para mim. Mas não é isso que eu quero. Tem o Adam, já basta um refém entre mim e uma mulher com quem eu não poderia continuar vivendo.

— Quer dizer que você não se vê vivendo com a húngara?

— Ela tem nome, mãe! — *Eva.* Não, nós nos damos bem mas já tenho idade bastante para perceber certas coisas que você não vê aos vinte; a vida não vai acabar com a catástrofe de chegar aos quarenta, é muito provável que você tenha que continuar ainda por um bom tempo com o que — com quem — você assumir agora. Eva. Não é como com você e Ben, uma coisa para toda a vida. Eu não sou como ele — infelizmente, suponho. Ele tirou você daquele seu primeiro marido, pelo menos disso ele tem certeza e eu acho que é daí que vem a base do que ele sente, que ele pertence a você, inteiramente. Você sempre foi, você é tudo que ele possui.

— Ninguém pertence a ninguém. É o sexo que dá essa ilusão! Você pode até querer, mas não pode. — Vera parou, como se o bocado de vinho engolido fosse alguma poção prestes a permear a ambos com clareza. — Ben cometeu um erro imenso, entende? De escolha. — Um átimo de olhar devolveu seu conspirador ao comentário anterior: *alguma coisa que a gente não sabia na época.* — Ele desistiu de tudo aquilo de que precisava em troca do que queria. A escultura. Até a carreira acadêmica — certo, não parecia nada brilhante, mas podia ser um catedrático agora, não podia? Ele pôs tudo em cima de mim. — A sensação de perigo iminente excitou-a, impeliu-a a continuar, falando coisas demais; a fazer exatamente aquilo: pôr o peso de tudo num filho, num filho crescido. Há um limite para além do qual um filho ou uma filha podem recuar, com asco. Os pais têm de estar definidos como tal.

— Pôs o quê, em você?

— Todo o peso da vida dele. Aquele amor que ele tinha. Eu o amo mas acho difícil lembrar o quanto eu estava apaixonada por ele. Aquele caso de amor que começou numas férias em Drakensberg, para ele continua o mesmo. Não se integrou a outras coisas. Filhos nascendo, amigos desaparecendo no exílio, na prisão, assassinatos em volta, a morte do pai dele em casa, o país inteiro mudando. Continuou o mesmo. Nem mesmo a confusão que Annie provocou nele mudou qualquer coisa, nem o seu divórcio, porque a compreensão que ele tem dos dois é toda em relação ao que ele sentiu em Drakensberg, ele não tem nenhum outro critério. A violência que sempre existiu, arrastando as pessoas para as savanas, espancando as pessoas nas delegacias, o banditismo que está tirando partido das mudanças agora, que matou Oupa Sejake — até mesmo isso ele agora entendeu por *meu* intermédio, porque foi algo que aconteceu *comigo*, é a bala que atravessou a *minha* perna. Amor. Houve tanta coisa mais desde então. Ivan, eu não posso viver no passado.

— Eu queria estar mais perto. Por ele. Porque eu sempre gostei mais de você, quando criança.

Uma oferta de cumplicidade que ela optou por não ver, estendida para ela.

Vera examinou o filho demoradamente. — É, tão longe. Você é o predileto dele. Filho único, agora. Esse o rumo das coisas.

A deles era a última mesa ocupada, mas continuaram sentados, sem reparar, aceitando mais café, como amantes que relutam em se separar.

— Você não precisa de nada, mãe.

Sob o ruído dos garçons limpando as mesas, tocou seu rosto para suavizar o que ela poderia interpretar como crítica.

— Ao contrário, estou descobrindo que a resposta vem antes da necessidade. Só então sei que ela existia.

Saíram para a rua, acesos de vinho e confidências, rindo.

"Minto sempre para ele?"

Como somos parecidos, a semelhança não acaba com a máscara que é o rosto. Ele me conhece porque ele próprio foi a primeira mentira. Um dia serei tão velha que até sobre isso conversaremos. E ele dirá, eu sempre soube, embora não houvesse como ele saber, exceto pelo código genético e pela linguagem do sangue.

Toda vez que Vera deixa Ben de fora — por acaso não é apenas uma forma diferente de traição? Diferente de deixá-lo de fora e fazer amor com outro, só isso. E assim como acontecia depois do sexo no Cento e Vinte e Um, ela "o compensa". Não que vá consertar a omissão de não ter dito que em vez de Feldman foi Rapulana quem a acompanhou naquela estrada onde também ela poderia ter morrido, deixando-o sem ela — a omissão corriqueira, como podia ter sido justificada, de um nome em vez de outro. Quando Ivan voltou para Londres, convidou Ben para ir com ela à Cidade do Cabo, onde havia problemas para resolver na filial da fundação. Ivan se fora; — Podíamos ver Annie. — Se estava se sentido sozinho, precisava ser lembrado de que tinha uma filha.

Annie insistiu para que ficassem com Lou e ela. Vera e Ben nunca tinham estado nesse lar comum. Que era tudo que a casa dos pais de Annie não era. A casa de Vera, onde Ben entrara para viver entre a improvisação dos anos de guerra fornecida pelos pais do primeiro marido, camas doadas e cadeiras desencontradas, era esteticamente unificada — digamos assim — graças a jornais e periódicos manchados de café por onde circulavam as traças, xilogravuras e estatuetas grotescas de arte africana compradas em bazares beneficentes, fotografias das crianças que lá viveram, cartazes lembrando viagens, armários sem puxadores, caixotes-arquivos e velhos utensílios destinados ao lixo, mas que um dia poderiam vir a ser úteis. Dessa colagem de acasos, Annie tirara o que fora conscientemente criado dentro da casa, os torsos femininos que Ben esculpira anos antes. Foram encontrados na casa vitoriana encarapitada numa ladeira, um no arco que dava para a sala de estar e o outro no meio de um pequeno pátio interno criado derrubando-se uma parede, explicou Lou. Mobília antiga da Cidade do Cabo, reluzente como bolota do carvalho, cheirando à cera de abelha. Havia uma única imensa tela abstrata que sugeria o mar. Flores enchiam o vão das lareiras e plantas enfileiravam-se nos banheiros reformados. A cozinha estava disposta como um centro cirúrgico, com armários envidraçados e equipamentos de aço. Gatos indolentes dormiam, heteras, numa espreguiçadeira de veludo, no quarto em que Ben e Vera foram alojados. Uísque numa garrafa de cristal lapidado e gelo num balde isolante de desenho italiano; livros de cabeceira, vistas da Cidade do Cabo do século XIX, de Thomas Bowler, e uma coletânea de poesias de escritoras negras. O de Bowler, presumivelmente, era uma suposição daquilo que Ben apreciaria e o outro era para Vera, escolhido por Lou a partir do princípio de que a vida dos negros era terreno específico dela e que o das mulheres, se já não era, deveria ser.

Ben ficou alarmado ao reparar que Vera mancava ligeiramente ao subir até o quarto pela escada estreita, com as barras de bronze que seguram a passadeira perfeitamente restauradas. — Você estava bem em casa, o que houve?

— Em casa não tem escada, tem?

Annie foi chamada para examinar a perna da mãe enquanto ele permanecia de plantão, ignorando a rejeição a seu susto, a carranca voltada para o outro lado para afastar o exemplo do rapaz que estivera com ela na estrada e que morrera de ferimentos dos quais, como ela, supostamente estaria curado. — Provavelmente houve um encurtamento dos tendões, nada sério. É inevitável, papai, o corpo humano substitui, conserta e em alguns casos adapta uma função para funcionar no lugar de outra, mas nada volta a ser exatamente como antes.

— Eu nem sequer me dei conta, eu lhe disse, Ben. Ainda bem que não sou dançarina e que já estou meio velha para entrar num concurso de beleza, hem? Eu não uso nada a não ser calça comprida já faz não sei quantos anos — ninguém vê as cicatrizes.

No quarto, nua, ela sorriu para ele, já deitado na cama. — Ninguém a não ser você. — A nudez entre homens e mulheres que vivem há muito tempo juntos é coberta pela familiaridade, uma vestimenta do eu. Agora apresentava a ele o corpo nu outra vez, conscientemente. Se aquele corpo fora danificado por partos e pelo tempo, de modo que a vaidade a salvaria de apresentá-lo diante de qualquer outro, para ele (eis aí a vantagem) assumia as belas formas de capacidades conhecidas, a carne lembrava-se de tudo entre eles. Vera seduziu Ben de novo, por tudo que lhe negara, atirou-se em seu abraço, recebeu a força de sua entrada no corpo como um mergulhador se atira e emerge, são e salvo, por sob a grande onda. Estavam fazendo amor do jeito que um homem e uma mulher fazem, nessa casa onde, do outro lado da parede, duas mulheres dormiam enlaçadas. A consciência disso tornou-se uma espécie de excitamento, um desafio para ela, uma afirmação para ele.

De manhãzinha, debruçaram-se na balaustrada de madeira do terraço do quarto. O veludo negro da montanha segurava a chegada do dia, respirando fumaça de suas dobras. Assim que o sol lhe chegou ao topo, circundou de luz um rebanho de pinheiros amontoados como ovelhas em seu flanco. — Quando foi que Annie pegou os torsos de casa?

— Da última vez em que foi nos visitar. Depois que o velho morreu, você não lembra? Ela mandou embalar e enviou por via rodoviária.

— Eu não fiquei sabendo de nada.

— Mas ela deve ter pedido a você.

— Ela pediu a você?

— Claro, e eu pensei que você tivesse concordado, achei que você tinha dado para ela.

— Eu nunca teria dado os torsos para ela.

— Não acredito que ela tenha feito isso.

— Só que agora não dá para pedir de volta.

— Não, não peça. Deve ter sido porque ela queria muito, porque acha seu trabalho tão bom.

Você sempre mente para ele? Vera sabia que foi Lou quem gostou das esculturas, Lou achou que eram — como foi que disse — excepcionalmente explícitas. Lou é que tinha escolhido os quadros, comprado a mobília antiga, ela é que projetara e pusera em prática as adaptações da velha casa de modo a expressar um modo de vida sem, no entanto, prejudicar o arcabouço do estilo formulado para conter uma opção rejeitada pelas amantes. As graciosas sanefas de madeira na varanda e a cerca branca de ferro forjado continuavam intactas, mas as dependências infantis viraram uma espécie de retiro particular das duas ao qual os outros não eram jamais convidados; os quartos, com a exceção de um único quarto de hóspedes, foram derrubados e transformados num vasto espaço, onde ficava o coração da casa, uma imensa cama oriental sob um dossel erguido sobre mastros entalhados, adaptados de dintéis de Zanzibar.

Ben criara Vera para si próprio como corpo, um torso sem cabeça. Como tal era (de fato, a especialista Lou observara) excepcionalmente explícito do poder do corpo. Não possuía identidade além de corpo, e portanto o corpo que era Vera, sem o qual Ben não viveria, foi transformado na expressão do desejo entre duas mulheres. Na casa de Annie, os torsos sem cabeça tornaram-se deuses domésticos.

CHEGADAS

Não ainda, ainda não. Mas chegaria a hora — não é preciso ser profeta, basta um pouco de bom senso político — em que Didymus seria ressuscitado em vida, como um dos integrantes do bando de heróis jacobinos que fizeram coisas horríveis para salvar a libertação num momento horrível. Por enquanto, porém, o melhor serviço que podia prestar era ficar esquecido. A história não se faz pela mão de seus cronistas; suficiente honra lhe está sendo prestada com receber a incumbência de escrever a história da luta no exílio. Uma editora universitária dos Estados Unidos iria publicá-la e anunciá-la em periódicos literários, junto com outros livros de interesse especial, estudos sobre a cultura negra, estudos sobre mulheres, estudos sobre homossexuais, sobre maus-tratos à infância, abuso de drogas, buracos na camada de ozônio. Amigos como Vera Stark lhe perguntavam como ia o livro, como se mostrassem atenção a uma criança perguntando-lhe sobre os progressos na escola, e quando encontrava com os membros do fórum pluripartidário do qual Sibongile participava, eles, distraídos, olhando por cima de sua cabeça para alguém de maior interesse, gritavam "Maravilha, maravilha", antes mesmo que pudesse terminar de responder à pergunta feita.

Participava das sessões da "Conferência da Frente Patriótica" como observador. E sem dúvida podia observar Sibongile em sua cadeira oficial, ao passo que nem sempre ela podia ter certeza de que Didymus encontrara um lugar na platéia. Estar ali lhe dava a oportunidade de dar uma palavrinha com alguém com quem precisava combinar um encontro — difícil chamar esse intercâmbio entre antigos companheiros de entrevista — para coletar ou conferir informações para sua tarefa. Ouvia os oradores com um decodificador próprio, suplementar, correndo por trás das palavras. Sabia em que ponto o vocabulário ou o fraseado de comunistas e radicais nacionalistas fora revisado, pela proximidade da subida ao poder, para moderar os dispositivos de controle estatal, e em que ponto o pensamento cauteloso dos moderados adquiria ousadia ao pressentir que, com o poder assomando a sua frente, a defesa de meias medidas os derrubaria. Palavras sinceras? Se a sinceridade questiona todos os meios-termos (Sibongile tinha razão), o que estivera fazendo, quando regressou ao país e ainda estava na Executiva Nacional, comendo e festando, era essa a frase, com os bôeres? Qual era então a filosofia toda, o *negócio* — sim, pois era isso que era — das conversações?

Ali sentado, o observador experimentava mudanças drásticas em suas reações, o corpo subitamente aquecido ou encolhido friamente em si mesmo com o andamento das sessões. Depois do lanche, quando homens que haviam estourado instalações elétricas chamavam-se brincando de terroristas e clérigos anglicanos comiam bolo com um imame, a condução dos trabalhos foi assumida por alguém que, no período em que um *umfundisi* fora tomar café com uma amiga branca, havia pedido perdão ao governo por ter sentado num trem em assento reservado aos brancos. Por trás de seus disfarces de *umfundisi* e outros mais, o observador acompanhara nos jornais da época as charges mostrando as desculpas abjetas: *Ah! desculpe baas desculpe senhor primeiro-ministro senhor presidente.* E acompanhara o desprezo dos movimentos de libertação para com esse homem que tanto rastejara que seus senhores brancos, dando-lhe um cutucão com a ponta do sapato, permitiram que se levantasse e continuasse a servir como representante biônico do povo de sua região. Agora ele sorria o cego sorriso dos ministros da Igreja, diante de uma platéia de homens que sobreviveram à guerra de guerrilha, homens e mulheres que suportaram a prisão e o exílio, e falava de "nossa luta". Falava "do significado desta grande assembléia", de "meus companheiros da luta do passado, agora dividindo a pesada responsabilidade do futuro e trazendo a mesma coragem e dedicação que convocamos em nós mesmos quando estávamos combatendo o mau regime. Meus irmãos, é assim que iremos adiante..."

Didymus desviou a vista do homem e fixou-se nas pessoas em volta. Homens com quem Didymus estivera detido, com quem mantivera os contatos clandestinos do viver como tatu; com quem escapara por um triz de ir pelos ares nos QGs do movimento; olhou para a mulher, com quem fora de exílio em exílio em continentes diversos. Uma incredulidade lhe contorceu surdamente mãos e pernas. Aflição; olhou em torno à espera de que alguém explodisse: a merda, essa merda. O que estava esse homem fazendo lá em cima entre gentes a quem envergonhara ao se rastejar perante o homem branco?

Didymus sabia: o que ele não conseguia aceitar. Um eleitorado. Era isso que o sujeito era. Uma comunidade de pessoas das quais não podemos abrir mão, nesse conglomerado a que chamamos unidade. Mas toda vez que olhava para ele, vinha-lhe o nojo, que tinha de ser suprimido.

Se eu pudesse limpar minha mente como você limpa a garganta.

Outras pessoas falavam e ele não ouvira.

Voltou devagar a atenção para elas. Um homem branco segurava o microfone de modo curioso, como se aquele fosse um gesto de fidelidade a uma causa, um punho erguido ou a mão que pousa sobre uma bíblia para testemunhar. Didymus o conhecia, claro, embora fosse agora uma versão estranhamente gorda e careca de si próprio. Conseqüência de algum medicamento. Andara doente — alguns disseram que era uma doença incurável — e muitas vezes ausente de seu posto na Executiva Nacional.

Estava dizendo — o quê? Estava respondendo às perguntas silenciosas de Didymus. — Fizemos várias transigências com o passado. Engolimos os sapos de muitas indignidades. Travamos relacionamentos que nunca imaginamos possíveis ou necessários. (Houve uma movimentação de alarme na fila de delegados.) Mas se o que queremos realmente é servir a nosso povo, se queremos convencer a todos, em cada choupana, barraco e albergue, se queremos convencê-los, quando fizerem sua cruz num pedaço de papel em nossas primeiras eleições multirraciais, de que realmente há uma chance de serem liderados e representados com honestidade, por homens e mulheres que não estão em busca do poder para dormir em lençóis de seda, receber gordos salários, embolsar e desembolsar propinas, apropriar-se dos bens públicos e acobertar os ladrões, e malbaratar fundos secretos do dinheiro público assinando contratos que jamais serão cumpridos — se vamos pedir a nosso povo que deposite sua confiança numa nova Constituição, temos primeiro de pôr nossas vidas na mesa e jurar integridade, temos de jurar, publicamente, aqui e agora, e entrincheirar isso numa Constituição, que não vamos fazer, quando assumirmos o poder, aquilo que fez o regime anterior.

Claro que Didymus o conhecia muito bem. Era um homem em quem havia profundezas que sabia existirem também em si, abismos perigosos que, conhecendo-se a história, era difícil acreditar que um branco pudesse ocupar nesse país. No entanto existiram alguns, e o que conseguiram para os brancos é algo que a maioria dos brancos jamais seria capaz de admitir porque jamais seria capaz de entender. Foi graças a gente como essa que os brancos obtiveram aceitação para o futuro, apesar de seu passado; foi através de um homem assim que a cor e a raça não foram levadas em conta e que a pele dos delegados ali sentados é de diferentes cores e não toda ela negra. Algum dia os brancos se dariam conta disso? Um homem assim abre um precedente que outros, como os bons amigos de Didymus, os Stark, encontram forças suficientes para seguir, estejam ou não conscientes dessa liderança. Um homem assim desperta aquilo que esteve enterrado por medo e pela função deliberada do hábito, chamada, como se os seres humanos fossem cães em escolas de adestração, condicionamento.

—... nós não vamos pagar aviões particulares para que nossos ministros passem férias no exterior. Não vamos arcar com as despesas de hotel para suas famílias, amantes e namoradas. Não vamos fornecer aos nossos parlamentares verbas para a manutenção de suas Mercedes-Benz. Não vamos disfarçar, acobertar, etiquetar como "sigilo absoluto" os gastos de dinheiro público dos quais o povo não ficará sabendo. Eles já tiveram seus *Broeders* e que agora ninguém use os nossos *Brothers* para fins semelhantes. Vamos dizer a nosso povo, e cumpri-lo — não mentiremos, não enganaremos e não roubaremos deles. Sem isso, eu lhes digo, todos os dispositivos constitucionais que estamos debatendo com tanto cuidado não significam nada!

Encerrou com um súbito gesto simples, como se tivesse se lembrado de si mesmo, passando a mão que estava livre sobre a cabeça onde os pálidos esporos do cabelo quimicamente crestado eram uma felpa de luz.

Um homem desses já foi perigoso porque nas profundezas do eu — nas suas e nas que Didymus sabe existirem em si — está a noção do perigo necessário. E isso implica malícia; o homem mentiu, prevaricou, negou fatos quando havia algo a ser ganho na luta: mas jamais em proveito próprio, isso nunca!

Essa moral será sempre um mistério. É a moral, para além das antigas justificativas de meios e fins, que ele e Didymus conheciam quase que no sentido que a Bíblia usa para "conhecer" uma mulher: conheciam-na por entrar nela completamente. Mas o que o homem estava dizendo agora parecia não ter nada a ver com tudo aquilo. O que estava dizendo agora era — terminal, sim. Suas palavras ultrapassavam suas idéias políticas; mas não era a doença terminal que falava, era a conclusão final, para além da política. Brotou de uma profundeza dragada por uma vida inteira, para além daquela que ele e Didymus conheciam. Pragmático, esperto, jamais teria falado assim antes. Essa não era sua retórica, essa era sua mensagem.

Se os pares ali reunidos em assembléia e os observadores em volta de Didymus se deram conta disso ou não... houve aplausos porque sua condição de herói sempre arrancava aplausos, e o novo heroísmo de resistir à doença merecia ainda outros. Mas ninguém assumiu o microfone — a amplificação pública da voz da Montanha através da qual dera seu testemunho — para endossar o que fora dito. A assembléia passou a outras questões.

Didymus queria se aproximar depois da sessão e dizer a seu velho companheiro de armas — o quê? Mas o homem estava afastado da aglomeração geral, aparentemente rascunhando alguma coisa num canto, com mais outros dois. Uma aproximação pareceria curiosidade. Ou inveja. Depois de haver rejeição, nada é certo, mesmo entre antigos íntimos.

O céu gigante estralava os nós dos dedos à distância, num ataque iminente. Sob a lâmpada de cabeceira, Sibongile pregava o colchete de metal que caíra da gravata borboleta de Didymus. As sobrancelhas erguiam-se, estóicas, nessa tarefa de última hora; ele iria acompanhá-la a uma recepção oferecida por ocasião do encerramento da "Conferência da Frente Patriótica" por uma das novas embaixadas abertas em Pretória. Didymus olhou para os pés, reluzentes nos sapatos pretos adquiridos juntamente com o regresso. — Que silêncio imenso quando Dave falou hoje de manhã. Qual seria o significado?

Sibongile tinha um jeito todo seu de interromper qualquer coisa que estivesse fazendo no momento para olhar de frente uma declaração que julgasse suspeita.

— Qual deveria ser o significado?

— Eu esperava que alguém se levantasse para apoiar um discurso daqueles, eu esperava algum entusiasmo da parte dos presentes.

Ela continuou costurando. — Houve bastante aplauso.

— Para *ele*. É sempre a mesma coisa — aplausos para Chris, aplausos para Joe, aplausos para Dave. São saudados pelo que *são* — não importa o que digam.

— Claro que os aplausos foram em apoio ao que ele disse! Você está ficando mórbido.

— Mas nem um comentário sequer, nem uma palavra, nem uma referência, como se ele não tivesse dito um a. Como se ninguém quisesse escutar.

— Porque está todo mundo comprometido em combater a corrupção. Ninguém precisa sair berrando "eu concordo", todo mundo acredita nisso, é uma coisa óbvia para todo mundo. Exceto para você.

— Exceto para Dave. Ele achou que vocês precisavam ouvir.

Pela janela aberta, o céu ia engrossando como se com a escuridão da tinta expelida por um polvo. A respiração suspensa da tempestade chegando silenciava pássaros, grilos, tudo; era um bafo frio batendo nas superfícies de verão — folha, pano, metal, pele. Parecia, no quarto pequeno, ter sido criada por Sibongile, era o gelo de sua irritação; Didymus pressagiou a tempestade ao perceber que a mulher entendera "vocês precisavam ouvir" como algo dirigido a ela especificamente e não, como fora sua intenção, a toda a assembléia. Em vez de corrigir-se rapidamente e sossegá-la, foi tomado — junto com a súbita rajada de vento que soprou antes da tormenta, batendo a veneziana — pelo ressentimento. O rastilho de um relâmpago riscou o céu e as luzes da casa se apagaram, fornecendo uma digressão doméstica; Mpho veio tropeçando do quarto, com um gritinho. Deu risada e encostou-se no pai. Abraçaram-se. Ele a sossegou, brincalhão, em xhosa; Mpho já aprendera alguma coisa de uma língua africana, mas nunca se acostumaria às tempestades africanas, como uma garota nascida na África.

No trajeto vagaroso, seguindo o túnel que os faróis cavavam em meio à chuva, as fitas de antigas gravações de Dizzy Gillespie, o tipo de música que os acompanhara vida afora, onde quer que estivessem, repararam a fragilidade entre marido e mulher; um velho remédio — se ao menos essa tivesse sido uma briga de amantes. Sibongile permitiu-se um gesto de seu repertório de antigas séries de televisão, ajeitando-lhe a gravata-borboleta com uma fisionomia de apreço ao entrarem na residência do embaixador recém-chegado do Extremo Oriente. Que confiante e sedutor, na túnica e no turbante africanos que usava para tais ocasiões, o modo como Sibongile assimilava fossem quais fossem as convenções do cerimonial e protocolo de diferentes culturas! Os tipos de contato que tiveram durante o exílio no exterior, por obrigações ou privilégios das várias posições que Didymus ocupara, talvez tenham sido mais importantes, porém eram menos sociáveis; um movimento de libertação no exílio pode ser recebido em segredo por ministros do exterior, comissários do povo, generais do exército, serviço secreto, gente cujos interesses particulares (mesma ideologia, futuro acesso a matérias-primas, privilégios comerciais, cooperação militar, expansão da esfera de influência) na derrota de determinado regime fornecem apoio a um movimento de libertação, mas nem o requerente nem o doador, por motivos de segurança ou de outras alianças, jamais desejou expor tais transações sob o disfarce dos trajes a rigor que Didymus envergava agora.

Sibongile era mais adequada aos papéis atuais. Movimentando-se de grupo em grupo pelo salão, parava com igual afabilidade entre integrantes do governo branco, companheiros do movimento, e um grupo barulhento que incluía o outrora contrito indivíduo que se sentara num lugar de brancos num trem. Didymus ouvia o familiar cantado da voz que subia enquanto ela pilheriava com o homem, chamando atenção para sua semelhança com o imenso painel em água-tinta de um sábio chinês, pendurado na parede atrás dele, referindo-se, portanto, aos fiapos de barba e ao cabelo ralo sobre o colarinho sem qualquer ofensa, elogiosamente. Encantado, tomando a comparação como uma referência a sua sabedoria, fazia algum comentário que Didymus não conseguia ouvir, pondo o braço num flerte avuncular sobre o ombro nu de Sibongile, semi-elogioso, semicondescendente à feminilidade.

Enquanto conversava, em pé, com outras pessoas, Didymus atravessou mentalmente o salão, puxou Sibongile de lado, socou a cara sorridente que abdicara do auto-respeito com um pedido de desculpas por uma coisa que deveria ter sido tomada como um direito e estapeou a mulher que tolerara seu toque. Estapeou Sibongile. Como se Sibongile fosse uma mulher abjeta como aquele homem e aceitasse restrições a seus atos; como se ele, Didymus, pertencesse ao grupo de homens que tradicionalmente assumiam como direito seu bater em suas mulheres. Sibongile fora, era sua companheira de armas, algo que acompanhava e ultrapassava o fato de ser sua mulher. A fantasia desenrolando-se em sua cabeça não fazia sentido nem tinha utilidade no tempo real. Sibongile estava numa missão, numa ação adequada às circunstâncias do momento, como ele muitas vezes estivera. Não comentou nada com ela do incidente. Foi carinhoso quando chegaram em casa aquela noite. Sibongile teve a sensação de que Didymus estava achando que precisava compensá-la por alguma coisa — alguma coisa que fora dita a ela ou sobre ela? Que ela fora ferida — tinha uma ferida da vida pública (a essas alturas já conhecia bem esse assunto) da qual ainda não se dera conta, mas que se evidenciaria, latejaria danosa, com o tempo, algum dia? — O que achou?

— Do quê?

— Ora, do embaixador, da noitada, da festa toda.

Ele respondeu na língua dela, que usavam na intimidade. — Como todas as outras de agora. Trocar cumprimentos com estrangeiros por tratados comerciais, alianças, quem sabe armas, se por acaso viermos a precisar delas de novo. Comer e beber com amigos e inimigos, ainda que um dia tenham bebido nosso sangue. Nossos pais fizeram o mesmo debaixo de uma árvore, mas tinham seus impis bem armados por perto. (Depois em inglês:) Relações Públicas.

Desenrolou o turbante, apalpando o cabelo liberto como se em busca de alguma pista do que ele vira acontecer com ela. Nada; um daqueles seus mistérios. — Eu sabia que você estava entediado.

Entretanto a fantasia brotou de convicções, por mais ilógicas, inadequadas e fora de moda que pudessem ser, que não o largavam. Vivera uma vida inteira por elas; vidas inteiras, personae diferentes. Os traidores vêm em todos os tamanhos, grandes e pequenos, e aqueles que cometem pequenas traições, pedindo desculpas ao inimigo, degradando-se, lambendo rabos, são tão pouco apropriados como companhia quanto os informantes que se infiltram num exército de libertação e são depois confinados em campos onde ninguém pode admitir ser um interrogador, ninguém pode admitir saber o que isso significa. O que tem de ser feito numa guerra é terrível e se é para esquecermos do que foi cometido, idem para o que cometeram os traidores — é isso? Sim, é isso.

Esse era o mistério de Didymus. Seus estados de espírito, as contradições que não podia comentar, a remoer dentro dele sem a aceitação que é resolução. Os velhos silêncios necessários entre ele e a mulher quando chegava em casa no exílio, de volta de alguma missão, as semanas e os meses dos quais não podia falar, existiam de novo entre os dois embora agora estivessem de fato em casa, juntos.

E então aconteceu algo. Os assuntos humanos sempre se movem numa incerteza natural; mortes, vidas e eras acabam em doença, velhice — e acidente. E acidente é exatamente isso: algo que não foi planejado, não foi previsto por ninguém.

O assassinato é planejado. O assassinato é determinado. Não há incerteza; é pura intenção. O assassinato esfrangalha o tecido da vida, o tolerável e tolerado, rasga a progressão balsâmica do passado ao presente e futuro. O assassinato atinge as vidas apensas a um indivíduo; o assassinato dilacera a vida de um país, desnuda os gânglios que as instituições civis estão cobrindo de carne. O assassinato é uma chaga.

A morte de um líder idoso pode ser entendida e inserida na continuidade no sentido de que seu trabalho foi feito. O assassinato de um líder jovem, no portão de casa, naquele dia como num outro qualquer — não há sentido a se tirar disso, exceto na mente daquele que segurou a arma, sentido nenhum, embora os padres e ministros falem de encomendá-lo à guarda de Deus, os que rezam mencionem seu repouso final e os oradores, no enterro, garantam que seu espírito vive. Seu lugar e obra eram na terra, *aqui, agora,* não sob a guarda de Deus, onde quer que possa ser esse local; ele era um homem de ação, não de repouso, e a sobrevivência de seu espírito é reivindicada em muitas distorções, para os propósitos do prazer ensandecido de saquear, queimar e matar, uma licença tomada em nome da vingança por sua morte.

Entretanto não pode haver insubstituíveis, não importa quão obviamente o sejam, e, mesmo na confusão da perda, eles têm de ser substituídos. Com o assassinato, o significado da posição do jovem líder nas negociações torna-se mais claro do que nunca; sua presença estava imbuída da autoridade peculiar que tem um passado guerrilheiro trabalhando a serviço da paz. Se homens como ele a queriam, quem havia de duvidar que a paz pudesse ser alcançada? Se um homem como ele estava ali para convencer seus jovens seguidores, por acaso poderiam deixar de ouvi-lo?

Didymus foi um dos que vestiram de novo o uniforme de campanha que usara nos campos de prisioneiros e na selva, uma persona que não era um disfarce e sim seu eu por excelência, e sustentou o peso do caixão no ombro. Lera naquela manhã, no jornal, uma carta assinada com o nome de um branco, regozijando-se, vingativa, porque o homem sendo levado ao túmulo vivera pela espada e merecera morrer pela espada. Ficara irado com a carta, mas depois, com a dor palpável sobre o ombro, sentiu paz em si mesmo e pelo homem que levava, por ter aceito a necessidade de viver pela espada, preparado para morrer, como ele estivera, pela espada.

Nos dias que se seguiram ao assassinato do jovem líder, quando a brecha deixada pelo crime tinha de ser fechada e um sucessor escolhido, ele e os de sua estirpe foram procurados e consultados.

Didymus vestira o uniforme de campanha de novo, emergira de seu passado. A hora chegara — abortada da lógica da história pelas intenções da tragédia — cedo demais.

Casas vazias. VENDE-SE. Placas portáteis de imobiliárias espetadas nas esquinas, flechas apontando: CORRETOR DE PLANTÃO. Pistas de papel no jogo da fuga. Nos domingos à tarde, a quantidade de carros estacionados em frente a uma casa não é sinal de festa e sim de uma outra forma de diversão, curiosidade de ver o que outras pessoas estão abandonando — nem todos os que seguem as placas das imobiliárias são compradores em potencial.

Aconteceu várias vezes nas redondezas de onde Vera Stark continuou morando na casa que constitui um dos dois únicos indícios de uma aliança anterior. O massacre de Sharpeville, nos anos sessenta, o levante estudantil dos jovens negros nos anos setenta, agora o assassinato; ainda que todos esses eventos lúgubres não tenham atingido os moradores dos bairros brancos (apenas os assaltos violentos contra os quais tentam se proteger com muros, alarmes, cães e armas os atingem), essas calamidades os fizeram partir em debandada. Nos indicadores comerciais, numa época de recessão, as firmas de mudanças internacionais acusam crescimento sem precedentes, e as propagandas competitivas deles incluem jingles na televisão e no rádio.

VENDE-SE. CORRETOR DE PLANTÃO. Seriam museus suburbanos exibindo um modo de vida que terminou? É por isso que seus ocupantes, outrora tão ciosos de suas casas, estão se mudando? Ou será que, ao fugir, estão realmente escapando enquanto é tempo — antes da Constituição, da declaração de direitos, dos decretos que vão mudar a vida?

Vera e Ben Stark passam diante das placas a caminho do aeroporto, não para ver alguém partir e sim para ver alguém chegar.

* * *

Vários meses antes, houve uma outra carta de Ivan, enviada de Londres. Diferente dos curtos bilhetes e cartões-postais que suplementavam os telefonemas e que os mantinham cientes da existência um do outro e atados os frouxos laços familiares. Depois da primeira página a carta parava, continuando com uma nova data: uma carta que o remetente não sabia bem como redigir, de cuja recepção não tinha certeza. Estava endereçada a ambos desta vez. Vera entregou-a a Ben. Um gesto do quanto Ivan significava para ele.

— Vou ler alto.

— Não — eu leio depois. — Estava abrindo o resto da correspondência, rasgando folhetos, separando as contas, mas em meio à leitura ele estendeu a mão para ela. Em resposta, Vera aproximou-se para ler por sobre o ombro dele, que se sentara.

— Meu Deus.

— Ben, espere, vamos ler tudo primeiro.

Mas ele respirava com as narinas contraídas, a mão suspensa sobre a página.

O menino, Adam, filho de Ivan, fora detido e condenado por dirigir embriagado. Houve suspensão condicional da sentença, mas só depois que Ivan apelou ao magistrado, e então o menino voltara a ser detido, terceira infração por excesso de velocidade, e perdeu a carteira de habilitação.

Vera não achou uma tragédia tão grande... ela passava dias inteiros com pessoas altamente ansiosas, cujos filhos atiravam pedras, não queriam voltar para a escola, desafiavam a polícia em passeatas e protestos e arriscavam-se a morrer baleados. Lembrando-se do tipo de perigos prováveis nas ruas de Londres, sugeriu — Pelo menos não foi com drogas.

Continuaram a ler. Ivan punha a culpa "em grande parte — sei que sou um pai de fim de semana e às vezes nem isso" na mãe do garoto. *Para ser franco, Adam é inteligente demais para ela. Ela não consegue se impor, de modo que ele faz o que quer com ela — e consigo próprio. Ela faz escândalos. Telefona para os quatro cantos do mundo atrás de mim, sempre com recados urgentes para ligar para ela imediatamente. Eu penso, sabe Deus o que houve com Adam, e aí são as lágrimas de sempre ao telefone, ele não ouve o que ela diz, ele chegou em casa às cinco da manhã, ele não leva os amigos para casa, ele usa jeans rasgado na bunda, o que ela deve fazer. E no fim não é uma questão do que ela deve fazer e sim do que eu devo fazer, vejo isso cada vez mais claro, a cada dia que passa, se eu não quiser que Adam se torne um vagabundo, na melhor das hipóteses, ou acabe na cadeia.*

Nesse ponto a carta fora posta de lado, como as contas de Vera. Três dias mais tarde, Ivan começou de novo. *Eu disse que preciso fazer alguma coisa. Claro, é óbvio — vocês hão de estar pensando. Eu devia tentar obter a custódia do rapaz. (Ela tem a custódia até os dezoito anos.) Temos indícios bem claros de que a mãe não é uma guardiã adequada — as prisões são prova disso, bem, Vera, você é a advogada na família, mas claro que esse tipo de caso, complicações de divórcio, não são seu forte. E hoje em dia a preferência do próprio jovem por um dos pais conta, nos tribunais; tenho certeza de que ele iria querer ficar comigo, embora eu desconfie que não pelos melhores motivos. Ele se chateia com a mãe ranzinza, com a pressão para levar os amigos para casa para conversar com ela na hora do chá (na verdade é isso que ela quer, ela ainda se julga uma mocinha, não conseguiu superar essa fase, acha que é um deles, e a moçada odeia isso, claro — você nunca fez isso, nunca, Vera, uma grande vantagem do pouco tempo que tinha para nós quando éramos adolescentes). Ele sabe que viajo um bocado e que ficaria totalmente solto. E já tem idade suficiente, é bastante escolado para perceber que, como eu vivo com uma mulher com quem não sou casado, eu não poderia exatamente fazer grandes preleções morais sobre seus relacionamentos com garotas — e parece ter uma porção delas.*

O que me causa uma enorme preocupação. O de sempre. AIDS. Ele já recebeu todas as informações e advertências (eles instruem até crianças pequenas, além dos adolescentes, nas escolas daqui) e eu já acrescentei as minhas, já lhe disse que assim como ele nunca sai de casa sem o cartão de crédito, também não deve sair sem camisinha — mas... É melhor eu dizer logo onde estou querendo chegar. Se a mãe não serve para cuidar dele, nessa fase da vida, tampouco — e é duro para mim ter que admitir isso — eu sirvo. Acho que ele precisa de tempo para amadurecer, longe de nós dois, antes de ir para a faculdade ou se qualificar para seja lá o que for que ele quer fazer (por enquanto está inde-

ciso, claro; essa é uma outra parte do problema). Assim que ele começar a se preparar para alguma carreira e for independente — eu monto um apartamento para ele ou algo do gênero —, tenho certeza de que ele e eu vamos nos tornar mais próximos. (Não é que a gente não se dê bem agora, é que eu sei que não posso dar a ele o que ele não sabe que precisa.) Por isso eu queria perguntar a vocês se ele poderia ir morar aí, com vocês, na nossa velha casa que nunca recusou nada nem ninguém, pelo que eu saiba, mãe. Tenho a impressão de que a mãe dele concordaria, ao passo que aprontaria o maior escândalo se eu quisesse que ele viesse morar comigo e com a húngara. Se Vera e você, papai, deixassem Adam morar com vocês por, digamos, um ano, acho que ele veria as coisas de uma nova perspectiva. Se Ben pudesse lhe arrumar alguma coisa para fazer, algum trabalho — sem querer ofender, Vera, mas francamente eu não quero que ele saia de um tipo de confusão aqui para se meter numa outra, envolvendo-se com política. Qualquer coisa que você lhe oferecesse apresentaria algum risco. Uma bala na perna é o suficiente. Portanto, nada de trabalhos comunitários, por favor, nada de trabalhos heróicos. Ele não pertence a esse país, não lhe deve nada. Saiu-se razoavelmente bem nos exames de segundo grau e, por insistência minha, está fazendo um intensivo para prestar mais alguns, assim estará bem qualificado para qualquer universidade que eventualmente venha a escolher. O curso vai terminar em breve. O ideal seria que ele fosse para aí assim que acabarem os exames. A letra ficou maior e mais espalhada pela página. Não há urgência. Pensem no assunto. Façam isso por mim. Eu posso pedir isso de vocês porque eu amo vocês, Ben, Vera.

Agora podemos conversar.

Esse é um assunto do qual podem conversar. Agora; a qualquer hora. Tudo que diga respeito a Ivan ocupa a atenção e as energias de Ben abertamente. Ele não se esquecera do silêncio espantado de Vera quando — bem antes disso já havia pensado numa solução para o garoto — ocorreu o divórcio e ele sugeriu que podiam ficar com o menino por uns tempos. Ben levantou-se, virou-a para si e, com os indicadores, levantou o cabelo curto de trás da orelha, como se fossem as longas melenas que costumava afastar para lhe estudar o rosto, quando este ainda era novo para ele. Beijou-a, um de seus beijos compridos e, como sempre, sensuais em todo contato com ela, a carta oculta e ainda presa numa das mãos. — Vai ser como se tivéssemos Ivan de novo conosco. Vai dar tudo certo.

Falaram muitas vezes, muitas noites. Sobre as propostas práticas de Ben de como, com tato, podiam tomar conta do menino para Ivan...

— Ele não é um menino...

— ... de como podiam dar um jeito de suprir suas necessidades e antecipar suas preferências...

— Dar um jeito em nossa vida.

O ressentimento de Vera. Meio rebelde, meio envergonhada, jamais se dera conta do quanto seu (o que era?) senso de privacidade aumentara. Como é que alguém como ela, cujas preocupações de trabalho eram tão públicas, tão interligadas com outras vidas, podia ter ao mesmo tempo esse senso? Não sabia, não conseguia decidir se era por proteção, necessidade (via como aqueles que, ao contrário dela, eram de fato figuras públicas, viviam rodeados pelas piranhas da adulação pública), ou se era um sinal precoce de algo mórbido, como o primeiro sintoma despercebido da perda de uma função física. Estava ligado, de forma obscura — perseguia-o em dissociações ao acaso pelos labirintos do subconsciente —, com aquela voz que lhe viera em diversas ocasiões, com o impulso que tivera de perguntar: O que vou fazer com esse amor?

Ivan, Ivan. Seu duplo (como Ben adora a ambos, ela nele e ele nela); seu invasor. Germinara dentro de seu corpo, o intruso de um episódio, para entrar em sua vida definitiva. E agora enviava um representante, um substituto, para que ela "desse um jeito" naquela vida, uma vez mais.

Sua *vida cotidiana*. Essa se tornou a irascível expressão obsessiva de suas emoções; *vida cotidiana*, ela interpelava e discutia com Ben a respeito de detalhes que o espantavam, rabugices domésticas sobre perturbações antecipadas de rotinas tolas que até então valiam tão pouco a pena discutir quanto deliberar sobre a necessidade de escovar os dentes. Rapazes vivem jogando roupa suja por todo canto; Esther Dhlomo, que ia lavar e passar uma vez por semana, teria que ser contratada duas vezes por semana. As comidas simples que Ben se contentava em comer e que Vera preparava rapidamente, quando chegava da fundação; um rapaz ia querer carne vermelha. E o telefone? Ele ficaria horas ao telefone, ninguém conseguiria mais ligar para ela. Seria preciso pedir outra linha com bastante antecedência, instalar um telefone no quarto dele.

Ben afastava todos esses problemas e só de vez em quando se mostrava impaciente. Sorria, oferecendo a Vera o bônus, na vida de pais que têm filhos já adultos, de um espaço certamente vazio naquela vida, prestes a ser preenchido. — Ele vai ficar com o antigo quarto de Ivan.

O que a Ben agradava como uma posse predestinada, uma herança a unir pai e filho, a Vera repugnava. Com uma reviravolta repentina das emoções num *insight*: estivera enxergando o filho como se fosse o pai, mas era de Ivan que Adam estava sendo salvo.

O quarto de Ivan; sim, porque se transformara no quarto de Annick e de sua amante. Um quarto que não impunha sucessão alguma sobre um homem. Portanto lá poderia ser ele mesmo, fosse ele quem fosse.

Passadas as placas.

Um dia poeirento em Transvaal, no fim de uma seca de verão, descansava a vista. O capim pálido e quebradiço, murcho no acostamento da estrada, a poeira fina, esbatida sobre as folhas e os telhados prensados sob o céu, que a noite soprara e limpara. Em silêncio no carro, a caminho do aeroporto, algo mais do que uma trégua, em suas expectativas opostas em relação à chegada, desceu sobre Ben e Vera. Ben apôs o lacre de sua mão no colo de Vera; não só sobre a desavença que os colocara um contra o outro na aceitação da proposta de Ivan — a chantagem de Ivan, para Vera; seu direito e prova de amor, para Ben. Também sobre tudo que se quebrara entre eles com o correr dos anos, e sobre as frestas minúsculas que a impossibilidade de se conhecer o outro abrira, apesar das confidências, da troca dos fardos do eu que Vera tanto valorizava, da entrada e aceitação do corpo que vivenciaram juntos vezes incontáveis, desde a iniciação nas montanhas. Ela, que estivera hostilmente apreensiva, estava serena; a dra. Stark da fundação treinara Vera para aceitar que, se uma circunstância não tem qualquer possibilidade de ser evitada, ela deve ser aceita sem provocar mais conflitos ou perda de energia. Foi Ben quem transformou sua expectativa ansiosa para receber o filho de Ivan em apreensão. No entanto havia uma atmosfera entre eles, como se estivessem dividindo uma sístole e diástole da existência, que às vezes acontece muito rápido entre quem vive junto há muito tempo e que some, impossível de manter ou de recapturar através de qualquer intenção ou vontade. Essa bolha de existência estava presa dentro do carro — ar-condicionado, portas trancadas e janelas fechadas —, isolada da paisagem que viam: aquela paisagem não era inocente. Havia tiroteios nas auto-estradas e nas ruas todos os dias, assaltos como o que matara Oupa, tiros no fogo cruzado entre grupos políticos rivais, emboscadas de quadrilhas que se faziam passar por revolucionárias. Vera dissera a Ben, quando a data final para a chegada do rapaz estava sendo discutida, que Ivan deveria ser avisado dos riscos a que o filho estaria sujeito, riscos corriqueiros no dia-a-dia desse país, nesses tempos. Ben teve vergonha de desconfiar de seus motivos. Para ele era impensável que Vera, que o escolhera de modo tão franco, pudesse um dia ser dissimulada, mas escrevera ponderadamente a Ivan, com os dedos constritos pela possibilidade de que, por isso, o rapaz acabasse não sendo mandado. Embora Ivan com certeza soubesse que se tratavam de riscos dos quais ninguém conseguiria esquivar-se, ao contrário daqueles outros que advertira a mãe para evitar, não arranjando emprego para o garoto em seus círculos, ele respondera que tinha certeza de que os pais tomariam conta muito bem do menino. *Só espero que não haja alguma objeção de última hora por parte da mãe por ter ouvido qualquer coisa... Por outro lado ela nunca se interessou muito pelo que estava acontecendo no resto do mundo.* Quaisquer que tenham sido os motivos de Vera, ao receber essa resposta fez questão de que Ben (a cabeça morena inclinada, pensativa) não percebesse o quanto Ivan estava decidido a se livrar do rapaz. De algum modo devia a Bennet suas ilusões — pensou nele como Bennet outra vez, ao tentar honrar essa dívida.

Enquanto caminhavam do estacionamento até o terminal do aeroporto, ele teve um acesso de riso nervoso e comentou que era uma pena que fosse cedo demais para um drinque.

— Bom, e por que não? Vamos tomar um. Será que o bar já está aberto? Está! — o que vai querer? — Riram juntos, enquanto sugeriam um ao outro o que seria apropriado tomar às onze horas da manhã, "como um casal de bebuns".

— Gim-tônica?

— Não, vai me dar vontade de fazer xixi bem na hora do avião descer.

— Xerez, xerez tinto, quando eu era mocinha era considerado um aperitivo suave e não lembro de ser diurético.

Não havia saracoteios, cantorias nem multidões ululantes convergindo para as barreiras para ver a chegada desses turistas e viajantes voltando das férias ou de viagens de negócios, em vez do exílio. Não havia faixas; só agentes de viagem indiferentes segurando cartões com nomes de japoneses, alemães, franceses e taiwaneses que deviam escoltar até seus hotéis. Não havia crianças concebidas em terras estranhas, recebidas de volta ao lar de mãos em mãos; apenas meninos indianos feito anõezinhos em ternos miniatura e menininhas brancas usando uma cópia idêntica das meias floridas das mães, correndo em volta de famílias pacientes feito gado, ruminando seus chicletes à espera de cumprimentar os avós que chegavam de Meca e os pais que voltavam de acordos comerciais feitos no outro hemisfério. O passageiro de Ben e Vera saiu na primeira leva. Lá estava ele, conduzindo sem pressa seu carrinho, enquanto outros o ultrapassavam ansiosos, um rapaz alto com um rabo de cavalo cor de bronze que oscilava de um lado a outro enquanto virava casualmente a cabeça. Ben não se mexeu, assimilando esse primeiro momento, primeira visão, emocionado. Foi Vera quem se levantou na ponta dos pés para acenar e sorrir. Então sim o rapaz manobrou, inclinando o carrinho, na direção deles. Haviam visto o garoto há menos de um ano, em Londres, não houve tempo para mudar grande coisa, o mesmo — era a impressão de Vera — estilo fora de moda dos anos sessenta, o brinco na orelha, o cabelo comprido; aparentemente os hippies haviam retrocedido suficientemente na história para inspirar um retorno do aspecto que tinham, ainda que a trilha florida deles tenha sido juncada de armas por toda parte, que seus sonhos embalados a maconha tenham se tornado cartéis mafiosos e que sua liberdade sexual tenha terminado, mais tenebrosamente do que qualquer tabu convencional jamais teria sido capaz de decretar, por uma doença fatal. Apenas o maxilar mudara. Agora de frente para eles, tinha o ângulo reto na junção sob a orelha de um homem adulto bonito, e só de costas, rabo de cavalo encaracolado nos ombros, poderia ser confundido com uma moça. Quando se beijaram, sentiu o roçar da barba de uma noite na pele dele.

Sentado no banco traseiro e debruçado para a frente, foi conversando com seu sotaque londrino, bem-educado mas ligeiramente *cockney*, contando-lhes do gordo imenso que transbordara do apoio do braço, no avião, e como, no meio da noite, conseguira convencer a comissária — não o comissário de bordo que disse que não podia fazer nada a respeito, mas a moça — a encontrar outro lugar, e acabou promovido para a classe executiva, vejam só! Com seu ar animado e confiante, parecia estar chegando para passar férias. Era a primeira vez que visitava a terra natal do pai; a mulher a seu lado, na classe executiva, ia fazer o circuito inteiro, Kruger Park, Okavango, Cabo — sem dúvida estava louco para viajar um pouco. O astral continuou entre os três enquanto lhe mostravam o quarto e Ben abria uma garrafa de champanhe antes do jantar especial que Vera preparara.

Depois do jantar vieram as primeiras das inúmeras horas desconfortáveis que viriam todas as noites nas semanas seguintes. Vera de hábito se retirava para a varanda fechada que era seu gabinete, seu lugar privado à noite, e Ben ficava lendo na sala. Embora o rapaz tivesse acabado de passar treze horas num avião, não estava cansado, nunca estaria cansado à noite; perambulou pela sala, espiando livros, quadros, mexendo em jornais, nas revistas de arte que Ben assinava, nos panfletos da fundação e nas fotocópias de artigos sobre leis territoriais e remoções que extravasavam do escritório de Vera; saiu da casa e percorreu os limites do jardim. Da janela da sala, Vera o viu parado no portão, diante da iluminação pública emaranhada nas árvores, do esfumaçado de um crepúsculo perene de neon queimando à distância sobre a cidade, com a quietude de alguém à escuta das turbinas da vida soando ao longe: um animal enjaulado andando de lá para cá em sua nova gaiola, vendo e ouvindo uma liberdade desconhecida, lá fora.

Kruger, Okavango, Cabo. — Claro que vamos dar umas viajadas juntos — naturalmente —, mas primeiro preciso encontrar algum tipo de trabalho para você. Tenho que ser um avô responsável... O que você gostaria de fazer? Não posso prometer que vou conseguir exatamente o que você tem em mente, mas estou disposto a tentar.

— Já reparou como as pessoas que a gente encontra pensam que eu sou seu filho? — Você não tem muita cara de avô, Ben!

Vera entrou no meio, com um protesto. — E eu? Quer dizer que eu pareço uma avó de verdade!

— Bom, você tinge o cabelo dele? Como é que ainda está todo preto?

Essas arrelias ligeiras foram a comunicação inicial entre Vera e o garoto, Adam. — Sempre foi preto, preto, nunca mudou. Do mesmo jeito que era quando eu o conheci. — O rapaz não pergunta onde foi isso, a juventude de alguém que é avó vem a ser algo inimaginável. Mas seu comentário consegue provocar um sorriso em Ben. — Tem uns brancos, se você olhar bem de perto.

— O que eu gostaria de fazer? E agora, o que é que eu gostaria de fazer? Vera? Ben? As pessoas estão sempre me dizendo o que eu devo fazer, não estou acostumado a essas grandes decisões. — Os três estavam sentados no jardim; ele estava numa idade em que era capaz de ficar horas esparramado no sol, talvez apenas crescendo, completando a transição física para a idade adulta, o pênis movendo-se secretamente sob o calor.

— É por isso que estou perguntando.

— Mas eu não sei mesmo. — Inútil dizer, pegar carona para Kruger, Okavango, Cabo; mesmo ela, que o olhava com cara de quem sabia, sorrindo com um trejeito no canto da boca, não o deixaria ir. Até poderia: mas queria agradar o marido. Ele percebera depressa que sua presença na casa era uma espécie de presente ao avô, que no fundo ela não queria o neto ali. No entanto começou a gostar dela; as arrelias entre os dois eram um reconhecimento de que ela gostava dele também, embora estivessem ambos conscientes de que não era bem-vindo. — Talvez eu pudesse fazer alguma coisa no escritório de Vera, o que ela conta de lá parece bem interessante. Eu ficaria conhecendo gente.

— Fora de questão.

Olhou de Ben para Vera. Ela fez um ar de não-me-pergunte-nada, achando graça.

— Ivan disse especificamente que não queria.

— Ben, você acha que Ivan já não falou isso a ele?

— Não, eu juro! Ele não me falou nada.

— Porque eu levei um tiro na perna. Ele acha que qualquer coisa relacionada com a fundação pode pôr você em perigo.

— Que besteira! Eu podia ir pelos ares com uma bomba do IRA em Londres, não podia?

— A incidência não é exatamente a mesma. Vera escapou com vida. Viver aqui é perigoso, até este jardim, esta casa, quando eles vêm para roubar, eles atiram, esfaqueiam, se você entra na rua errada e tem uma passeata, pode levar gás lacrimogêneo ou um tiro; você vai aprender isso tudo, e por que é assim...

— Sou escolado.

— Não, tem que ser mais do que escolado. Você tem que aceitar que há riscos e que não dá para fazer grande coisa a respeito. Certos aspectos do trabalho de Vera simplesmente acrescentam mais alguns. Ivan quer evitá-los.

— Bom, qualquer coisa. Qualquer coisa. Não vai ser uma carreira para a vida toda, certo? — Ocultou no mau humor a irritação com o pai, com ambos.

— De todo modo — Ben interrompeu-se, para evitar o excessivamente emotivo "infeliz". — Não quero que você fique entediado.

Sem responder, ficou ali sentado chupando o oco do lábio inferior. Sabia que eles queriam que se levantasse e entrasse, para poderem discutir a seu respeito. Não se mexeu. Vera levantou-se com uma pachorra que o desafiava e, antes de entrar, mexeu numa planta e tirou os pulgões dos brotos.

— Até mais. — Ben foi atrás.

No quarto, ficou parada enquanto ele punha uma calça jeans e tênis de corrida. Ben gostava de correr sempre que alguma coisa o perturbava; um bom remédio caseiro. Cada um deles tinha o seu. Em pé, de cueca, pegando a calça dos generosos armários embutidos que os pais do primeiro marido haviam mandado instalar, continuava tendo as pernas bonitas, fortes, tornozelos e joelhos perfeitamente articulados, as coxas — tão importantes para que um homem seja um bom amante — curvas na frente, musculosas sob os pêlos negros. Olhou-o como se fosse uma estátua; um dos trabalhos de membros e torsos que costumava esculpir.

— Ele não falou a sério, isso de trabalhar na fundação. Ele não está nem um pouco decepcionado, eu lhe garanto.

— Bom, foi a única resposta positiva que ele me deu.

— Ele quer mostrar que não está levando a sério esse falso exílio, não importa o que a gente faça. É uma espécie de flerte conosco.

Adam foi trabalhar na Promotional Luggage. Os lucros estavam em franco declínio, com a recessão e as disputas trabalhistas, os custos de viagem subindo por causa da desvalorização da moeda, não era época para contratar funcionários desnecessários. Mas Ben sabia que não havia chance de conseguir qualquer outra coisa para o rapaz; seu diploma de segundo grau não o qualificava para nada acima de escriturário júnior em nenhuma outra empresa e, onde esse tipo de abertura existia, as firmas estavam achando conveniente africanizar. Ninguém queria ser visto contratando um estrangeiro branco nalgum tipo de ano sabático, mesmo como um favor a um amigo.

Adam era jovem demais para ser vendedor — quem é que faria pedidos de pastas caríssimas a um rapaz de cabeleira pré-rafaelita, Ben divertia-se ao pensar nisso.

— Deixe que ele comece de baixo. Mensageiro, servindo chá. Como qualquer rapaz negro.

Essa é Vera, claro.

— Hoje em dia é só fax e máquinas automáticas de fazer café. Você sabe disso.

Criou-se um lugar para ele que não existia antes, em desenho e produção, ali poderia aprender alguma coisa. Ben fizera um acordo com o sócio, do qual Vera não fora informada, de pagar ele próprio o salário. Aparentemente Ivan não providenciara um estipêndio para Adam, durante seu período de banimento; ele não podia ficar sem um tostão e seria humilhante ter de aceitar de Vera e Ben algo que pareceria uma mesadinha de criança. Gastou quase todo o primeiro salário em CDs para o aparelho que viera em sua bagagem. A casa de Vera encheu-se com a única intromissão da qual não lhe passara pela cabeça queixar-se, por antecipação, a Ben. Muitas vozes desesperadas, acompanhadas por uma batida pesada que ela escutava, sem distinção, como sendo Michael Jackson, reboavam de onde fora o quarto de Ivan.

Zeph Rapulana agora janta a bordo do Drommedaris.

Saiu, de forma mais ou menos permanente, de Odensville, onde construiu uma casa para a família na área concedida ao assentamento temporário, e, deixando a casinha de fundos, mudou-se para um bairro modestamente afluente, antiga residência de um casal de brancos que partira numa das levas mais recentes de emigração para os Estados Unidos ou Austrália. O que se aboliu juntamente com as leis da segregação foram a regra e o costume, mais profundamente arraigados que qualquer lei escrita, de que somente os brancos podiam viver nas áreas aprazíveis. Qualquer um que tenha dinheiro para pagar o aluguel ou comprar o imóvel já pode fazê-lo agora. Mesmo assim muitos brancos desejosos de ver os preconceitos raciais extintos e que aplaudiram sua abolição fazem comentários arrogantes toda vez que um homem ou uma mulher negra obtêm sucesso suficiente no mundo — mundo dos brancos — das profissões liberais, dos finanças e dos negócios e conseguem mudar para um dos antigos enclaves brancos. Há tantos negros vivendo em miséria degradante, como é que um negro pode se arvorar em ter jardim cuidado, garagem trancada para o carro e vigias particulares patrulhando a vizinhança? Para que se possa querer justiça para os negros é preciso que todos se qualifiquem sendo pobres. Ele devia estar morando com mais uma dúzia, num barraco sem luz, com merda escorrendo no esgoto a céu aberto. Devia estar em pé, parado na frente da porta de um fazendeiro fechada em sua cara, dizendo sem ameaças, sem violências, não vamos lhe fazer nenhum mal. Nem ao senhor ou a sua mulher e seus filhos. Nunca. Não importa o que façam conosco. Nunca. E nunca vamos penetrar em seus conselhos, nunca vamos entrar e assumir a cadeira atrás da mesa no gabinete do diretor-presidente, envergar a toga dos juízes, experimentar a farda de comandante-em-chefe.

Quando Vera aparece para tomar um café com ele, sentam-se e comparam notas. Vera é acerba a respeito dos freqüentadores do Drommedaris, atormenta-o um pouco por sua nova posição como infiltrador de uma nova espécie. Ele é calmo como a antiga espécie.

— Claro, debaixo do salmão defumado e do vinho branco que não param de servir eu compreendo que estão tendo dificuldades em levar um negro a sério. Claro que eu entendo isso. — O tom não é nem sarcástico nem jocoso.

Vera sorria. — "Eu conheço o homem branco". — E eles riram.

— Bom, estou aprendendo faz muito tempo.

— Mas você se dá com eles — não são apenas amabilidades; quer dizer, você faz com que eles levem você a sério. Tem voz ativa nas decisões.

— Devagar, devagar — sim. — Ele participa do conselho de várias companhias de financiamento, de uma fundação de desenvolvimento e dois bancos. — Acho que não sou decorativo o bastante para ser posto numa vitrine.

— Com certeza não! Mas aposto que eles achavam que você seria suficientemente decorativo, com suas credenciais do comitê de habitação, acharam que causaria boa impressão, não seria preciso você dizer nada nas reuniões, você emprestaria credibilidade aos progressos só com sua presença, e aí descobrem que não arrumaram um boneco, arrumaram *você*. Eu poderia tê-los avisado.

— Sou apenas um professor que está tentando ensiná-los a diversificar o excesso de lucros para empreendimentos que vão beneficiar nosso povo, cujo trabalho criou esses lucros. Só isso. Papéis de crédito barato para habitação, treinamento profissionalizante em vez de cassinos, financiamento para que os negros criem suas próprias instituições financeiras — mais o tipo correto de cooperação para garantir que não vamos falhar enquanto estivermos ganhando experiência. É como tudo o mais conosco, Vera: fracasse e eis aí a prova de que você não pode dar certo porque os negros não dão certo. É uma armadilha: obtenção de fundos e nenhum acesso ao know-how que tem de acompanhar isso. "Viu só? Eles não conseguem mesmo."

— Provavelmente vamos nacionalizar os bancos — e aí?

Curvou-se para ela, com um sorriso brando. — Eu acho que as suas idéias são um pouco diferentes das minhas, Vera.

Estava recostada na cadeira, com a xícara de café no braço da poltrona, pernas estendidas e cruzadas nos calcanhares. Com ele não havia pressa na comunicação; em todos os encontros entre seres humanos há um andamento que lhes pertence e que é retomado com seu ritmo próprio toda vez que estão juntos. — Iniciativa privada... Acho que está começando a me fazer enxergar o seu lado, às vezes.

— Os bancos que criamos já pertencem a nosso povo, claro. Apenas os aspectos privados mudarão — haverá homens do governo nas diretorias, alguns diretores terão de sair.

Ele? Ele irá em frente, como fez ao emergir do caso Odensville, fazendo o que era para ser feito quando precisava ser feito.

— Me pergunto o que será que você pensa de fato deles. Quando está com eles.

— Gente. Seres humanos, homens como quaisquer outros.

— Ora, que é isso? Essa é a resposta "politicamente correta". E as mulheres? As poucas que eu conheci nesse círculo não são bem como quaisquer outras, para mim.

— Não consigo pensar em nenhuma... sim, tem uma.

— Coitada.

— Bom, sim, desconfio que sim. Mas devo admitir que não reparei no modo como é tratada. Entre nós, negros, também é habitual. Acho que fui condicionado desde menino. Embora goste de pensar que resisti a tudo isso!

— Você é a pessoa menos condicionada que eu já conheci. Estava muito enganada quando o vi pela primeira vez, de chapéu na mão. Eu confundi dignidade com subserviência. Agora posso lhe contar isso.

Ele evitou referências pessoais retraindo-se. Encheu a xícara. — E você? — Ela cobriu com a palma da mão a sua. — Você diria que é condicionada?

Sabia que ele estava querendo dizer que não acreditava que fosse, ao mesmo tempo em que não achava necessário entrar no terreno pessoal; esse nível já existia, de modo diverso, entre eles.

— Descubro que, no momento, preciso sê-lo, mais do que sou. Estou com o filho do meu filho morando conosco.

Corrigindo a definição desajeitada: — Seu neto.

— Neto. Não tenho certeza — da nossa posição —, sabe? Não sei o que ele espera, o que é certo.

Era assim que ele ouvia, nas reuniões dos conselhos, à espera de deslindar os motivos do interlocutor, dando-lhe tempo.

— O que eu devia ser para ele.

— Você é Vera. — A dele, a última palavra, sem qualificativos.

Ela riu e fez uma careta.

— E quanto às outras crianças?

Tinham estado pensando em voz alta nas notícias de que os alunos das escolas negras haviam voltado às ruas, dessa vez recusando-se a pagar as taxas de exame. Ele retomou, hesitante: — Por que será que dizemos crianças? Dezoito, dezenove, às vezes até mais de vinte anos, e isso é uma das coisas que saíram horrendamente erradas no nosso tempo. Se os pais não fossem pobres demais para mantê-los na escola quando eram pequenos, se tivesse havido escolas em número suficiente para que todos estudassem na idade certa, como as crianças brancas, se não tivessem sido perseguidas de um lado a outro, por toda parte, por todo o país, durante as remoções — se tivessem tido realmente uma chance de *serem* crianças —, agora não seriam moças e rapazes sendo tratados como crianças. Não estariam fazendo essas coisas que tanto assustam as pessoas, as coisas que rapazes e moças fazem quando estão com raiva. Este país fez tudo errado.

— E nós temos que acreditar que vamos fazer certo.

— Um pouco aqui, um pouco ali. Está tudo arrebentado. Você faz o que pode, eu faço o que posso. É isso.

Vera estava observando a palma da mão direita como se (para ele) estivesse tentando fazer alguma adivinhação; porém estava se distraindo com uma imperfeição qualquer enquanto lidava com a incerteza; cutucou os grãos miúdos de duas ou três verrugas que apareciam e sumiam, de vez em quando, naquela palma. — Quer dizer que é uma espécie de processo histórico às avessas que estamos vivendo. O futuro é desfazer o passado.

— Você ainda acredita que a história o fará por nosso intermédio. Eu acredito que agimos por intermédio da vontade de Deus.

— Eu sei. Eu sei que você acredita. — Era a declaração de fé de alguém ateu: num homem.

Permaneceram um tempo em silêncio, sem reparar, mais próximos em suas diferenças do que estariam, quem sabe, de outros com quem houvesse pleno acordo.

Quando a política recorre aos métodos do banditismo, adota também o vocabulário que vai junto com eles. A gíria das séries policiais que tanto distraem as pessoas, noite após noite, na televisão, passa a ser a linguagem com que expressar os planos de assassinar líderes políticos e integrantes de seus círculos. Há uma lista negra, há matadores. Como se fosse um filme — entretanto esses valentões não são atores encapuzados numa balaclava, são indivíduos convencidos por outros de que têm uma missão a cumprir: salvar essa ou aquela ideologia política, formação racial ou nacional, crença religiosa.

Somente depois de consumado o assassinato de um líder é que a lista negra é divulgada àqueles cujos nomes figuram nela. Ninguém dá uma explicação ministerial ou oficial para isso, de modo que surge uma explicação das próprias circunstâncias: a oficialidade, ou a parte dela que manteve a lista em segredo tinha, entre os seus, alguns envolvidos na compilação da lista e no agenciamento dos matadores. Mas há tantas formações, tantas intrigas, tantas reivindicações messiânicas a destinos exclusivos que não estão previstos em nenhuma declaração de direitos que qualquer uma delas poderia ser responsável. Se alguma prisão é feita — e na maioria das vezes não o é —, o improvável indivíduo parece um ser estranho (produzido num período improvável no sentido de que nada é como foi por tanto tempo), alguém capaz de ter estado a serviço de qualquer uma delas. Porque, embora se desavenham solenemente entre si, têm um só desejo, desejam o impossível (fugir à história, Vera Stark diria), o restabelecimento da vida como era antes. Estão todos dispostos a matar para reavê-la, embora nada possa trazê-la de volta; o assassinato é uma oferenda para a qual não restam deuses.

Sibongile Maqoma está numa lista negra. O telefonema veio enquanto estava virando umas costeletas na grelha do fogão. Mpho, que à noite sempre corre para atender o telefone, certa de que o chamado é para ela, chamou a mãe por sobre o chiado da carne e Sibongile pegou o celular ao qual recorrera, assim como ao bip, para poder administrar um pouco melhor a vida. Quando ouviu a voz vagarosamente enfatizada de um africânder falando inglês, fez um sinal rápido com a outra mão para que Didymus, que abria uma garrafa de cerveja, fosse escutar no aparelho da sala.

Houve um ou dois chamados ofensivos desde que passou a integrar a comissão pluripartidária envolvida nas negociações. Enfiado por debaixo da porta, um bilhete redigido em garranchos maiúsculos a chamou de cadela retinta que devia ficar com a boceta fora da política — mas ser informada por telefone, naquele tom monocórdio (o sujeito podia estar lendo uma lista de mantimentos para o armazém) que você estava marcada para ser assassinada! Se o coronel tivesse mandado alguém falar com ela, para lhe contar; mas um telefonema!

Correu até a sala rindo num tom agudo, tremendo. Didymus e Mpho ficaram olhando como se a ameaça de alguma forma fosse se estampar nela. — Foi tão displicente, minha vontade foi de dizer obrigada, mas é que as minhas costeletas estão queimando.

Mpho atirou-se nos braços da mãe e começou a chorar. Sibongile esforçou-se para levantar-lhe o rosto e censurá-la amorosamente, não seja boba, não aconteceu nada, eu estou bem. — Mas ele disse que eles vão matar você... — Didymus assumiu o controle, o braço em volta dela. — Você entendeu tudo errado, ele disse que o nome da sua mãe está numa lista, uma lista inteira cheia de outros nomes escritos, só isso. Sua mãe não é exatamente um alvo, ela não é do alto escalão, é?

— Mas ela está lá em cima, não está?, está lá participando das negociações que essa gente horrível quer suspender. Eles odeiam a gente! Eles odeiam minha mãe!

Mpho não sabia do bilhete embaixo da porta; mas não podiam despistá-la de novo dizendo não seja boba, não é nada. Sentada, encostou a cabeça no ombro do pai; Sibongile repetiu exatamente o que o policial lhe dissera. Tinha ao menos resistido suficientemente à descrença para perguntar de onde surgira a lista: não era do interesse de certas investigações revelar a origem. Só isso. Acalmaram a menina, Sibongile segurando-lhe as mãos, virando os anéis de prata e pêlo de elefante nos dedos da filha, Didymus afagando-lhe o cabelo, enquanto conversavam, como se a respeito de lugares-comuns do dia-a-dia, sobre as possibilidades: que grupo poderia ser responsável pela lista e como a polícia a encontrara. Na casa de alguém, num escritório — onde? Mas Didymus tinha experiência no assunto. — Veio das celas. Fizeram alguém dar o serviço.

Sob o efeito do medo, Mpho estava aproveitando para regredir, tornar-se de novo uma menininha. — Papai, você precisa fazer a polícia nos proteger, você precisa.

— Meu bem, não sei se essa seria a melhor coisa a fazer... Mas vamos tomar cuidado.

— Mas tomar cuidado como? Você não pode ficar em casa o tempo todo. Veja o que aconteceu, se você vai até a esquina comprar um jornal, só uma saidinha, eles passam de carro e atiram na hora que você está entrando, bem no portão. Eu vou ser como a outra garota no enterro do pai — eu a vi na televisão —, vendo minha mãe ser posta no túmulo.

O telefone tocou de novo e ela pulou, num reflexo, para atendê-lo. Didymus a chamou. — Não diga nada a seus amigos, seja quem for.

Também não havia deuses a quem pudessem recorrer. Nenhum novo Estado, não ainda; nenhum serviço de segurança que não fosse, ao mesmo tempo, parte da ameaça. A sensação da casa, que era o lar finalmente, mudou. A dimensão dos aposentos recuou, frágil. As grades de proteção pintadas, que vieram junto com a casa, eram brinquedos para manter a distância os ladrões de galinha. As fechaduras nas portas — nada, para uma força que tinha as chaves de tudo na vida de todos, que os mandara para o exílio e os deixara entrar novamente. Seguiam em frente com a vida rotineira durante o dia e à noite sentavam-se na mobília que Sibongile comprara, como se numa sala de espera.

A aproximação entre Adam e Vera aconteceu via objetos defeituosos. Ela não sabia como estabelecer um contato verdadeiro com ele, nem ele com ela (se é que se preocupou em pensar nisso); e aconteceu sozinho. Consertando coisas. Como se nalguma parte, cuja existência ele teria preferido não admitir, escondido sob a ousadia de se embebedar e perder a carteira de habilitação, houvesse o prazer culpado de improvisar, de fazer outras coisas além de motos envenenadas funcionarem. Começou com a máquina de lavar roupa, da qual a água não saía depois do ciclo de enxágüe, e agora era o computador no gabinete avarandado de Vera. Estavam os dois na frente dele, ela na cadeira giratória e ele agachado a seu lado. Ela mostrou-lhe como a máquina ou não respondia ou discordava de suas instruções, ele observou, depois fez uma tentativa sozinho. Era como se ambos, começando a achar graça de seu próprio malogro, investissem todos os seus argumentos contra uma terceira pessoa de empedernida teimosia. — Deixe esfriar um pouco. Acho que estou começando a perceber.

— Mas o que o leva a pensar que pode consertá-lo?

— Bom, estou pensando... a gente liga de novo daqui a pouco. — Foi até a cozinha e pegou duas caixas do suco de goiaba de que se tornara viciado no país de seu pai. Tomaram com canudinhos.

Se as máquinas eram o curso de idéias onde melhor se encontravam, era fácil para ela mantê-lo. — Por que será que meu carro está começando a morrer de repente, toda vez que eu paro? É muito desagradável, ontem, toda vez que eu chegava num semáforo, ele morria. Provavelmente vou ter que levar para uma oficina e eles vão querer ficar com o carro metade do dia, aquela conversa fiada toda, vou ter que pedir um carro emprestado de alguém na fundação... Que chatice.

— Pelo jeito é alguma coisa com o carburador. — Via como ele gostava de ser consultado. — Se você me der a chave, eu saio para dar uma volta hoje à tarde e ver o que é. Pode ser só um pequeno ajuste, não precisa pagar os tubos numa oficina.

Dar-lhe a chave; era um trapaceiro, esse garoto, tirando partido do bem-estar entre eles, nesse momento, para sugerir que devia ter permissão de dirigir de novo. Ela sorriu de lábios fechados, na dúvida: *nós nos entendemos*: — E se você der uma batida? O seguro não paga e você será processado.

— Mas como é que alguém vai saber da história da carteira lá na Inglaterra?

— Porque você vai ter que mostrá-la. Não tiraram de você? Ou, se está com ela, não foi anotada?

— Da internacional ninguém perguntou nada. Estou com ela aqui comigo!

Vera não queria perder contato, ser severa, a advogada correta demais para achar graça e admitir uma iniciativa duvidosa. — É acobertar infração!

— Eles não me reprovariam no bafômetro, certo? Alguma vez você e Ben me ofereceram uma bebida? Vou virar uma goiaba.

Vera ainda estava rindo. — Não Adam, não, sejam quais forem seus planos de contingência... não é uma boa idéia.

Ele a olhava com franqueza, tão jovem, sedutor, afastado como um estorvo por aqueles outros adultos — os pais dele, o filho dela; sabendo como ser irresistível. — Vera, eu queria levar alguém que você conhece e de quem gosta muito num festival de jazz fora da cidade, como é que chama o lugar, Brotherstroom.

— *Broeder*stroom?

— É, isso. Preciso de um carro para levar Mpho no sábado, você não vai ao escritório no sábado e Ben fica em casa, você podia usar o carro dele.

Espantou-se com a mudança no rosto e no jeito do corpo sentado na cadeira.

— Onde foi que encontrou com ela?

Ele riu num mal-entendido proposital, como se da falta de memória dela. — Na sua casa. Quando ela veio com os pais.

— Não, de lá para cá.

— Ela foi até a loja faz umas semanas. Acontece que ela é chegada nos mesmos grupos que eu. — Adam tinha arrumado um emprego por conta própria e saíra da Promotional Luggage. O conhecimento sobre todas as variantes da música pop que demonstrara como freguês levou a uma oferta de emprego na CeeDee Den. Acreditava, muito acertadamente, que Vera aplaudia intimamente qualquer passo rumo a uma certa independência, a uma libertação do elo autoritário pai-avô, conquanto a aceitação de Ben tivesse sido um sentimento não expresso de deserção.

Vera parecia estar se digladiando para formular sabe-se lá o quê a ser dito. Adam observava impaciente. Quem pode entender as pessoas à medida que elas vão se afastando cada vez mais da juventude? Estavam se dando tão bem e agora ela sumira de vista, nalgum domínio onde, quem sabe, ele conseguisse chegar daqui a uns cinqüenta anos.

— Você devia ficar longe dela — de Mpho. — Depois de todo aquele preparativo, o que saiu foi abrupto.

— Mas por quê? Ela é uma garota superlegal. A gente se diverte junto, o que tem de errado nisso? Por que se afastar, assim de repente?

— Porque eu estou pedindo.

O motivo capenga jazia entre eles.

Tem que haver mais alguma coisa nisso: o olhar de Adam a interrogava, sem obter resposta. De repente ele se espantou de novo: — Porque ela é negra. Porque ela é negra!

Vera baixou a cabeça e olhou-o por sob as sobrancelhas.

Então o que era, o que era, Vera sabia tão bem quanto ele que não aceitaria, e ele tampouco, o "Porque eu estou pedindo".

— Porque é encrenca. Sim, eu gosto muito dela e ela é uma moça especialmente atraente, uma feiticeira, mas é melhor não se meter — não se envolver.

— Melhor para ela, para mim? Para quem?

— Eu não sei o quanto você a conhece, o quanto ela lhe contou de si mesma...

— Nós saímos algumas vezes, uma discoteca, mas a gente não perde muito tempo *explicando* coisas. — Ele já tivera sua dose de problemas familiares; será que os mais velhos não conseguem entender que há outros interesses na vida quando se é jovem?

— Os pais dela são meus amigos há muito tempo, e eu fui envolvida num problema que eles tiveram com ela. Por causa de um homem. — Não havia por que tratá-lo como criança; ele também é um homem. — Foi uma coisa doída para todo mundo. O rapaz era muito amigo meu também. Morreu.

Morreu.

Morrer, a idéia da morte, tão longínqua de qualquer sentido aos dezessete anos, o levou mais para perto da interpretação de Vera para o significado de suas saídas com Mpho, mesmo que não a entendesse. — Ela não disse nada. Quer dizer, é uma garota incrível, tão alegre, essa coisa toda.

— É que os pais dela sofreram muito, tanto quanto ela, e eles são pessoas cheias de responsabilidades especiais, não podem passar por mais um problema pessoal no meio disso tudo. Você sabe que a mãe dela está na lista negra. Tem gente querendo matá-la.

— É verdade mesmo? Meu Deus. Imagine se em Londres eu ia conhecer alguém sendo seguido por um matador. Parece coisa de filme.

— Só que aqui não é filme.

— Sei. — A fisionomia assumiu uma perplexidade descontente; talvez estivesse se perguntando o que fazia ali. Por que fora enviado pelo conluio de adultos.

— Se você começasse alguma coisa com ela, Adam. Se você dormisse com ela. Olha, Sibongile e Didymus diriam que a responsabilidade é minha — por ter posto a moça em risco de novo, emocionalmente — e em todos os outros sentidos. Eu sei que você é adulto, que você tem que viver... mas ia ser um drama no qual não deveria se envolver. E se você já... se você está dormindo com ela...

A franqueza estabeleceu uma espécie de confiança clandestina entre eles. Para Adam, no fim das contas, ela não era tão velha assim; para Vera, ele não era assim tão jovem.

— Ainda não, mas já percebi que ela toparia, quer dizer, ela está pronta para qualquer coisa. Ela gosta de mim... claro que eu estou interessado nela. Quem não estaria?

Começou a tocar nas teclas do computador de novo, como alguém que corresse os dedos pelo piano.

A aparente submissão do rapaz afetou-a, começou a fornecer maiores explicações. — Você sabe que eu jamais teria feito isso se tivesse sido qualquer outra moça com quem você quisesse dormir. Não é porque eu seria considerada culpada, não é isso que importa. São os Maqoma.

— Que vida mais complicada que vocês têm aqui. — A curiosidade e superioridade da distância, da juventude.

Vera estava olhando a tela com ele. — E em Londres?

— Ah, em Londres tem só minha mãe e a húngara com quem se preocupar — pelo papai.

— Olha, está fazendo a mesma coisa outra vez!...

Seus olhos moveram-se em dueto pelos sinais esverdeados brilhando e sumindo na tela. Enquanto isso ele se pôs a papear. — Sabe, faz tempo que eu queria perguntar, mas sempre me esqueço, será que meu pai lembrou de contar para você? Ele topou com o homem com quem você era casada antes. Estava em Sydney, numa daquelas conferências de negócios onde todo mundo usa uma plaquinha de identificação com o nome, apareceu um sujeito no bar e disse: Você é filho de Vera, não é? Foi uma coisa maluca — ele disse, como se estivesse se apresentando: sou marido dela.

Os olhos de Vera não largaram a tela, mas ele sentiu sua atenção interrompida, uma corrente subitamente desligada.

— Bom, ele era.

E aí o rapaz começou a ver, fascinado, algo que não achava que pudesse ocorrer — que lhes pudesse ser necessário — com pessoas mais velhas, adultos de verdade, que não precisavam temer o poder da autoridade: um resguardo alerta instantâneo rapidamente dissimulado em indiferença. Sem aquele reconhecimento de uma rota de fuga que conhecia muitíssimo bem, jamais teria tido peito de pressioná-la. — Deve ser história muito antiga.

Os ombros de Vera ergueram-se e baixaram.

— Quantos anos tinha quando se casou com ele?

— Sua idade.

— Nossa, que horror.

— Bom, foi na época da guerra. Essas coisas proliferavam que era uma beleza. Apaixonar-se, ou melhor, pensar que era paixão. As pessoas estão sendo mortas, então a natureza adianta a idade de acasalamento para substituir os mortos com crianças — algo assim. O mesmo tipo de coisa que acontece entre os jovens negros na violência das *townships*, hoje em dia; a vida é barata, o sexo engana para procriar.

— Quando você era jovem sexo significava casar.

— Em termos gerais, sim. Com certeza para as moças. Se você queria o sexo, você achava que queria o casamento.

Matutavam os dois, uma pausa confortável entre eles.

— Nem consigo imaginar. Nós temos o sexo, agora. E temos a AIDS... e?

— Parece que isso de liberdade sexual não existe. Bom, talvez tenha existido para uma geração, pelo menos — a de Ivan e Annie. Entre o fim da necessidade de casar e a chegada da doença.

— Parece que não ajudou muito. Papai se divorciou, do mesmo jeito que você. Quando estou com ele, e quando estou com minha mãe, me pergunto por que será que os dois resolveram um dia se casar. E quanto a Annie?

— Como assim? — Quer dizer que Ivan deve ter relatado como um desastre a escolha de Annie.

— Você sabe do que estou falando.

— Que Annie é lésbica.

Houve um ligeiro vacilo de constrangimento no semblante, antes que continuasse. — Quer dizer que isso faz parte da liberdade.

— Acho que sim, Adam. Faz.

— Mas quando você acha que aconteceu? Quando ela tinha minha idade? E os rapazes?

— Claro — ela é linda. Como Ben; as pessoas se apaixonam por esse tipo de beleza. Houve rapazes, homens, mas por algum motivo eles não conseguiram provocar a resposta certa nela.

— Mas outra mulher sim. Por que será que você acha que foi... que ela ficou assim?

As atenções dos dois encontraram-se e desviaram-se como o folhear de uma página, várias vezes. Da parte dele, estava lhe dando espaço para refletir, para lhe oferecer algo com que pudesse aprender. Ela quase disse, despejou sobre esse improvável confidente, Medo dos homens porque "levaram embora" a mãe dela, porque um homem escangalhou o seio do lar. Mas respondeu com uma hipótese autodepreciativa negligente. — Às vezes penso que sei, mas claro que é absurdo. Talvez a "causa" — não sei se devo chamá-la assim, os próprios gays ficam furiosos quando você sugere que é uma anormalidade — talvez seja física. Talvez psicológica. Há muitas teorias. Mas Annie diria: escolha. Liberdade de escolha.

Aí ele disse o que Ben dissera uma vez, talvez a pergunta que todos os homens heterossexuais façam a uma mulher ao pensar na rejeição a seu sexo. — Você dormiria com uma mulher? Não estou falando agora (sorriu enquanto a absolvia respeitosamente de qualquer sobrevivência de sexualidade, como se fora uma desgraça), quando era jovem.

E ela reverteu a acusação de Annie em vantagem. — Eu só amei homens.

— Algumas pessoas dizem para experimentar... Eu não sei. Fazer sexo — ou algo assim — com gente do meu próprio sexo, não gosto da idéia. Depois que você já fez com uma garota, como é que se pode pensar em algum jeito melhor. Eu adoro as garotas.

— Não precisa pedir desculpas por isso!

— Pensar na guerra, você se casando com aquele cara. Mas você não teve filhos, teve?

— Não.

— Antes de Ivan.

— Antes de Ivan, não.

— Meu pai não disse mesmo nada do encontro?

— Você sabe como as cartas dele têm andado preocupadas com você.

A branda censura o fez desviar-se, sorrir numa outra direção. Mas cutucou uma pequena saliência no maxilar, onde um pêlo de barba encravara na pele. — Não foi só o encontro na conferência. O homem o levou de avião para mergulhar na Grande Barreira de Coral.

Fez-se o silêncio expectante que surge entre duas pessoas quando uma está confrontando pensamentos que a outra desconhece, porém uma suspeita instintiva, uma espécie de espetar dos nervos, se transmite.

— Parece que eles se divertiram à beça. — A curiosidade dele cresceu; segregou Vera e ele num círculo fechado.

— Ouvi dizer que a Grande Barreira é maravilhosa.

— Ele falou que nunca se divertiu tanto na vida. Meu pai sendo paquerado! Decididamente não é do feitio dele.

— Qual você acha que é o feitio de Ivan?

— Bom, ele não é... espontâneo (satisfeito de ter encontrado a palavra certa), como você deve ter sido. Ele pesa as coisas. Olha quanto tempo ele levou para se decidir entre minha mãe e a húngara. Mas pode ser que tenha sido porque o cara conhecia você. Não era um estranho qualquer num bar.

— Pode ser. Nunca se sabe o que um filho ou uma filha compreendem da gente; daquilo que pensamos que somos.

— Os mais velhos são tão cheios de cautela!... já contou alguma vez para Ivan o que me disse agora, sobre a guerra e sexo e essa coisa toda? — Moveu devagar a cabeça, na certeza de que ela se uniria a ele na negativa, e ela o fez, os dois sorrindo da aquiescência de Vera.

Voltaram ao computador. — Está estourado mesmo. Vou ver se recupero os dados, vou tentar os *back-ups*.

Ela disse que o deixaria cuidando do assunto. Ele sentiu que obtivera alguns pontos de vantagem sobre ela: para ele, ela era ao mesmo tempo Vera e sua avó. Virou-se. — Vou levar uma outra garota... você me empresta seu carro no sábado?

Conseqüências.

Pai e filho.

Vera os vê. Nadam em direção um ao outro através das ruínas de palácios de coral, pés de pato ondulando, faixas de corrente e de luz passando e, aumentados pela água: reconhecem. O rosto de Ivan é o rosto da moça no chão do quarto, o esperma convulso aumentado pelo tempo, fora da vista e da mente, até o homem, etiquetado, abordado num bar. Sem a etiqueta de identificação, poderia ter sido uma daquelas semelhanças coincidentes que não partilham sangue: de um lado e outro do oceano mais dois seres humanos calham de nascer com a mesma conformação de rosto.

Vera, aquela cadela sensual e voluntariosa, teve de transformar fertilização em partenogênese, e a prova do logro é que reproduziu a si própria, apenas a si própria, em forma masculina, para seu novo amante. E Ivan é atraído por um homem que nunca viu, de quem nunca se disse nada, outrora casado com a moça que viria a ser sua mãe; uma atração assim é uma espécie de reconhecimento. Nunca se divertiu tanto na vida, com ele.

Pai e filho. Não há fim para as conseqüências. A conseqüência de agora é que um rapaz de dezessete anos de idade tornou-se um dos confidentes de Vera. Ele sabe que ela esconde alguma coisa e faz confissões para disfarçar. Ele também faz a mesma coisa, para se proteger dos adultos. Em reconhecimento — um outro tipo de reconhecimento — ela o deixa dirigir sem uma carteira válida de habilitação e ambos, como amigos, escondem o fato de Ben.

Tem necessidade de redefinir. Os amigos. Amigos são indivíduos diversos, repositórios de confidências e confissões. O ato dessas amizades, no qual os vários aspectos do eu não podem ser postos todos sobre uma só pessoa, equivale a pôr o fardo do eu dentro do outro, pelo qual costumava definir o ato sexual.

A dra. Vera Stark, vice-diretora da Fundação Legal (no fim não lhe foi possível evitar um título), está entre os indicados para servir na Comissão Técnica sobre Questões Constitucionais, segundo noticiaram os jornais. Vera ouviu dizer que seu nome estava sendo cogitado, mas não levara a possibilidade a sério; afinal havia tantas comissões e comitês já reunidos, e tantos outros sendo formados, fosse para passar o fervor da mudança de mão em mão, fosse para manter o espírito da democracia evoluindo enquanto se destruía o palco da velha hegemonia, seus cenários, agora incongruentes, ainda estorvando a vida das pessoas. Havia os que queriam mantê-los no meio do caminho, na esperança de que sobre eles se pudesse pintar uma hera de aceitabilidade; outros queriam carregar com a lixarada toda, para viver nalgum enclave de pele ou língua exclusivas, e percorriam as ruas em comandos armados para transformar sua causa neo-arcádica nazista numa ameaça. Alguns diligentes empreendedores, adaptando-se a uma nova ordem onde talvez ainda fosse possível fazer dinheiro, mesmo perdendo o controle político, queriam arrendar a suprema relíquia do poder do falecido regime, a ilha Robben, para uma incorporadora turística. Um ex-preso político cujo povo a fundação estava representando numa disputa de terras fez a seguinte contra-reivindicação a Vera: *Nós passamos a vida lá. Nós a ganhamos. A ilha é nossa.*

Vera teve o cuidado de não decidir de imediato o que significava a nomeação. Pelo menos não em termos do conceito em que era tida publicamente: com comissões sobre tudo quanto é questão — e o que não estava em questão no momento? —, com certeza havia uma busca desesperada mesmo por gente pouco qualificada para deliberar sobre elas.

Ben olhou-a com admiração, vendo o apreço dos outros refletido nela, orgulhoso disso. Censurou sua hesitação. — Não se recusa uma honra! E você bem que merece. Sua qualificação como advogada é tão boa quanto a dos outros — melhor. Ninguém tem sua experiência. O que sabem eles sobre comunidades rurais e campos de invasores, sobre todos esses distritos eleitorais a serem considerados?

Encontraram-se para o almoço, por sugestão dele, o novo desdobramento fornecendo a chance de retomar o que outrora fora uma forma de se verem durante a separação do dia profissional. Ela continuou tirando as azeitonas da salada. Ele a observava. — Não está pensando em recusar, está, Vera? — Não sabia o que esperava que ele dissesse, o que queria dele. Quando veio o café, demorou-se em frente à xícara, esticando a pele das maçãs do rosto com a ponta dos dedos, em direção às têmporas. Tudo que obteve de Ben foi aflição com sua indecisão e aparente falta de capacidade para explicá-la. Aí precisava voltar ao escritório; havia o fato desagradável de que ele não tinha pressa, infelizmente a empresa estava indo muito mal e não havia urgência nem incentivo para encurtar a distração do almoço. Tocou-lhe a mão, em reconhecimento, e partiu, sem olhar para ele sentado ali, sozinho.

Atrás da escrivaninha, de olhos pregados na porta que, de tão familiar, nem enxergava mais, seguiu a névoa esgarçada de uma visão persistente, Oupa entrando, como sempre fazia, levando papéis para ela, sua bandeja de plástico com frango ao curry e *pap*. Se ele não estava mais lá, tampouco ela estava. Quando foi que começou, de repente, a ver uma cena familiar (o quarto à noite, o nível do copo d'água, as roupas largadas) como se estivesse descrevendo para si própria alguma coisa já passada? Quando tinha a seu lado, no Cento e Vinte e Um, tão real, um jovem amante. O Bebê de Hitler. Há tanto tempo. A sensação que tinha de sua existência era a de alguém que entra numa casa estranha e vê ali uma carta sua, sobrescritada com a própria letra e que, depois de entregue, continuasse sem abrir: o impulso de apanhá-la, recolhê-la.

Um a um, os colegas terminaram o trabalho do dia e foram embora. Podia ouvir a faxineira esvaziando os cestos de papel, com um tapa no fundo, acompanhado pelo estranho canto soprano, quase atonal, das mulheres negras, o coro grego de suas vidas. Quando saiu, cruzaram-se no corredor, Vera instigada à deixa habitual perguntando pelo nome do *amour propre* de Bella como andava se saindo o Coral Feminino de Dobsonville nos concursos ultimamente, e Bella respondendo com a avaliação que dela se esperava: — Ah, muito bem, muito bem, acabou de ganhar o segundo lugar.

A placa torta de "Pare" num cruzamento, o renque de esplêndidas buganvílias roxas num muro, a cerca onde a máscara preta e branca de um husky estava sempre prensada sofregamente na treliça, o ponto em que as raízes do inhame pé-de-elefante sobre uma casuarina suspenderam o calçamento da rua, como lençóis depois de um sono inquieto; dobrar a esquina numa rua lateral onde todos esses sinais chegavam a um destino. Apanhou o jornal vespertino na caixa de correio de Zeph Rapulana e levou-o consigo até a porta da frente. Tocou; esperou pacientemente. O silêncio de uma casa vazia onde o relógio elétrico de parede (um caxias, ele diz, nada de horário africano para ele!) zumbe à beira do audível e documentos se movem com a corrente de ar de uma bandeira que ficou aberta. Depois de um tempo virou-se e foi para o jardim, onde havia uma mesinha e duas cadeiras de plástico dispostas caprichosamente debaixo do jacarandá. Sentou-se ali, lendo o jornal. Não encontrou dificuldade em lhe dar toda sua atenção. A dimensão de consciência que habitara no escritório fechara-se. Vera não estava sequer à espera de que o dono do santuário que ocupava voltasse para casa. Se não tivesse voltado, teria simplesmente se levantado e partido, quando estivesse pronta, dobrando de novo o jornal e colocando-o, cuidadosamente, na frente da porta. Mas seu carro foi ouvido deslizando para dentro da garagem e, pouco depois, ele apareceu por um portão lateral no pequeno jardim reivindicado com palmeiras e samambaias arborescentes que trouxera de algum lar ancestral na Lowveld e não do campo de invasores de Odensville que, para ela, era seu lugar de origem.

Sorriu sem qualquer sensação de surpresa, como se esperasse encontrá-la ali sempre; ou mais provavelmente porque a característica africana que tanto a irritava quando em sua própria casa, de aparecer a qualquer hora do dia sem nem um telefonema em consideração à privacidade, funcionava encantadoramente ao contrário, já que nos lares africanos o normal é que as pessoas apareçam quando quiserem. Trajava um de seus ternos Drommedaris, de um cinzento elegante, mas cumprimentaram-se com o costumeiro abraço gingado que o movimento de libertação apropriara dos ditadores. Tirou o paletó e acomodou-se em manga de camisa.

— É uma honra. — Fez o teste com ele.

— Com certeza.

— Mas será que a honra é o mais útil? Para mim.

— Onde está querendo chegar, Vera?

— Será que não estarei melhor, não será melhor para mim continuar fazendo meu trabalho na fundação — o trabalho que você sabe que eu faço bem, não faço? — do que me pôr na posição de tomar decisões tremendamente importantes, impor condições para outras pessoas — para o país inteiro. Me pôr lá em cima, acima deles...

— Toda honra é útil na medida em que você for capaz de torná-la útil. Você sabe que sempre me faz lembrar que eu não sou contra o que as pessoas consideram honrarias. Há alguns, entre a nossa gente, que até consideram participar da reunião de um conselho uma honra, mas você e eu sabemos que é outra coisa. Como foi que você disse uma vez? — infiltração.

— Mas isso é diferente. É se colocar lá no alto para decidir o poder, no final das contas. O que é uma Constituição senão a prática, dentro da lei, de uma declaração de direitos? Os meios práticos de concretizar todas as nossas belas frases, O Povo Terá...

— Você só estará lidando com a elaboração do projeto. Algo para o conselho de transição. Não é uma coisa final, uma responsabilidade total pela qual nossos netos irão culpá-la.

— Ah, mas é o projeto que vai ter que reconciliar tudo, para que a Constituição final tenha coerência, pelo menos, para vigorar. Pense nas regiões, só nisso: as paixões em desacordo por causa das regiões, todo mundo com seu próprio mapa caseiro dos poderes que quer ver estabelecidos ali. Os Odendaal, os Buthelezi e os Mangope todos, todo mundo gritando e batendo o pé pelo direito de fazer o que bem entender com o povo dessa ou daquela região do país, sem interferência nenhuma do governo central.

— Mas esse é justamente onde será travada a batalha final! Onde estiver reunida a Comissão Técnica! Será o último suspiro do antigo regime, é ali que vamos ouvi-lo! Mas ainda lhe resta um pouco de fôlego. É preciso pôr um ponto final!

Ela oscilou, incerta, meio sorrindo; de hábito ele não era um homem veemente.

O professor que havia nele falou, como se estivesse de novo em seu gabinete de roça e a tivesse chamado. — É seu dever.

Mas Vera não conseguia se ver como um fariseu.

— Certo. É poder. E o poder a assusta.

— Eu não sei. — Ela se sente ligeiramente agressiva. — Sim, o... eu não sou como você: pertenço há muito tempo a um povo que usou o poder de modo horrendo. Desconfio dele.

— Por você. Mas se essa comissão fizer o trabalho direito, nosso povo terá poder, de verdade, *empowerment*.

Aceitavam tacitamente que quando dizia "nosso" povo, era um negro falando pelos negros, numa diferença sutil de quando usava "nós" ou "nos", que significava uma empatia entre ele e ela. Continuavam a se aceitar exatamente pelo que eram, sem a sensação de que um se intrometia no território privado do outro. Ocorreu a Vera ser essa a base que em termos gerais deveria ter existido entre um homem e uma mulher, onde a questão não é uma diferença de antepassados e sim de sexo.

— Trata-se de uma gradação, o fato de eu participar de conselhos ou você integrar a comissão — que é mais urgente. Você nunca demonstrou dúvidas a respeito da minha participação.

— Ah, não. Quem é que teria alguma coisa a dizer sobre isso? Você está abrindo um espaço para os negros no mundo do dinheiro. Até os ex-stalinistas entre nós querem isso. O paraíso não existe; só o FMI e o Banco Mundial...

— Muita gente tem! Eu só estou lá pelo salário dos diretores. Estou morando num bairro bom, da Zona Norte, em vez de morar em Alex ou Soweto. — Ele sorria da certeza dela.

Ela o amolara por causa daquele restaurante chique. Estalou ardidamente a língua no palato e sacudiu a cabeça, em repúdio a si mesma e a seus censores. Acreditar nele era aceitar que a esquerda, manifesta não na ideologia e sim nas condições de vida da maioria, é capaz de encontrar soluções próprias para essas condições, usando alguns dos meios do capitalismo. Olhando para os países vizinhos do continente, que outra solução havia para se tentar, por enquanto?

— Quer dizer que eu devo me instalar lá entre os pequenos deuses que estão decidindo o que o país será. Representação proporcional, regiões... E quanto à fundação? Vou ficar afastada meses, você sabe disso. Estamos sempre com falta de pessoal. Vai ter tanto trabalho, coisas esquentando antes que venha um novo governo. As pessoas temem que as antigas fronteiras permaneçam, a menos que consigam voltar para suas terras antes. Lugares limítrofes aos bantustões que estão resistindo à incorporação com o resto do país — precisamos ganhar na justiça para pedi-los de volta rápido, e você sabe a briga que é isso. Problemas como Zevenfontein — quem, negro ou branco, quer aquele pessoal miserável acampando ali do lado deles num bairro de classe média? E Matiwane's Kop, Thembalihle, Cornfields — eles querem as terras deles de volta. Ontem estive em Pretória — de novo — na Comissão Consultiva para Demarcação de Terras...

— O velho campo de batalha.

— Mogopa, dessa vez. Uma audiência que marcamos para a delegação de Mogopa. Sabe o que um deles disse para a comissão? "O governo é um ladrão que foi pego mas só devolveu metade do que roubou." Nós entramos com um processo para a devolução daquelas duas fazendas que foram tiradas deles em meados de oitenta, mas no final eles só receberam uma de volta, a fazenda Swartrand, a que tem menos terra arável. Entramos com recurso. O homem pulou por cima do nosso jargão jurídico como se estivesse atravessando um anel de fogo. "Agora que a terra deveria ser devolvida para a gente, é um tal de conversação, conversação... O governo está podendo roubar a propriedade do povo e, depois, formar comissões." E havia um velho, Abram Mabidikama, não consigo tirá-lo da cabeça — ele disse que ver os fazendeiros brancos pastando seu gado em Hartebeeslaagte era como ver uma criança raptada labutando para estranhos, "enquanto eu não tenho nada". Aí levantou-se e disse a eles, nós vamos lutar para conseguir nossa terra de volta "até o final dos tempos".

Zeph repetiu, para si e para eles. — Até o final dos tempos.

O velho não dissera aquilo que os manifestantes estavam entoando nos comícios, *morte ao bôer*, *morte ao fazendeiro*; mas, assim como Odendaal fizera, quando esse homem sentado a sua frente em manga de camisa com abotoaduras no punho dissera *Meneer, não vamos lhe fazer nada. Nem ao senhor, nem a sua mulher e seus filhos*, a comissão remexeu nas canetas e se escondeu da ameaça por trás dos bifocais, como Odendaal se escondera atrás de uma porta batida.

— Que pedaço de papel, que aliás vai ser disputado pela quadrilha da direita branca e pelos líderes dos bantustões, pode ser mais importante do que a oportunidade de garantir, agora, que as pessoas finalmente terão um lugar para *chegar*, Santo Deus — que não serão mais perseguidas do nada para lugar nenhum. Pelo menos nesse aspecto eu sei que posso fazer alguma coisa. Não tem uma outra pessoa para ocupar meu lugar na comissão? É mais fácil do que me substituir na fundação.

— Muita coisa não parece fazer sentido porque estamos correndo muito, temos que correr, e uma coisa acaba ficando de lado por outra, acaba derrubada para que algo maior possa ir adiante.

— Mas nada se equipara.

— Não. Temos que abandonar os velhos padrões de comparação, do que é importante e do que não é. Não estamos apenas comparando o peso de um saco de sal com o de um saco de milho, Vera.

— Quer dizer que devo sentar quietinha numa comissão eleitoral enquanto do outro lado da rua alguém vigia a casa de Sally e Didy, à espera de uma oportunidade para matá-la.

— Você a tem visto?

— Levei um buquê de flores e foi o maior erro — como se ela estivesse doente, ou então como a gente faz quando alguém morre. Ela pegou as flores com uma expressão muito peculiar.

— Devia ir sempre. Quando existe alguma coisa ameaçando, as pessoas precisam de gente. Eu já vivi isso na vida.

— Ela e Didy não nos visitam. É como se fosse uma doença. Ou uma praga. Eles não querem envolver ninguém mais no risco. Sally é toda cheia de bravatas, claro, diz que nunca se sabe se o sujeito atira direito, pode pegar outra pessoa por engano.

O sol se pusera e o céu quase escuro estava perolado de nuvens. Vera levantou-se e esticou-se na direção desse. Caminharam juntos até o portão, partilhando o final do dia sem domesticidade alguma, ele não lhe perguntou o que iria fazer, ela não lhe deu decisão nenhuma. Zeph Rapulana torceu distraído uma rosa amarela de uma roseira ao lado do portão; depois entregou-a a ela. Vera rodou o cabo entre os dedos.

— Cuidado com os espinhos.

— *Empowerment*, Zeph. O que significa essa novidade? O que aconteceu com aquilo que costumávamos chamar de justiça?

Didymus acompanhava Sibongile a toda parte com uma arma no bolso interno do paletó. Com sua ficha política, jamais teria conseguido porte de arma, caso tivesse solicitado; o movimento é que lhe fornecera uma, fazendo valer sua própria forma de legalidade. Além do Estado, todas as facções internas porém fora de seu controle, rebeladas contra as concessões feitas ainda que com relutância pelo Estado, tinham o arsenal inteiro do exército e da polícia ao qual recorrer. O que eram alguns carregamentos de armas contrabandeadas — simbolizadas pela imitada, decantada e mitificada AK-47 — contra isso tudo? Quando a proteção policial é gentilmente oferecida, por trás há a seguinte realidade: em meio aos próprios guarda-costas pode haver um assassino. Tê-lo patrulhando a rua em frente à casa, o primeiro lar na volta ao lar, onde Didymus, Sibongile e a filha jantam à noite, tê-lo sentado atrás de sua cabeça enquanto dirige para o trabalho!

Sibongile olha para a coisa, a arma, com nojo e toda hora pergunta a Didymus se tem certeza de que está travada, ali encostada a seu corpo. Mas ele não é nenhum marido branco morador dos bairros ajardinados, precisando ser ensinado a "lidar" com uma arma — conforme o eufemismo usado pelos amadores para aprender a matar. E ele não vai, isso Didymus garante, atingir ninguém por acaso, a pessoa errada.

E sabem, ambos, que se o matador agir, não será enquanto puder servir de alvo. Será, como o foi com outros, uma saraivada de balas de um carro em movimento, ou por uma janela atrás da qual ela, o marido e a filha sentam-se à mesa. Didymus não terá tempo de ver um alvo ou de atirar. A arma é uma promessa que tem poucas chances de ser honrada. Didymus há muito tempo acostumou-se aos revezes pesados de seu modo de vida e tudo que pode fazer é conduzir Sibongile por eles.

Indivíduos com ar suspeito rondam a casa, mas são apenas jornalistas; os assassinos não despertarão suspeita ou, se o fizerem, será depois do evento, como quando os vizinhos se lembram de um carro vermelho dando voltas no quarteirão alguns dias antes do último assassinato. Não conseguindo a vítima em potencial ou o marido, os jornalistas dão um jeito de abordar Mpho, que fica muito lisonjeada quando lhe perguntam como se sente com a mãe ameaçada e aparece numa fotografia encantadora que ela recorta do jornal e põe no quarto. A distração a faz sentir menos medo.

Ninguém pode dizer quando será seguro de novo. Seguro para fazer o quê? Movimentar-se livremente. Deixar a arma em casa. Nas sessões do Conselho Negociador, Sibongile e outros integrantes da lista negra ao menos estão convenientemente agrupados num só lugar. Rapazes do exército de libertação montam guarda; encorpados e relaxados depois das austeridades de anos em acampamentos no mato, mantêm-se próximos uns dos outros, como garotos de escola durante o recreio, quando sua cota do lanche fornecido aos delegados lhe é entregue. Acostumar-se a precauções pode ser exatamente o que os matadores estão esperando que aconteça com seus alvos. Toda rotina, mesmo aquela da vigilância, torna-se distraída: uma vez que se acostume a estar correndo risco, é aí que você corre mais perigo. É aí que surge a oportunidade de ser pego de um jeito que não foi previsto. Uma surpresa. Os escolhidos da lista negra comentam entre si: saia até a esquina de manhã bem cedo para comprar um jornal, está tudo calmo, é feriado, não tem ninguém na rua a essa hora, não é um movimento habitual seu que alguém possa prever, só até a esquina, só isso, e quando você volta leva bala na cabeça, não uma mas três vezes, para ter certeza. A última surpresa de sua vida.

Sibongile tem uma compulsão, não consegue deixar nada pela metade. A tarefa mais corriqueira; antes de sair de casa, de manhã, vai de aposento em aposento, pondo tudo no lugar, instalando novas pilhas no toca-fitas que Mpho deixou vazio, arrumando as pastas desordenadas que Didymus empilhou sobre a mesa da cozinha, como se de outra forma essas tarefas nunca mais fossem ser cumpridas. Agita-se sempre que alguma desavença continua não resolvida depois que Mpho fecha a porta da frente e sai para o curso de computador que está fazendo no momento, até mesmo com a displicência com que essas separações diárias acontecem. Corre para sapecar um beijo no rosto de Mpho ou espiar, pela fresta das persianas que deveriam ser mantidas fechadas para que os movimentos internos da casa não possam ser seguidos, o pequeno traseiro empinado da moça gingando apressado sob o fiapo de saia de brim azul. Didymus encontra bilhetes em vários lugares. Percebe que não são os lembretes de hábito que Sibongile escreve para si mesma e sim instruções a terceiros que manteriam a continuidade da vida caso ela se fosse, como aquele que foi comprar um jornal na esquina e não voltou. Ele não diz nada. Amassa os bilhetes e mira no cesto da cozinha. Ele próprio jamais sucumbiu à tentação de rituais dessa natureza; por outro lado possuía o talismã do disfarce.

Continuavam passando a noite em casa, ele lendo ou no computador, redigindo notas para o livro que deveria escrever, e ela estudando documentos de vários comitês ligados ao Conselho Negociador. Aconteceria quando fosse até a cozinha preparar uma xícara daquele chá de *rooibos* que, no seu velho desvelo com a saúde, achava que fazia bem para ela? Ou quando dissesse: Já vou indo e, a caminho do quarto, no banheiro ainda, teria tempo apenas de abrir a torneira? A batida de uma porta ou o estouro num cano de escapamento na rua os faziam erguer imediatamente os olhos; depois Sibongile assumia uma altivez descuidada e Didymus sorria enviesado para ela. Mpho, sentada com os pés descalços por sobre o braço do sofá, um montículo de estômago bem alimentado revelando-se na postura desleixada, farfalhando a mão num pacote de seus salgadinhos preferidos, assistia na televisão a paródia de suas vidas em violência e tiroteios simulados.

Sibongile e Didymus formavam um time e, juntamente com os outros da lista, eram os iniciados, mantinham-se à parte daqueles que não haviam sido escolhidos, mesmo dos camaradas e amigos chegados. Estes pareciam não saber como lidar com a situação, embora as vítimas dessem a impressão de estar administrando o inimaginável muito bem. Vera Stark aparecia com razoável freqüência, acompanhada do silencioso Ben. O que estava acontecendo na vida dos Stark? Pelo menos essa era uma forma de tirar os amigos do assunto da Lista, das intermináveis especulações sobre quem estaria por trás. Vera estava batalhando com a Comissão Consultiva para Demarcação de Terra — "como sempre", descarta ela. Conversam sobre a primeira sessão da Comissão Técnica sobre Questões Constitucionais a ser realizada em breve, tomando como certo sua participação. Didymus não está ressentido por ter sido passado para trás; a ameaça da morte, próxima, suga da ambição toda a importância, por enquanto. — Quer dizer que vai se afastar da fundação na semana que vem. — Ele sorri e lhe dá um tapinha na mão; maravilhoso que tenha sido escolhida. Vera olha de relance para a segurança que ele demonstra, um momento de troca entre os dois.

— É. Na semana que vem.

É a primeira vez que Ben toma conhecimento de sua decisão de aceitar. Examina-a em silêncio, está sozinho na sala no meio dos outros. Vera não se volta e ele vê que aquele perfil — o polegar momentaneamente testado entre os dentes — declara que, para ela, a vida não tem realidade no contexto da situação vivida por Sally e Didy, nesse palco onde, numa tenebrosa adaptação da máxima de Tchekhov para o teatro, uma arma que não é vista em cena, mas da qual todos têm conhecimento, pode disparar antes do final do ato, antes que a Comissão Técnica faça suas deliberações ponderadas e que surja uma nova Constituição segundo a qual — é a única esperança — os assassinos percebam que foram abandonados pelos deuses a quem oferecem os sacrifícios.

Ben meio que acredita, tem de acreditar, que Vera falou apenas para evitar mais perguntas sobre a comissão, ela não quer falar de suas indecisões. Por esses velhos amigos, Sally e Didy, é levado a abandonar suas preocupações, sentindo a necessidade que Didy tem de distração, de uma manifestação de interesses normais, e comenta que seu negócio vai mal. A fé no valor promocional de malas de pele de crocodilo zairense, lagarto sul-americano e avestruz do Cabo, com iniciais folheadas a ouro e logotipo, andava meio em baixa nesses tempos de recessão e incerteza política. Os infratores das sanções, que gostavam de viajar equipados dessa forma, tinham perdido a vez e a classe afluente que poderia surgir quando as sanções fossem suspensas e o nível de desemprego baixasse ainda não tinha assumido seu posto. Gracejou secamente de si mesmo, para distrair; a ironia daquela tentativa de garantir a velhice de sua Vera, de uma mulher como a dra. Stark, lucrando com a vaidade de funcionários do governo, expressa em nítido contraste com a distinção do rosto, com os olhos negros, tão fundos quanto os olhos das estátuas antigas que os ocos escuros sugerem. — Os embaixadores do regime sabem que serão chamados de volta para sempre, acabou-se a história de tomar o avião para Londres ou Washington com uma dúzia de malas combinando.

— Bom, se estiver vendendo o estoque mais barato, eu até que não me importaria com uma pasta nova elegante. Não tem importância se estiver gravada com as iniciais de algum Pik Botha ou Harry Schwarz e o velho brasão, eu não me importo mesmo que tenha um relevo com a *vierkleur,** sempre posso grudar um dos decalques de Mpho por cima. — Sally entendeu o espírito. — E de repente se tiver algum retalho sobrando, a gente pode encomendar um belo coldre para Didy. Assim no estilo caubói. O forro do bolso dos paletós dele está começando a gastar com o peso desse maldito revólver que ele carrega o tempo todo.

— Algumas pessoas usam uma flor na lapela, eu uso a arma, só isso.

— Pelo menos não é o único. Todo mundo leva uma arma, hoje em dia... sem ter as razões que você tem. — Vera virou-se para Sally. — Ben inclusive quer que eu ande com uma arma no carro...

Mas Vera é peixe miúdo. O terrível privilégio que cerca Sibongile e Didymus muda e impregna tudo a volta deles, aos olhos de quem está de fora; o som de suas vozes no comentário mais banal, o jeito das roupas, o toque das mãos, ainda mornas. Quando todas as outras distinções do privilégio são derrotadas e abolidas, surge a aristocracia daqueles que correm perigo. Todos se sentem diminuídos, sobrepujados, em companhia deles.

A Ilha é nossa.

(*) Bandeira da antiga República Bôer do Transvaal. (N. A)

A casa de Vera está vazia.

A Promotional Luggage fechou, faliu, porém honestamente; Ben pagou os credores, não devia nada a ninguém. Não sabia o que fazer a seguir e, para disfarçar o fato, foi preencher o interregno com uma visita a Ivan, em Londres. Ivan separara-se da húngara; oferecido o convite, Vera previu para Ben um interlúdio de camaradagem masculina entre as gerações, sem a intromissão de mulheres. O que Ben iria fazer pela casa, enquanto Vera estava ocupada e preocupada, todos os dias, todas as horas, com a Comissão Técnica e com suas tentativas de manter-se a par do trabalho na fundação? Compras no supermercado? Bennet? Considerar-se aposentado? Assumir como hobby, como entrar para um clube de boliche, a escultura cuja vocação abandonara pela paixão por Vera? Vera era a vocação dele; a Promotional Luggage destinara-se a garantir o futuro de Vera.

Adam permaneceu mais um pouco no quarto de Ivan. Ele e Vera tinham o curioso e folgado ajuste de indivíduos que, embora imensamente separados pela idade, pelo compromisso com ideais num deles e pela falta de ideais no outro, num ponto fundamental qualquer são bastante parecidos ao seguir seus instintos e vontade. Sua avó não lhe dava conselhos (a única vez em que o fez, foi para proteger seus amigos e não a ele), não arrumava sua cama, pregava seus botões ou vigiava suas atividades, de modo que não era avó. Anotavam os recados telefônicos um do outro, comiam cada um por si sem horário fixo de refeições o que houvesse na geladeira ou o que cada um tivesse deixado para o outro no forno, às vezes encontravam-se tarde da noite e conversavam como contemporâneos partilhando simplesmente de um teto conveniente. Num desses encontros incidentais, ele comentou que um amigo arranjara uma casinha térrea em Bezuidenhout Valley e queria alguém para dividir. Uma semana depois, mudou-se numa atmosfera de festa, tomando emprestado o carro de Vera para fazer várias viagens com as posses que adquirira, ajudado e atrapalhado pelas idas e vindas de amigos voluntários. Queriam-se bem, Vera e ele, mas ambos sabiam que só se veriam muito raramente quando não mais dormissem sob o mesmo teto. O teto da família: era isso, a casa construída nos anos quarenta, no estilo dos brancos do período, meio bangalô colonial, meio modernista, com uma sala em dois níveis e varanda de ardósia colorida que chamavam de pátio, a casa providenciada para a jovem noiva e o filho militar por gente que não sabia quem eram eles próprios, se parte da Europa ou parte da África; a casa que foi o prêmio de Vera pelo divórcio, o teto sob o qual abrigou o amante, onde nasceram os filhos, onde o "pátio" destinado aos chás oferecidos às amigas brancas fora convertido num gabinete onde eram formuladas as estratégias para devolver aos negros sua terra. Em cada aposento a casa retinha a vida ali vivida. Arranhões e manchas, improvisações (estantes construídas com tábuas sobre tijolos) com as quais os amantes recém-casados, preocupados somente em fazer amor, sem ligar para as coisas materiais, se viraram. O cinzel de um escultor entre as fichas de algum jogo de criança e a coleção de pedras etiquetadas de alguém, quartzo rosa, cristal, geodo. Roupas dependuradas, bambas, perdida a forma do corpo que as vestira, que nunca foram dadas porque alguém (Annie?) certa vez tivera a intenção de ir buscá-las um dia. Caixas que escondiam os restos da Promotional Luggage, "frasqueiras" e carteiras de pele de elefante que ninguém queria comprar. O cheiro — seu cheiro particular da casa, independente do perfume que usava — dos documentos e recortes de jornal que acumulou, um calendário de seus dias e anos, vivo como o papel em suas origens orgânicas, as folhas empastando secretamente na umidade, despregando-se delgadas no calor. Louça quebrada, um relógio do Mickey Mouse parado nalguma hora da infância, cartões-postais, fotografias. É impossível que alguém, fazendo uma arrumação depois da partida de um hóspede, não pare como faz Vera e olhe as fotografias encontradas. É então que ela vira, uma vez mais, a foto em tamanho de postal enviada ao Egito durante uma guerra. Não a jogara fora, nem rasgara; apenas enfiara de volta, embaixo de toda essa coisarada.

E quem era essa?

Eu sou a pessoa na fotografia de quem ninguém se lembra.

Era dentro dessa calma que trabalhava com a Comissão Técnica sobre Questões Constitucionais. O que a comissão produzisse seria anônimo em seus efeitos sobre milhões de pessoas, das quais conhecera e conhecia apenas uma pequena amostra e cujas vidas afetara pessoalmente, aqueles que viviam nas Mogopas e Odensvilles. Ela e Zeph Rapulana conversavam debaixo do jacarandá como talvez jamais o fizessem num outro lugar qualquer. Era preciso acreditar que as eleições e o primeiro governo no qual todos teriam um voto seriam capazes de pôr fim às AK-47 e às bombas caseiras, de derrotar os portadores de suásticas, acomodar os reizinhos agarrados ao porrete do poder étnico, de dominar os freqüentadores do Drommedaris; não havia sentido em dar satisfações aos profetas do apocalipse, discutindo com eles o fracasso dos mecanismos da democracia, das eleições "livres e justas" em outros países do continente.

— Finalmente — um ano, um mês, até uma data! — nosso povo está chegando perto daquilo por que lutou. Eles não podem ser enganados! Isso não pode acontecer! Não conosco. Não podemos deixar que isso aconteça! Que catástrofe se as pessoas começarem a pensar que não vale a pena votar porque não importa o que façam, o velho regime vai fraudar tudo.

Ela recebeu aquela determinação como uma lufada fortificante. — Mas se vamos cumprir o prometido tem que haver uma antecipação real do que pode acontecer, Zeph. Como lidar com os negros dos bantustões que ainda querem manter seus poderes insignificantes, até mesmo nos territórios que já foram reintegrados ao país, antes das eleições. E se essa aliança deles com a direita branca se firmar, crescer? E se os generais brancos se tornarem *seus* generais? E o exército regular se tornar sua fonte de armas?

— Será preciso mostrar-lhes — de modo absoluto, não há outro jeito — que não têm como vencer. Depois de todos esses anos com armas e exércitos, depois dos milhões de quem roubaram essas terras e que eles perseguiram pelo país inteiro, para ficar com essas terras, eles tiveram que deixar Mandela sair da cadeia, tiveram que sentar e negociar com ele. Não tiveram? Eles com certeza sabem que não têm como vencer! Nem mesmo se fizerem o que fez a Unita em Angola e se recusarem a reconhecer os resultados das eleições quando ganharmos, nem se fizerem o que Babangida fez e declararem o pleito nulo e inválido. Não têm como vencer.

— Então de algum modo é preciso convencê-los a pegarem o que lhes está sendo oferecido. Mas isso precisa ser feito *agora*, eles precisam ser acomodados *antes*. E isso pode trair tudo.

— Como tudo, Vera?

— Se tivermos que ceder a essa idéia maluca — dos extremistas brancos —, o pedaço do país que eles querem exclusivamente para eles! O derradeiro *laager*.* Que canto do país não pertence também aos outros? E os negros que vivem ali, ou que viveram um dia? A terra, Zeph, a terra. Você conhece tudo a respeito da terra. Prometemos redistribuir a terra e depois temos o desplante de levar em consideração a possibilidade de dar nem que seja um metro dela para aqueles que a roubaram? Vamos começar a endossar essa gente de novo, desta vez pelo bem da unidade, de uma África do Sul única e de um só povo? E vamos ter que nos contentar com o federalismo, ou algum tipo de regionalismo que é um disfarce do federalismo, para que os velhos blocos do poder branco — talvez com alguns satélites negros, ou com alianças com ambições étnicas — permaneçam?

— Vamos tratar disso com os poderes regionais, o assunto está sendo visto. As regiões não serão um disfarce de nada. É um jogo difícil, mas vai dar certo.

— Mas o outro! Aqueles brancos de quem dávamos risada até que eles entraram com um carro blindado dentro do prédio das negociações.

(*) Acampamento bôer marcado por um círculo de carroças (literal); bastião, política inflexível. (N. T.)

— Essa trilha não leva a parte alguma. Mas eles vão ficar sem fôlego. Disso você e eu não podemos cuidar, Vera. — Achou graça, benevolentemente, ao cogitar a presunção. — É preciso confiarmos nos líderes para encontrar e enviar os sinais certos para eles. Só podemos continuar fazendo o que estamos fazendo. Cada um de nós.

O frio chega rápido nessa época. A última luminosidade acentua o negrume da folhagem das plantas perenes, com uma pincelada fina de ouro por sobre o jacarandá fanado que só perderá as folhas no final do inverno. Lá longe, em puro fulgor, um avião flutua silencioso, unindo-lhes a visão conforme a vista vai seguindo o vôo. A presença dos arbustos cresce. E então a incineração do sol desaparecido inflama um incêndio florestal atrás das árvores enegrecidas.

Há eras em que o que pareceriam assuntos impessoais são os mais íntimos. Tornando-se parte do desenho amorfo do escuro, não havia nada que ambos sentissem mais intensamente do que esses temores e exaltações políticas, emoção nenhuma seria capaz de unir mais de perto esses dois indivíduos do que isso. Uma forte correnteza do presente os transporta impetuosamente: esse é o ano em que a antiga vida chega ao fim.

Ben e Vera telefonam-se regularmente. Era mais ou menos tácito que se revezariam nas chamadas, mas se uma semana transcorre em silêncio, quando é a vez de Vera ligar, ele liga no lugar dela.

Quando o telefone tocou, tarde da noite, ela sabia que era ele.

Ele escutou os toques e seguiu-os pelos aposentos vazios da casa para achá-la: o escritório avarandado debaixo do lustre recurvo em forma de pescoço de ganso, o pedaço de fruta que tinha a seu lado quando trabalhava à noite, a cozinha onde estaria espremendo um limão para fazer uma bebida quente, o quarto onde o corpo emergia das roupas num ritual inconsciente que ele podia descrever inteiro.

Em geral ela estava deitada, o braço esticava até o telefone. Cada um fazia um relato das atividades que julgava interessantes ao outro. Havia brincadeiras, pequenos incidentes. Ivan dera uma festa e um dos convidados levara um menino de dois anos que fora posto na cama de Ben para dormir e fizera xixi. Vera dera uma volta pelo quarteirão na garupa da moto que Adam comprara e levara para ela ver. Ben perguntou, com a voz desencarnada e a hipotética preocupação de alguém para quem tais coisas são uma notícia nas páginas internacionais de um jornal diário, como iam as negociações, os comitês, as comissões, e se as matanças eram tão ruins quanto pareciam ser nos noticiários da televisão. Ela perguntou se Ivan estava nalguma outra capital ou se estava em casa com Ben. Ele a lembrou de obrigações rotineiras das quais podia ter esquecido — sabia como Vera tinha pouco tempo para pensar nessas coisas. Licenciamentos para renovar, declaração do imposto de renda — se bem que ela fosse a única com vencimentos, agora. Ela passou por esse assunto rapidamente: mais um tipo de lembrete, um que queria evitar, por ele — o fracasso da Promotional Luggage em lhe garantir o futuro, como ele desejava. Essa foi a preparação para o momento em que não resta mais nada a dizer. Numa pausa antes da despedida — ela estava deitada olhando para o teto como se fosse uma mosca perdida perambulando pelo quarto silencioso — a voz dele alcançou-a. — Está se sentindo solitária?

— Não. — Uma risada. — Não.

Depois de largar o aparelho, encolheu-se de remorso. Precisava pegar o fone e ligar de novo, ligar para Ben, Bennet. Dizer o quê? Se pôde mentir para ele antes, várias vezes antes, por que não podia ter a coragem de lhe dar uma mentira na qual se agarrar, agora? Apagou a luz e dormiu, a casa vazia recolhida a sua volta.

Perdoe-me, porque eu sei muito bem o que faço.

Ben e seu outro bem-amado, Ivan, divertiam-se em Londres, dois solteirões juntos. Ben estava sofrendo uma dor atroz e ninguém sabia. Uma dor atroz por tudo que Vera fez e jamais saberá. E se tivesse sabido? As coisas teriam sido diferentes, melhores? Se tivesse lhe dito que sentiu um outro homem nela, dentro dela, aqueles anos todos, que sabia que ela estava usufruindo de dois homens ao mesmo tempo, que ela era capaz disso na época, que havia um apartamento ou um quarto de hotel em algum parte de onde ela vinha, de volta para ele — será que ela se sentiria solitária sem ele, precisaria dele agora? Ah, não como nas montanhas, ser deliciosa e magnificamente seduzido pela mulher de um outro. Mas como o marido que se tornou. Percebia que Vera nunca quis, de fato, um marido — somente por uns tempos, quando a excitava ter o amante domesticado, meio como vestir outras roupas, perversamente, cuidando juntos de bebês, trocando confidências, tendo amizades conjuntas, como casal, parceiros nas crenças políticas, mesmo que ela as vivesse no trabalho, corresse perigo por elas, enquanto ele construía o dique para escorá-la, garantir-lhe o futuro... o dique que se rompeu, negócio errado para a época errada. Não que ela se importasse com isso; fazia parte do não querer um marido, nunca, nem o primeiro nem o segundo: não precisar de segurança, que no entender dele é o que um marido representa para a maioria das mulheres. Está ficando velha e tem uma compreensão de segurança, lá naquele mundo de onde se acha tão distante agora, que ele jamais terá. Ela está envelhecendo, até sua Vera está envelhecendo; e não está solitária. Procurou dentro de si pelo amargo conforto das deficiências, das coisas que o irritavam nela. Ela não tinha senso plástico, tátil — exceto para a carne, claro, acariciando-o, despertando-o numa excitação terrível, passando-lhe a mão sobre os lábios e olhos, ela costumava fazê-lo, dizendo-lhe que lindo era aquele rosto que ele ainda carrega. A máscara para uma encenação que ele não consegue tirar. Agora tem todo o tempo de que sempre precisou para ler. Há uma exegese em tudo que lê. Voltando aos livros que foram os textos essenciais de sua juventude, relendo Rilke, parece ter sido escolhido, ter recebido um sinal: Vera é "aquele que não queria ser amado" do Malte Laurids Brigge. "Aquela indiferença interior do espírito": era sobre Vera. E estava lendo também um poeta irlandês — não era Yeats, dessa vez —, queria deixar que as palavras dissessem a ela que mesmo não tendo partilhado do credo, compreendia: *What's looked the stronger has outlived its term,/ The future lies in what's affirmed from under.** (Mas é a beleza da assonância, talvez, que detenha o significado para ele.) Vera escutara poesia em seus braços, ele lendo para ela

(*) Literalmente: "O que parecia mais forte durou mais que seu prazo,/ O futuro está naquilo que vem afirmado de baixo" (N. T.)

nas montanhas, Yeats e Lorca, dissera-se fascinada. Fascinada! Vera nunca lia nada exceto jornais, súmulas de sessões parlamentares, publicações oficiais, uma casa cheia de Relatórios. Para ela, o pré-requisito da existência era o que acontecia em meio ao poder da política, enquanto o poder mesmo da própria vida, o todo-beneficente sol, eternamente deus-símbolo de um futuro amanhecer, ia se tornando fonte de raios mortíferos que os seres humanos estão deixando cair sobre si ao rasgar seu único abrigo, a atmosfera. Ela o atormentava para "continuar" com a escultura, nas horas vagas da profissão de marido; não entendia de volume, formas, da pele macia da madeira, da aspereza da pedra, nem sabia que esses precisavam de tempo integral. Ela preferia abertamente a filha, a fria Annick, e parecia, mesmo quando ele era um bebê, o seu primogênito, ter uma espécie de ressentimento inexplicável contra o filho, talvez porque Ivan tivesse sido formado à sua imagem e semelhança — significaria isso que Vera não gostava de si mesma? Sabe Deus. Amante, marido, nunca se conhece aquela para quem se é tudo isso. Queria chamá-la, dizer-lhe — Yeats de novo — versos que lhe ocorreram como um soco: *What do we know but that we face/ One another in this place?** Tinha ódio — não de Vera mas de sua dependência em amá-la. Partiu sabendo que não sabe como continuar a vida sozinho.

Didymus prestou depoimento sobre os campos. Tornou-se necessário, pela causa, ir além de um relatório. Falar em sessão aberta sobre aquilo que fora obrigado a manter em segredo. Uma mudança de autodisciplina; numa carreira de exílio, infiltração, guerra de guerrilha, espionando e sendo espionado, estava acostumado a tais guinadas. O próprio movimento fez o anúncio à imprensa e conduziu as investigações.

Qual é a diferença entre um criminoso e um herói? Didymus andara pensando no assunto com uma forma especial de sofisticação revolucionária — o mais próximo da ironia que uma re-

(*) Literalmente: "Que mais sabemos, exceto que estamos aqui,/ um diante do outro?". (N. T.)

volução se permite chegar, porque ironia é distanciamento, é luxo, como esperar uma cama macia enquanto se monta guarda numa emboscada, para matar. Uma vez que é submetido a "julgamento" pelos companheiros, e não pelos tribunais do derradeiro governo dos brancos, não se trata de justificar suas ações em nome de uma causa justa, o fim contra os meios. É uma questão de dar aquilo de que o movimento precisa para mostrar que é íntegro quando se trata da verdade, capaz de auto-exame e de condenar porque é forte o bastante para sobreviver a isso, uma capacidade que outros não ousam tentar. Ele conta quanto seja necessário para demonstrar que o movimento pode sair com uma consciência limpa. Diz a si próprio que é uma missão como qualquer outra, adequada, como todas as outras o foram, a um determinado estágio da libertação.

Quando a imprensa o importuna com perguntas formuladas para fazê-lo expressar amargura etc., de modo a ter um artigo sensacionalista a respeito de divisões dentro do que chamam de "altos escalões" do movimento, ele desaponta os repórteres, sem grandes esforços, com uma fórmula gasta da retórica. — Estou totalmente de acordo com o princípio da responsabilidade que sempre seguimos rigorosamente.

Correm para ele munidos com a arma de seus microfones. — Não acha que caiu em desgraça? Que foi penalizado?

— Como? — Mostra-se indulgente com a estupidez. — Depois de mais de trezentos e cinqüenta anos sendo vítima de um poder branco atrás do outro, acha que eu me sentiria vítima de um processo normal transcorrido dentro de meu próprio movimento de libertação?

Depois, embora não haja mais qualquer possibilidade de ocultar seu envolvimento nos campos, também não é mais preciso fazê-lo para que o progresso de Sibongile não se veja prejudicado. A ameaça de morte fornece a mais alta prova da correção política da vítima. Paradoxalmente, a reputação de Sibongile é inatacável.

Vera e Didymus de repente se avistam, ao se aproximarem do guichê de um estacionamento subterrâneo. Ele acompanhou Vera até o carro e, num gesto que ambos fizeram ao mesmo tempo, sentou-se no banco a seu lado. Havia algo de clandestino naquele vasto porão mal iluminado, malcheiroso por causa da fumaça dos carros, e frio; como se o contexto de seus encontros, do mesmo jeito que algumas pessoas sempre se encontram em concertos, bares ou livrarias, tivesse se estabelecido quando o *umfundisi* entrou em sua casa e ela fechou a porta com o pé, atrás dele. Não falaram sobre o inquérito; se Vera estava curiosa, conhecia-o suficientemente para guardar a curiosidade consigo. Conversaram sobre Sally. Era ela quem partia em missões pelo mundo todo, agora, enviada a esse ou àquele país, em busca de fundos para a campanha eleitoral. Fora sugerida para uma pasta no gabinete ministerial, quando chegasse a hora. Havia fotos nos jornais onde se podia vê-la entre dignitários japoneses e alemães e políticos escandinavos; Vera viu que as botas de Portobello Market e as túnicas africanas haviam sido substituídas por um guarda-roupa de elegância internacional, adequado a sua posição. Os dois, dentro do carro, tinham orgulho dela, como se do mesmo ponto de vista; quando alguém se torna figura pública e ganha uma imagem distinta daquela que se conhece na intimidade, ele ou ela obtêm de novo o distanciamento de serem "outra pessoa"; Didymus falava dela como se de uma estranha e não de alguém cujo ser acabou toldado pela familiaridade. — Pelo menos está mais segura quando está no exterior. E está se dando tão bem! Ela tem jeito para chegar até as pessoas e lidar com essas instituições — dá para perceber que ela fez a lição de casa, quando se reúne com eles sabe exatamente quais os recursos que têm, os preconceitos bobos, para o que gostam de dar dinheiro. E é durona! Nada de promessas, diz ela: cheques, promessas não. E ela consegue. Sabe cativar... é só olhar para ela, de vez em quando...

— Ela sempre foi bonita, isso ajuda.

— Mas agora! — As duas palavras são quase jactância. Vera compreende mais uma coisa a respeito de qualquer tipo de distinção pública: o indivíduo com uma tal imagem permanece sexualmente provocante apesar do passar dos anos. Ben acena à distância. Ela capta um fiapo da voz desencarnada ao telefone, palavras que vão girando perdidas em seu espaço. — Ben a viu no saguão de algum hotel. Um dia em Londres. Disse que ela estava esplêndida.

— Ben em Londres? Quando foi isso? Quando ele foi?

Nem ele nem ela estavam preparados para a estranheza em que seu comentário alegremente corriqueiro caiu.

— Já faz um tempão que ele foi.

Didymus não queria ser arrastado a confidências com essa mulher, velha amiga dos tempos que atravessaram a barreira de cor. O relacionamento privado estabelecido pela visita secreta numa de suas personas revolucionárias não era licença para que começasse a lhe contar sobre essa outra privacidade, a que há entre marido e mulher. Isso era algo que somente uma mulher branca teria esperado. Contudo entendia o que ela estava lhe dizendo; compreendia devido ao equilíbrio e desequilíbrio dos recuos e aproximações vividos entre Sibongile e ele. Mas em seu caso, isso com certeza era fruto de fatores alheios, da luta e do que ela significava em cada uma de suas fases. Os brancos, mesmo Vera e Ben, certamente tinham alguma intimidade a salvo dessas coisas? Se tivesse se permitido dizer: Eu sinto muito — estaria admitindo ter entendido e romperia a discrição para que ela despejasse sabe Deus o quê, Ben com outra mulher, a história de sempre. Dentro e em volta do movimento havia muitos desses casos; quando a ação política é o único imperativo, as emoções sexuais se rebelam.

— Ivan continua lá, não continua? Um dos graúdos do mundo das finanças, isso é muito bom. Precisamos nos reunir para saber de todas as novidades quando Ben voltar. Estou esperando Sally para o fim de semana que vem, com sorte. Ela está em Los Angeles e volta via Bonn. Sabe que Mpho conseguiu uma bolsa para estudar teatro na N.Y.U.? — Ali estava uma zona de confidências à qual pertenciam ambos, desde que Vera assumira responsabilidade por um infortúnio na vida da moça, juntamente com os pais. — Muito melhor, para uma moça como Mpho, do que computadores — ela não ia ficar muito tempo naquilo, certo? Não com o temperamento dela. Sally que conseguiu.

Vera voltou para a casa vazia à noite, totalmente esquecida de si; e encontrou-se consigo própria. As cortinas que saiu fechando nas janelas, os ângulos das paredes que seguiu, as portas que fechou ao passar de aposento em aposento abrigavam e abarcavam somente ela. Sua casa, adquirida desonestamente, com a qual jamais deveria ter ficado; aquela casa continuava com ela, era, num certo sentido, sua única posse, a única que carregara consigo através de tudo que viera e se fora dentro e em volta dela, da dra. Stark e de Vera; os homens, os filhos que teve deles, as comunidades que salvou ou não conseguiu salvar da remoção forçada, as mortes e as ameaças de mortes a seus companheiros, a peregrinação aterrada dos sem-teto refugiando-se do ataque de albergados, os rostos regressados da prisão e do exílio, o último parlamento branco a entrar em sessão, a suástica levantando-se dos subterrâneos a blasonar, com uma nova guinada, nos braços dos vigilantes brancos; o abstrato das palavras, o poder lutando com as relhas desconhecidas da negociação, a comissão da qual chegava em casa, onde as necessidades, frustrações e ambições de mais de três séculos deveriam ser reconciliadas e realizadas no papel nalguma sintaxe imutável.

Velhas parceiras no crime (fazia já tanto tempo que se tornara respeitável, uma casa de família), ela e a casa estavam a sós. Ben instalara um sistema de alarme. Como qualquer outra moradia que pudesse ser chamada de casa, fosse nos bairros ajardinados da cidade ou nas *towships* negras, era uma gaiola rondada por ladrões motorizados ou andando a passos largos pelas calçadas, à espera de uma chance de entrar e pegar o que queriam. Ela não tinha medo porque raciocinava que uma casa com um exterior tão molambento não levaria ninguém a achar que houvesse muita coisa para tirar lá de dentro; e o pensamento estava correto: seus arquivos eram inestimáveis para ela e despertariam unicamente decepção enojada em qualquer um à espera de valores; a mobília fornecida pelos sogros para a noiva de guerra estava gasta e riscada.

Servia-se de uma boa dose de vodca com um tico de água tônica e punha os pés para cima, sobre a mesinha de centro elevada com uma pilha de jornais. Assistia ao noticiário na televisão e depois ouvia todas as outras versões, mudando de estação para estação no rádio. Os acontecimentos estavam com ela na casa, mais nada. As vozes dos acontecimentos povoavam-na, falando às preocupações de seu dia, e as reações que tinha mentalmente eram como se estivesse respondendo. A prova de uma vida pessoal estava a sua volta toda; mas para ela a vida pessoal é transitória e a vida política transcendente, como a arte, para a qual, infelizmente, nunca tivera muito tempo depois que Bennet leu para ela poemas magníficos nas montanhas. O próprio Ben desistira tão facilmente daquilo que a atraíra para ele junto com sua sexualidade — sua habilidade artística, sua escultura. A política afeta as gerações futuras e por meio delas evolui infinitamente — a maneira como as pessoas vão viver, a maneira como vão pensar *mais adiante*. Ela não tinha ilusões sobre a política; sobre seu papel nela. As pessoas se matam e o futuro olha para trás e pergunta, Para quê? Estamos vendo, daqui, qual seria o final, de todo modo. E aí voltam a se matar por algum outro motivo cuja resolução poderia ter sido prevista.

Contudo, há um propósito na tentativa de romper o ciclo? Sob a premissa de que a resolução vá ser a justiça? — ainda que rebatizada como *empowerment*.

Às vezes, depois da segunda dose, quando o noticiário cedia lugar à alguma antiga música popular com novas roupagens, Vera, muito velha para encontrar parceiro, dançava sozinha, sem ninguém por testemunha, na sala de sua casa, o rock e o pata-pata de que o corpo lembrava das festas do tempo da guerra e dos anos cinqüenta, na casa dos Maqoma, em Chiawelo. Essa era uma época, admitia, tolerante com seu eu de juventude, quando todas as outras faculdades de julgamento estavam cegas pelo sexo. Parava: ria de si, frivolamente. Mas dançar era um rito de passagem. Uma exaltação da solidão se apoderava dela. Estava conectado a algo mais: uma liberdade; uma atração entre ela e um homem que não desejava a consumação costumeira. Ben acredita que o casamento deles foi um fracasso. Vera o vê como um estágio do caminho, juntamente com outros, muitos e diferentes. Todo mundo acaba rumando sozinho em direção ao eu.

Depois de assinar a escritura de venda da casa, Vera foi passar uma semana com a filha Annick na Cidade do Cabo. Ao partir, parou uns momentos na soleira da porta e olhou para tudo que ali estivera durante décadas, e ainda estava. Construções, quartos, testemunhas; o inanimado permanece fora do tempo.

Lou foi buscá-la no aeroporto. Annie levara o bebê ao posto para a vacinação de rotina; Annie e a amante haviam adotado uma criança. Do sexo feminino, como elas, e negra, escolhida talvez como uma forma de mostrarem um comprometimento político outro que não a participação em comissões e comitês, talvez porque se preocupassem com as crianças abandonadas pelas mães adolescentes que Annie encontrava nas clínicas dos campos de invasores e *townships* negras fora da cidade, onde trabalhava.

Annie e Lou estavam naquele estado de preocupação desenfreada dos pais de primeira viagem. Lou chamava Annie para escutar a respiração da criança ou cheirar-lhe o cocô, para o caso de haver alguma coisa com que se preocupar e que sua qualificação profissional pudesse detectar; Annie convocava Lou pela casa inteira para testemunhar que ela era a primeira a conseguir um sorriso da criaturinha. O aposento que fora um quarto de crianças vitoriano, depois reformado para servir de refúgio de amantes onde Annie e Lou se isolavam, voltou a ser quarto infantil, com a porta sempre entreaberta para que o choro do bebê pudesse ser ouvido. A bebezinha não era bonita. Tinha pés e mãos mirrados demais para o corpo, que agitava como se fossem as pernas de um inseto caído de costas sem poder levantar. O rosto tristonho, de um amarelo oleoso, coroado pelos cabelos como se por uma esponja preta, tinha o aspecto de algo que não fora amado nem desejado no útero.

— Eis aqui sua neta. — Annie pôs o bebê nos braços de Vera. Pressentiu a reação de Vera; talvez porque tivesse sido a sua, o que em seu caso a levara a amar e proteger. — Eles têm todos uma cor meio barrenta e pálida quando novinhos. Mas a mãe dela é uma bela moça xhosa, do Transkei.

Annie e Lou reformularam os horários de trabalho para que uma delas pudesse ficar em casa tomando conta da criança em dias alternados. Essas providências foram debatidas e contadas a Vera com aquela convicção que tem todo pai e mãe de que os menores detalhes referentes aos procedimentos em torno da vida de uma criança são para os outros tão interessantes quanto para eles. — Tentamos nos revezar e levá-la conosco para o trabalho, Annie para o hospital e eu para o laboratório, mas quem ficava sem ela vivia o tempo todo preocupada com o que estava acontecendo — telefonávamos uma para outra feito loucas! Não deu certo! Quando ela tiver mais alguns meses, vamos arranjar uma boa babá para ficar com ela durante o dia.

Annie e Vera estavam sentadas ao sol, na varanda. Chá e pãezinhos de leite sob o dossel de madeira branca rendilhada. Annie, com o lindo rosto de Ben, os olhos negros baixados, as narinas delgadas brancas de concentração, alimentava o bebê com uma mamadeira, mas a criança continuava se aninhando na direção do peito, empurrando a carne macia acima da gola aberta da camisa. Havia panos limpos à mão, no caso de o bebê regurgitar e um dos gatos, já ajustado à expulsão do refúgio das amantes, ronronava deitado, uma chaleira prestes a ferver, em apreço a uma casa onde agora sempre havia alguém presente. Vera observava a filha atenta ao outro ritmo, a criança mamando, a respiração de Annie ajustando-se a ela, como se fosse pegar no sono; fora fácil pegar no sono enquanto dava de mamar no peito, sim. O bebê poderia ter sido de Mpho, se a palavra da velha *gogo* em Alex tivesse prevalecido, se não tivesse acabado num balde, no consultório do médico convenientemente arranjado. Tantas vezes Vera se sentira assim, tão longe daquilo que estava guiando a vida da filha, cada vez mais distante, incapaz de impedir o distanciamento.

Avó, filha e bebê; parecendo tão naturais aos olhos de quem passasse na rua. Um esquilo matraqueou num dos velhos carvalhos muitíssimo bem cuidados do quintal e Annie — o círculo fechado entre a criança, Annie e Lou interrompido pela ausência de Lou, trabalhando — ergueu a cabeça, dando-se conta da presença da mãe, da presença de Vera, tendo tempo para ela pela primeira vez. — Papai escreveu faz algumas semanas. Eu tinha avisado da nossa aquisição... Quem sabe devíamos dar uma ligada para ele, enquanto você está aqui? Parece bem contente com meu irmão rico. Mas e você? Aquele menino, o Adam, será que não podia ter ficado pelo menos até papai voltar? Você está segura, sozinha naquela casa?

— Eu vendi a casa.

Annie ficou instantânea e assustadoramente indignada: o lar, o velho lar, tem de permanecer intacto mesmo que nunca mais seja visto, que não se queira vê-lo. — Você o quê? Pelo amor de Deus! Quando? E Ben, quando ele voltar? Onde é que ele vai morar?

Vera deixou que erguesse o bebê até o ombro e passasse aos tapinhas do ritual de ajudar na digestão, antes de falar.

— Ben não vai voltar.

Annie não olhou para a mãe. — E quando essa decisão foi tomada?

— Não houve decisão, mas ele não vai voltar.

— Não me diga que você e ele estão se divorciando, na sua idade.

— Não, divorciando não. Eu vou visitá-lo, e visitar Ivan, quando for ao exterior.

Ficou surpresa ao ver o rosto de Annie avermelhar como fazia em criança, quando estava prestes a perder a paciência. Os olhos negros hostis por trás de uma grossa distorção de lágrimas.

— Que gentileza a sua. O que foi que ele fez?

— Fez? Nada.

Quer dizer que agora ela — Vera, a mãe — que voltava para ele toda fodida de um outro homem estava abandonando aquele lar, sem deixar nada para onde o pai dela pudesse voltar. Excluído.

— Deus do céu, por que você fez isso?

Vera estava olhando, sem compreender, para outra coisa a sua frente, para o bebê de volta ao peito de uma mulher que não podia ter um homem. — Porque eu não posso viver com alguém que não pode viver sem mim.

— Certo. Responda com charadas.

— Quando alguém lhe dá tanto poder assim sobre si mesmo, faz de você um tirano.

Algumas lágrimas caíram sobre os fios esponjosos do bebê, e ali ficaram, reluzindo, até que Annie limpou a contaminação ferozmente. — Feito aquela coisa do pênis. Você e o pênis, eu também não fui capaz de entender aquilo, não é?

Vera queria baixar a cabeça, recolher-se, criatura abjeta, e desprezar-se por isso. Sempre tivera uma necessidade masoquista de ser punida por Annie, para expiar as vezes em que, amando-a, descuidara-se dela ao *tirá-la da cabeça*, a forma mais desumana de descuido; enquanto não cuidava de mais nada exceto em fazer amor no Cento e Vinte e Um, Delville Wood. Resistiu à necessidade com frieza. — A essa altura já devíamos ter aceito que há coisas sobre nós que nenhuma das duas entende.

Acima da cabeça do bebê, Annie retorceu o lado esquerdo do rosto como se para focalizar melhor, afastar-se. — E o que você vai fazer?

— Quando a comissão encerrar os trabalhos volto para a fundação, claro.

— Sabe que não é disso que estou falando. Onde é que pretende morar? Você não vai comprar uma outra casa, vai? Um apartamento? Não imagino você morando num daqueles prédios onde vai ter que assinar um registro toda vez que entrar ou sair, com um valentão qualquer montando guarda na portaria.

— Estou me mudando para o anexo da casa de Zeph.

O nome não foi reconhecido.

— Zeph Rapulana. Você o conhece. Estava na festa que demos quando você e Lou passaram uns dias conosco.

— Quando meu avô morreu. — Uma censura para asseverar a ordem dos acontecimentos numa proporção mais adequada a seu significado.

— Acho que você e Lou conversaram um pouco com ele no jardim, aquela noite.

— O homem que participa de conselhos, é diretor de bancos e sei lá mais o quê, que você nos contou? O representante bom de lábia da nova classe média?

— O líder do campo de invasores que eu conheço há muito tempo. Um bom amigo.

Annie olhava para ela com uma incredulidade zombeteira e amarga. — Você sempre mandou na sua casa. Vai dividir com alguém, agora? Por quê?

— É um anexo. Totalmente separado, entrada própria e essa coisa toda. Não há intromissão nenhuma, de ambas as partes. Nós nos respeitamos.

— Mas como é que surgiu essa decisão? Não pode ter vindo do nada! Não foi porque você respondeu a um anúncio no jornal!

— Conversamos a respeito, ele e eu.

— Quer dizer que são tão amigos assim. — Nenhuma reação: uma outra coisa que Annie nota que não se espera que ela entenda. — E como é que vai se dar com a família dele? Com a mulher dele? Pelo menos a conhece? Tudo bem com suas amizades profissionais, Vera...

— Ela vive na casa que ele construiu numa área que a fundação conseguiu mediante uma ação. Ela não gosta da cidade; os filhos estão todos fora, crescidos — como os meus.

O corpo de Annie começou a balançar para a frente e para trás, pondo o bebê para dormir e, como se em virtude desse movimento, mudou em relação à mãe, sentiu que ela precisava ser protegida de si própria — de sua ingenuidade teimosa. — Mãe, quer dizer que está praticamente indo morar com um homem. O que as pessoas vão pensar?

Vindo de Annie! Vera riu. Que consideração, de uma lésbica, uma mãe lésbica — Annie! — Você quer dizer, com um homem negro?

— O que eu disse está claro: meu pai vai morar em Londres, você se muda para a casa de um outro homem.

— Eu acho que ninguém poderia pensar *qualquer coisa* de uma pessoa com a minha idade, e um homem.

Vera estava com as palmas erguidas em triângulo sobre a boca, um conhecido gesto seu de obstinação. Annie parecia obrigada a reaver uma atenção que acompanhava, com fascínio, o bailado serelepe do esquilo a aproximar-se e afastar-se da varanda.

— Mãe, você está enganada. As pessoas vão pensar coisas. — Continuou o balanço, constrangida pelo que diria em seguida. — E vão rir de você.

Vera ficou profundamente curiosa em vez de magoar-se por um vestígio qualquer de vaidade sexual. — Você acha? Que interessante.

E isso provocou a curiosidade de Annie, ou seu espanto. — Qual é a experiência que está fazendo?

— Não é experiência. — Vera, branda, mas sem rodeios. — Experiência quem está fazendo é você.

— Nós estamos fazendo aquilo que nós sabemos que queremos, Lou e eu. Simples. Eu não sei o que você acha que quer. *Ainda.* Ah, eu sei — seu trabalho, o que vai acontecer com o país — mas e quanto a você? O que você queria?

Apenas um jovem poderia perguntar isso como sendo a pergunta única. Contudo foi forçada à resposta. — Descobrir a respeito da minha vida. A verdade. No fim. Só isso.

— Ah, Vera! — Um gesto com a mão livre do bebê, floreando a dimensão, a presunção da resposta. — E descobriu?

— Estou chegando lá.

— "A verdade sobre sua vida." Mas a questão não é essa. Valeu a pena?

— O quê?

— Tudo. Tudo que você fez acontecer. O jeito como de repente você está fazendo uma outra coisa acontecer agora.

— Mas *essa* não é a questão. Não é um resumo das provas. Não se trata (Vera tem a expressão de alguém que cita) de comparar o peso de um saco de sal com o de um saco de milho.

— E daí? Você não é obrigada a responder porque eu sou sua filha. Não estou em busca de uma luz que me guie...

E sim de uma chave que abra uma porta por onde tentaram entrar uma única vez antes, nalgum lugar de confiança.

Vera procurou ali por algo parcialmente, experimentalmente explanatório que não transformasse em filosofia caseira um processo que não deve ser passado em revista com um olhar de Orfeu. — Trabalhando — como direi — as dependências.

— Que jeito mais estranho de ver a vida. As suas ou a que os outros têm de você? — Mas o som do Karmann-Ghia de terceira mão de Lou (relíquia dos tempos em que era uma solteirona descuidada, digamos assim) freando no portão fez com que Annie esquecesse da resposta. Lou vinha chegando com aquele andar sorridente de aqui-estou-eu. Um compromisso cancelado permitiu que desse um pulo em casa para o almoço — que levava consigo, um filão ainda quente e uma bandeja de abacates. Largou os embrulhos e beijou Annie, recebeu um beijo de volta enquanto acariciava a nuca de Annie e ambas dependuraram-se sobre o cesto acolchoado onde o bebê delas dormia.

Lar.

Vera é o espectador da serenidade doméstica.

De algum modo, ela e Annie trocaram de papel. Ela saiu de casa e Annie constrói domesticidade de um tipo inteiramente novo.

Talvez o falecimento do antigo regime torne possível também o abandono de uma antiga vida pessoal.

Estou chegando lá.

As propostas para a Comissão Técnica sobre Questões Constitucionais vinham de todos os grupos e tendências. E dificilmente, de uma semana para outra, se poderia definir precisamente uma coligação. Alianças disparatadas de repente coagulam na corrente sangüínea política, são anunciadas, rompem-se, fluem e refluem das negociações. Todo mundo quer o próprio futuro arrumado a sua volta, todo mundo tem planos para uma estrutura jurídica que contenha sua existência ideal. É o mais próximo que os seres humanos jamais chegarão do mito de ser Deus no Dia da Criação. Vera Stark e colegas reúnem-se semana após semana, às vezes até tarde da noite, debatendo as bases da representação proporcional, qualificação de partidos com cinco ou dez por cento, consenso nas decisões ministeriais ou maioria de dois terços; a porcentagem de votos para que o presidente seja eleito, a porcentagem para que possa haver emendas à Constituição, a porcentagem para que haja emendas à Declaração de Direitos, a extensão de poderes e obrigações a serem atribuídos às legislaturas regionais. E por aí afora. O princípio por trás de cada proposta é quase sem exceção sempre o mesmo: cada grupo ou congregação de indivíduos quer se proteger do poder dos outros. Os falíveis seres humanos que integram a comissão têm a tarefa de descobrir um jeito no meio disso tudo de proteger a todos sem perigo ou desvantagem para ninguém. A política teve início do lado de fora do Jardim; só se pode transformar a violenta irmandade de Caim e Abel na outra decantada irmandade se for possível arquitetar leis que a tornem realidade.

Zeph encontrou-a no jardim, onde parecia haver um lugar pronto para ela já há algum tempo. Ele tinha jantares e reuniões noturnas e as sessões da comissão muitas vezes iam até tarde, de modo que raramente seus horários coincidiam nos dias úteis. Mas, aos domingos, lá estavam. Vera aposentara a empregada que trabalhava para ela três vezes por semana juntamente com a casa, mas Zeph tinha uma senhora de idade que trouxera do interior, talvez uma parenta, a quem chamava de "governanta", já que era um assunto delicado para os negros admitirem ter criados. Aos domingos a mulher passava o dia inteiro no encontro ao ar livre de alguma seita religiosa e Zeph assistia ao culto matutino numa igreja anglicana: Vera preparava o desjejum e punha a mesa sob o jacarandá, a manhã já alta. Ele estava acostumado a ser servido por mulheres, mas não esperava isso dela, sempre lhe dizia obrigado como se fosse uma surpresa e ajudava a levar os pratos de volta para a pequena cozinha de Vera, depois de comerem. Liam os jornais, passando determinadas páginas um para o outro sem comentário; cada um deles, graças às atividades e aos relacionamentos, tinha conhecimentos para falar, em particular, do que fora omitido ali, do que não era para publicação. — Ninguém vai confiar na nossa imparcialidade, não importa o que acabe sendo apresentado às negociações, todo dia quando eu sento naquela cadeira eu me obrigo a ter isso em mente. E talvez estejam certos? Eu sei, por mim mesma — sou influenciada pela terra, lá no fundo estou vendo toda e qualquer forma de controle e equilíbrio em termos de como poderá afetar a questão da distribuição de terras. É uma coisa que vem de todo aquele tempo que eu passei na fundação, essa tem sido minha perspectiva de vida há muito tempo.

— Não acredito que *todos* considerem a comissão parcial. Eu não diria isso, Vera. Só aquele punhado que não entende o que a imparcialidade tenta conseguir, porque evitar "abuso de poder" para eles é sinônimo de ficar sem chance alguma de levar adiante o tipo de dominação que pretendem.

— Mas é justamente esse o problema. Você e eu, aqui, nós enxergamos essa gente pelo que ela é e descartamos todo mundo.

Sabemos quem são e chegamos à conclusão de que são um obstáculo perigoso. Mas a comissão é obrigada a levar em conta todas as propostas, a levar cada uma delas a sério, ali nós precisamos coibir quaisquer julgamentos pessoais. Lembra que uma vez eu disse que uma Constituição é a prática legal de uma declaração de direitos? Bom, eu descobri que a imparcialidade na verdade significa dar ouvidos às mais óbvias maquinações imaginadas por gente que não hesita diante de nada para reivindicar legalidade e reter o poder, trapacear o poder. O uso que farão de lindas formulações jurídicas! Estamos enrascados na selva do nosso próprio linguajar negociador.

— "Comissão Técnica"... é... parece tão simples... Como saber colocar um lustre ou manter o ar-condicionado funcionando... Podiam ter dado um outro nome. Mas isso é ressaca de todos os nomes que já tivemos, que não tinham nada a ver com as circunstâncias que supostamente estariam descrevendo — lembre-se do Separado mas Igual, da Lei da Extensão das Universidades, da Lei da Imoralidade, essa coisa toda... É um hábito que adquirimos.

Riram, emparelhando sozinhos, juntos sob o sol de inverno, muitos dos aspectos curiosos das mudanças de que eram parte, dos tempos através dos quais se moviam.

Se por um lado ela se digladiava com os chamados tecnicismos em torno do futuro das pessoas, por outro ele não possuía nenhum eufemismo oficialmente definido para protegê-lo. Havia escândalos no lado financeiro da conquista do poder. Seu rosto era um dos que apareciam nos jornais que estavam lendo. Um emaranhado de empréstimos, dívidas, transferência de fundos de uma companhia a outra, e acusações de que seriam fachadas para o movimento. — Quer dizer que vão lhe pedir para incluir na Constituição que ninguém que pertença a um partido poderá ter envolvimentos comerciais? Já é alguma coisa, considerando-se que as grandes empresas e minas vêm sustentando o antigo regime no poder desde os tempos de nossos avós!

— Como foi que aconteceu? Tem mesmo algum desfalque, pessoas que vocês acharam que seriam confiáveis?

— Prefiro pensar que não, de início. Temos que esclarecer tudo. Começou a ficar muito grande muito depressa, fugiu ao controle. Alguns setores — eu disse a você quando saíram os dados, no mês passado, como estão indo bem os investimentos da companhia de seguro no programa de habitação? —, eles estão indo bem, mas os jornais não dão muito espaço. Os negros não dão certo. Não devem dar certo. A mesma velha história.

— Boatos querendo ser concretizados. Mas e os dados que estão publicando?

— Quem me dera fossem apenas boatos. Há outras coisas meio dúbias. Não mantivemos um controle suficientemente rígido!... quando vimos alguns dos companheiros se metendo em encrenca nós os tiramos da enrascada sob garantia de que tinha sido coisa passageira, acreditamos neles, eles acreditaram em si próprios! Ainda não aprendemos a ser implacáveis e essa é a primeira regra no mundo dos negócios, não cometa erros; nós cometemos. — E lá veio o jargão que entrara em seu vocabulário, saído do Drommedaris. — Não é que haja alguém enchendo os bolsos. Estou disposto a pôr a mão no fogo quanto a isso. Será terrível para mim, Vera, se for verdade.

Os olhos dela moveram-se num alarme ressentido. — Você não estaria envolvido diretamente.

— Não. — Com a mão, bloqueou as fotografias espalhadas por três colunas. — Mas passaria a ser visto, para sempre, como alguém no meio dos que estavam.

Vera pegou uma laranja e separou-a em gomos. Ele olhava para ela com benevolência, minuciosamente, dos limites da confiança existente entre os dois, testando se poderia aceitar, um dia, da parte dela, que pudesse julgá-lo capaz de roubo — "prática inaceitável" era simplesmente o nome dado no Drommedaris, nesse mundo onde se arriscava agora.

— O que faria minha inquilina? Mudaria de casa?

Ela deixava cair as sementes dos lábios para a mão em concha, de olhos baixos enquanto comia, como se tudo que tivesse que fazer para encontrar a resposta fosse terminar de mastigar. — Eu sei que às vezes é preciso fazer agora coisas que não faríamos numa outra época. Que foi feito por um motivo, alguém, alguma outra coisa.

Ele sorriu. — Ah, não. Tenha cuidado. Temos que criar uma série de regras, mas essa não é uma delas. Um ladrão é um ladrão, Vera. Você e eu não podemos ser exceção.

— Você estaria ofendendo a Deus, não é? Sim. Mas Zeph, já não tenho tanta certeza a meu respeito; já que para mim isso não conta. Eu talvez decidisse que o dinheiro obteria mais coisas para o povo num determinado lugar que em outro. Eu talvez transferisse fundos... Ainda bem que não participo dos seus conselhos.

— Bom, se participasse, pelo menos não poderia ser acusada de previsível. Negra.

O escândalo morreu; ou foi evitado mediante uma reorganização. Zeph tinha muitas reuniões com colegas de trabalho em sua casa. Claro que ela não participava, ficava em seu anexo. Às vezes ele conversava com ela mais tarde, mais como uma conseqüência do que um relato direto dessas discussões. — Imagine você, temos um exemplo com essa fábrica que produz, regularmente, quase o dobro dos pedidos feitos porque a mão-de-obra é tão relapsa, é tanta a mercadoria que não sai segundo os padrões, que apenas metade da produção pode ser usada para atender ao cliente. O desperdício! Os custos! Em dinheiro, em horas de trabalho! A baixa produtividade pode sabotar completamente nossas esperanças de melhorar, a longo prazo, o padrão de vida do povo. Todos esses anos falando sobre redistribuição das riquezas e das terras — quando tivermos terminado de fazer isso com os estoques que os regimes brancos acumularam para si próprios, continuaremos incapazes de competir nos mercados internacionais se não aumentarmos a produtividade. Estamos muito atrás de países bem-sucedidos, muito atrás da Coréia, de Taiwan, da China... países com mão-de-obra barata. Eles produzem mercadorias de melhor qualidade e em uma escala que faz da nossa produção fichinha. Botamos a culpa de nosso fracasso na exploração da força de trabalho e na falta de qualificação. E essa tem sido a verdade, até onde se pode julgar, porque nunca tivemos nada além de uma força de trabalho explorada. Mas quando nossos operários não forem mais explorados, será que produzirão mais e melhor? E os velhos hábitos? Estamos contando com o quê, exatamente? Que quando tivermos uma gerência negra, um diretor-executivo negro e, em alguns casos, quando o Estado eleito for o patrão, vai haver um grande entusiasmo pelo trabalho? Motivação. Eu me preocupo. Ser pego matando o serviço não será mais uma forma de protesto contra o explorador branco. É preciso acabar com os cinqüenta por cento de refugos. Precisamos de uma gerência negra que saiba como fazer as pessoas trabalharem.

Vera observou-lhe o rosto, os modos; sorriu. — A bordo. Não há como evitar.

Caso cruzasse com colegas seus, ele a apresentava, a mão no ombro dela: — Minha inquilina. — Se alguém mostrava curiosidade sobre essa inquilina, sobre a senhora branca de meia-idade que morava na propriedade dele, aproveitava a oportunidade para informar — A dra. Stark faz parte da Comissão Técnica. Ela é uma das pessoas que estão redigindo a nossa Constituição.

A inquilina. A designação, para o público, servia-lhe muito bem. Era uma espécie de jogo privado de palavras, entre Zeph Rapulana e a dra. Stark, ligando o arranjo atual a Odensville, à questão da terra, em virtude da qual começaram a se conhecer. Era uma conseqüência em que havia lealdades, mas não dependências, em que havia sentimento livre de qualquer categorização conhecida, sem necessidade de ser questionado. No território familiar do presente — violento, burocrático, instável, tudo ao mesmo tempo, expresso em corpos queimados e ensangüentados, na paixão da recusa, repugnância às instituições, em saber da traição de uma polícia e de um exército que deviam proteger, na raiva voltada contra si própria, na prolixidade dos documentos — ainda existe esse pequeno espaço na existência. Vera contudo sentia-o aberto, a ser cruzado por ela mesma: *ela mesma* uma forma final de companhia descoberta. Era capaz de executar seu trabalho na comissão com atenção total, escrevia regularmente cartas cheias de notícias sobre o andamento das coisas, endereçadas conjuntamente a Ben e Ivan, telefonava para Annie para perguntar sobre os progressos do bebê, visitava os Maqoma e anotava, com apreensão silenciosa, o passar de mais uma semana, outro mês significando talvez que Sally, sozinha em seu perigo, sobreviveria.

O anexo de Vera era de fato pequeno demais para receber visitas; somente Adam, de moto, de vez em quando aparecia num fim de semana, e uma vez ele a levou, com a namorada, para ouvir um grupo de jazz que ele imaginava fosse de sua época, num bar lotado de jovens negros e brancos para quem a música era antiquadamente nova.

Talvez tivesse recebido um pedido de Ben. Ben ficara mais sossegado (culpa, não admitida lá dentro dele, por tê-la deixado, ainda que tivesse sido pelas razões dela) ao vê-la morando num dos lugares mais seguros possíveis, na atual conjuntura, na propriedade de um negro de destaque não envolvido abertamente em política. Mas preocupava-se com seu modo de vida que, na aparência, e em público, estava tão completamente envolvido, sempre parte do pensamento de grupo, das decisões de grupo, e tão ensimesmado fora daí. Ben procurava por ela nas cartas, em vão. Ivan, apenas para satisfazê-lo, sugeria que ela talvez tivesse adotado alguma forma de misticismo, sufismo ou algo do gênero. Não, não — como é que um filho pode saber tão pouco sobre seus próprios pais! Ben pelo menos a acompanhara longe o bastante na vida para saber que, onde quer que estivesse agora, não era uma forma de fuga. Foi com timidez que explicou a esse ser tão parecido com ela na carne (o rosto ao qual se dirigia o fazia pensar que era com ela que falava) que Vera pertencia à realidade de lá de um jeito que ele próprio jamais pertencera, jamais poderia ter tentado pertencer, exceto por intermédio dela. Ivan de vez em quando se perguntava por que era aparentemente impossível para Ben regressar; mas fizera um trato consigo próprio que, se não se metesse na vida dos pais, eles não se meteriam na sua. Ele e esse, às vezes estranho, pai tinham intimidade, cada um a seu modo; não havia nenhum peso financeiro, estava ganhando bastante dinheiro; enquanto ele próprio não encontrasse uma mulher com quem tivesse realmente vontade de casar, poderiam continuar perfeitamente bem morando juntos em curioso celibato. Os colegas o admiravam muito pela afeição por esse pai de meia-idade bem-apessoado que encontraram na casa de Holland Park. Evidentemente fora um artista. Segundo Ivan, mantinha-se ocupado visitando as exposições.

Numa noite de inverno, naquele ano, estourou um cano, inundando a parte externa do anexo de Vera. Ela vestiu a jaqueta de couro por cima do pijama e saiu para desligar o registro geral no quintal. A torneira estava emperrada por causa dos depósitos de cloro e não se mexeu nas mãos desajeitadas por causa do frio. Silenciosamente, entrou na casa. Vera sempre teve acesso, Zeph lhe entregara uma cópia das chaves; dava uma olhada na casa quando ele estava fora, em viagens de negócio, ou quando passava alguns dias com a família, em Odensville. As chaves eram também uma precaução que Zeph insistira em tomar para sua própria segurança; se alguma coisa ou alguém a ameaçasse, uma mulher sozinha, poderia recorrer a ele. A disposição dos cômodos lhe era familiar no escuro. Não o perturbaria acendendo as luzes. Estava caminhando, sem um ranger das tábuas do assoalho ou qualquer encontrão com objetos, até o armário no corredor, entre o quarto dele e o banheiro, onde sabia que encontraria um alicate.

Sem se dar conta de uma silhueta mais escura que a escuridão, topou com um corpo macio e quente.

Respiração, batidas de coração.

Uma vez apanhara um pássaro ferido e sentira uma substância viva semelhante.

Pela jaqueta aberta, essa estava encostada nela, seios com seios, barriga com barriga; ambas receosas de afastar o corpo porque com isso confirmariam que houvera realmente uma presença e não uma ilusão criada pelo desconhecido da escuridão, que surge mesmo sob a proteção de uma casa trancada. Vera sabia que tinha uma ferramenta de metal na mão, como se fosse de fato uma intrusa, pronta para atacar. Por alguns segundos, talvez, ela e a moça permaneceram ternamente fundidas no cheiro da seiva do sêmen que exalava dela. Depois Vera recuou e a moça virou-se e correu, descalça, para o quarto dele, onde a porta entreaberta permitiu seu regresso sem barulho.

Lá fora, na noite negro-azulada de inverno, foi como se desse um mergulho delicioso, chocante, no ar gélido. Fechou o registro com a satisfação de uma mulher executando um trabalho braçal. Em vez de voltar logo ao anexo, foi até o jardim, a jaqueta bem fechada sobre a quentura viva. O frio crestava os lábios e as pálpebras; gelava as duas cadeiras e a mesa; tudo pelado. Nem uma folha nos membros acetinados das árvores, os arbustos feito arames emaranhados; as frondes das palmeiras rígidas como os dedos. Uma trilha espessa de gelo partido crepitando luzes, as estrelas cegando quando deixou a cabeça tombar bem para trás; sob a oscilação do céu, os pés plantados no chão, no eixo do mundo noturno. Vera passeou um pouco por ali. E depois tomou seu rumo, o vapor do bafo espiralado, uma assinatura a sua frente.

ESTA OBRA FOI COMPOSTA PELA HELVÉTICA EDITORIAL EM GARAMOND LIGHT E IMPRESSA PELA GRÁFICA EDITORA HAMBURG EM OFF-SET SOBRE PAPEL CHAMBRIL DA CHAMPION PARA A EDITORA SCHWARCZ EM SETEMBRO DE 1996.